Loes den Hollander

Troostkind

Karakter Uitgevers B.V.

Opmaak binnenwerk: ZetSpiegel, Best
Omslagontwerp: Mark Hesseling, Wageningen
Omslagbeeld: Trevillion Images

ISBN 978 90 452 0106 1
NUR 305

Derde druk, augustus 2012

Mijn handen reiken naar
een lege wereld om me heen,
waar ben je toch?
Mijn oren zoeken naar
bekend geluid,
maar vinden diepe stilte.
Hoe zie je er nu uit,
heb je gevoel, bewustzijn,
zweef je rond,
verkeer je in het licht
of in de duisternis?
Net zag ik nog een zonnestraal
die op een tak viel van de perenboom,
de straal liet een klein blaadje glinsteren.

Was jij dat soms?

***

Toen ze die ochtend opstond, was ze het beslist niet van plan.

Er moest iets gebeuren, dat was duidelijk. Er moest een afdoende oplossing gezocht worden voor een precair probleem.

Een probleem te veel.

Soms is de maat vol, loopt de beker over. Soms kan één verkeerd woord of één verkeerde beweging een lawine aan ellende veroorzaken. Soms ga je daardoor één stap te ver.

Toch was ze het niet van plan.

De herfst was vroeg begonnen. Ze had altijd een hekel aan de herfst, maar dit jaar niet. Deze keer kon het niet vroeg genoeg gaan stormen, mochten de bomen sneller dan ooit hun bladeren verliezen en waren de regenbuien meer dan welkom. De slechtste zomer van haar leven moest bedolven worden onder natuurgeweld.

Die morgen scheen de zon. De uitbundige zonnestralen verblindden haar. De nieuwslezer op de radio meldde dat de opleving van korte duur zou zijn.

Toen ze op weg was naar haar bestemming, voelde ze niets. Ze vroeg zich af of ze eigenlijk nog leefde. Het idee dat ze dood kon zijn stond haar wel aan.

Ze reed de straat in en was kalm. De herinneringen vielen haar niet lastig; ze constateerde dat de aanblik van de bekende beelden zelfs geen pijn meer deed. Het verleden was blijkbaar voorbij.

Voorgoed voorbij.

Misschien dat de confrontatie daardoor zo hard aankwam, dat de gruwelijke waarheid haar daardoor zo bezeerde. Dat de woede die ze eindelijk in sluimertoestand had gekregen daardoor zo ruw werd gewekt.

Het kwam door die lach, de sluwe beweging van zijn lippen, de afstotelijke mond. Het kwam door de gewelddadige blik in zijn ogen. Het kwam door wat hij ooit met haar deed en met welke gevolgen.

Ze was het niet van plan, maar toch deed ze het.

I

Op de dag dat ik veertien werd, wist ik dat het tussen God en mij nooit meer goed kwam.

Het was middag, tien over vier, ik liep op het schoolplein. Niemand had in de gaten dat ik jarig was. De eenzaamheid vloog me naar de keel en dreigde me te verstikken. Ik kende dit gevoel en was er bang voor. Wanhopig probeerde ik te bedenken wat ik moest doen. Ik zocht in gedachten contact met iemand die me kon troosten en geruststellen. Iemand die me zou beschermen, die me nooit in de steek zou laten. De enige die daarvoor in aanmerking kwam was Jehova, zoals ik hem hoorde te noemen. Ik bad heftiger dan ooit en smeekte om een signaal. Iedereen in mijn omgeving kreeg regelmatig signalen die duidden op zijn aanwezigheid. Het waren bewijzen van zijn bestaan en tegelijk opdrachten om de rest van de wereld hiervan te overtuigen. Maar ik werd altijd overgeslagen, ik kreeg nooit enig gevoel of bewijs waar ik me aan kon vasthouden. Het was mijn grote geheim, ik durfde het aan niemand te vertellen. Ik vroeg me vaak af waarom ik voortdurend op de proef werd gesteld.

Het was 15 december. Ik had zin in slagroomtaart en ik verlangde naar een cadeautje. Ik hoopte dat iemand aan me kon zien dat ik veertien was geworden en me zou feliciteren. En aan alles wat ik wilde zat een heidens tintje.

Het begon te sneeuwen. Er vielen grote witte vlokken op mijn hoofd en binnen een paar minuten had ik kletsnatte haren. Ik gleed uit. Mijn poging om de val te breken met mijn handen had geen succes. Ik kwam met mijn voorhoofd op de harde stenen terecht en voelde direct het bloed over mijn gezicht stromen. Ik wilde opstaan, maar werd gehinderd door een overweldigende kramp in mijn maag. Mijn stem was nauwelijks te horen toen ik om hulp riep. Maar mijn gehoor werkte wél. Mijn oren vertelden me iets waar ik aan gewend had moeten zijn, omdat het me regelmatig overkwam. Ik wist dat mijn klasgenoten me vreemd vonden en dat ik nooit bij de groep zou horen. Ik haatte mijn verlangen om geaccepteerd te worden.

Ik bad vurig om doof te zijn, al was het maar voor vijf minuten. Ik smeekte Jehova ervoor te zorgen dat de meisjes die een paar meter verder stonden me zouden helpen in plaats van me uit te lachen.

Er gebeurde niets.

Toen kwam de gedachte tevoorschijn. Als hij zich eerder had gemanifesteerd zou ik waarschijnlijk in paniek zijn geraakt. Ik zou er direct met iemand over hebben willen praten. Maar hij kwam op het moment dat ik er rijp voor was. Ik dacht letterlijk: alles wat met een oppermacht te maken heeft bestaat alleen voor wie geloven, en ik geloof niet.

Ik krabbelde overeind en veegde met de mouw van mijn jas het bloed van mijn gezicht. Het lachen om me heen verstomde.

Vandaag heb ik besloten de stilte te doorbreken. De eerste dag van de maand waarin het zomer wordt, lijkt me daarvoor een geschikt moment. Ik heb de opnameknop van mijn nieuwe mobiele telefoon geactiveerd. Ik wil het een en ander kwijt, ik wil ergens van verlost worden. Alles wat ik opneem, kan met één druk op de knop weer worden gewist. Of ik dat doe en wanneer, weet ik nog niet. Voorlopig is hardop praten tegen een apparaat dat geen antwoord geeft genoeg. Ik praat in de beslotenheid van mijn zolder en richt me tot jou, omdat jij veilig ver van mij verwijderd bent.

Omdat je ondanks alles nog altijd mijn moeder bent.

2

Het kan niet waar zijn.

Astrid klemt haar vingers om de rand van de lade en tuurt naar de plek.

Het ligt hier niet echt.

Ze sluit haar ogen en probeert de roze waas kwijt te raken. Maar zelfs als ze haar oogleden zo stijf op elkaar drukt dat het pijn doet, blijft de kleur aanwezig. Haar vingertoppen beroeren het textiel en tasten het bijna eerbiedig af. Zachte stof, plooitjes, een strikje.

Er huppelt een meisje door haar hoofd. De wereld tilt haar op.

Ze opent snel haar ogen.

De kamer is tamelijk netjes. Ze kijkt om zich heen en ziet een lege chipszak onder het bed liggen. Bjorn is verslaafd aan chips. En aan kaaskoekjes. En aan melkchocolade. En aan bier. Hoe kan een kind van haar en Charles toch zo onmatig zijn? Zo gemakzuchtig? Zo egocentrisch? Ze wil ergens anders aan denken. Aan het roze jurkje. Ze zou aan Bjorn willen vragen waarom hij dat jurkje heeft gepakt, waarom het in zijn kast ligt. Wat het betekent dat hij opeens een kleine meisjesjurk in bezit wil hebben. Welke ellende hier nu weer uit gaat voortkomen. Ze zou het terug willen eisen.

Het behoort haar toe.

Maar waarschijnlijk kan ze beter wachten tot hij het terugbrengt naar de plek waar het thuishoort. Hij mag niet merken dat ze hier is geweest en wat ze heeft gezien. Opeens schaamt ze zich voor de nieuwsgierigheid die haar ertoe bracht om in de lade te kijken. Te snuffelen, want dat was het. Ze snuffelde en ze vindt het een walgelijke actie van zichzelf. Ze heeft zich al jaren kunnen beheersen en nu deed ze het toch. Als Bjorn het merkt... Hij zal niets merken. Ze heeft het jurkje nauwelijks aangeraakt, met haar neus bijna op de grond de vloerbedekking geïnspecteerd op sporen die haar bezoek zouden kunnen verraden en voordat ze de deur sloot nog een paar keer heel scherp om zich heen gekeken. Er is geen enkele aanwijzing dat ze in de kamer van haar zoon is geweest, de ruimte die door zijn vader Bjornvesting wordt genoemd.

Zijn vader. Als ze de vondst van dit jurkje aan hem zou voorleggen... Ze weet hoe hij zal kijken, wat hij zal zeggen. Ze kan de teksten die ze bij elkaar uitlokken woord voor woord bedenken.

Charles moet dit niet weten.

Als ze boven aan de trap staat, overvalt haar een duizeling. Ze grijpt zich vast aan de trapleuning en sluit haar ogen. Pas als ze zeker weet dat de duizeling verdwenen is, opent ze ze weer.

Er zit een zwarte plek op een van de onderste traptreden. Ze loopt voorzichtig naar beneden en houdt haar blik op de plek gericht.

Het is opgedroogde modder.

Ze haalt snel een vochtige lap uit de keuken en verwijdert het vuil. Daarna inspecteert ze de rest van de trap. Die is schoon. Ze zou nu het liefst terug willen lopen naar de kamer van Bjorn en het roze jurkje pakken. Ze moet hier met hem over praten.

Het beeld dat zich aan haar opdringt veroorzaakt opnieuw een duizeling. Het beeld van een meisje op een roze fiets dat zomaar de weg oversteekt.

Ze gaat op de onderste tree zitten en stopt haar hoofd tussen haar knieën.

3

Er komt vandaag een nieuwe klant en Astrid wil niet dat zij iets merkt van haar onzekere gevoel. Even overweegt ze de mogelijkheid om haar te bellen en de afspraak te verzetten. Ze kent haar, het is de dochter van een van de vrouwen van de wandelclub waar ze vroeger lid van was. Haar nummer zal wel in de telefoongids staan en anders kan ze de moeder bellen. Die komt natuurlijk mee; moeders komen vaak mee als hun dochters een bruidsjapon willen uitzoeken. De laatste maanden krijgt ze het steeds drukker, want sinds het artikel in de streekkrant weten meer mensen haar te vinden. Toen ze met haar zaakje in tweedehands bruidsjurken begon, had ze aanvankelijk weinig te doen. Haar oproep in verschillende bladen leverde al wel snel een behoorlijke collectie op, maar de kopers lieten zich de eerste maanden niet zien. En toen verscheen de eerste klant en begon haar bedrijfje zomaar te lopen.

Zal ze nu bellen of niet? Ze raakt geïrriteerd door haar eigen onzekerheid, haar weifelende vingers boven de telefoon, het beklemmende gevoel op haar borst. Bjorn zou haar nu een watje noemen.

Het is al te laat om af te bellen. Misschien is het ook beter om bezig te zijn met het geluk van een ander. Astrid houdt van de gulzige blik in de ogen van aanstaande bruiden als ze de collectie bekijken. Er hangen momenteel veertig japonnen op de tot bruidssalon omgebouwde zolderverdieping van haar huis. Vorige week heeft ze nog vier nieuwe aanmeldingen gekregen en de vrouwen die belden hebben inmiddels haar folder ontvangen. De japonnen moeten eerst gestoomd zijn voordat ze worden gebracht en de verkoop gaat op basis van consignatie. Het betekent dat de ex-bruiden nog iets terugkrijgen van de enorme investering die ze meestal hebben gedaan en dat de nieuwe bruiden veel minder geld hoeven uitgeven dan ze gepland hadden. Astrid zegt dit vaak tegen de verschillende partijen. Sommige vrouwen brengen hun gedragen trouwjurk met duidelijke twijfel en ze hebben vaak een duwtje in de rug nodig. Hetzelfde geldt voor de vrouwen die komen kijken naar een tweedehands jurk. Het maakt ze minder uniek, minder speciaal in hun ogen. Maar ze laten zich toch vaak ompraten en zijn dan tevreden met hun aankoop. Astrid zou haar eigen trouwjurk nooit hebben verkocht, als ze er een zou hebben gehad.

De stem bezorgt haar bijna een hartstilstand. Ze grijpt zich vast aan de stoel waar ze naast staat.

'Is je klant er nog niet?' Charles ziet dat ze schrikt en loopt snel naar haar toe. 'Sorry, ik dacht dat je me hoorde aankomen.' Hij geeft haar een kus. 'Wat is er? Ben je ziek? Je ziet eruit als een geest.'

'Ik schrok me suf, waar kom jij opeens vandaan?'

'Het is rustig in de garage. Ik wil een paar uur aan de gang met de administratie. Nol kan het wel alleen af.'

'Is Bjorn er niet?'

'Jawel, natuurlijk. Hoezo?'

'Waarom noem je hem dan niet?'

'Nol heeft de leiding.' De stem van Charles daalt.

Nu kan ze beter oppassen wat ze zegt. Er moet vandaag geen ruzie komen, dat trekt ze niet.

'Ik voel me niet zo lekker,' zegt ze.

'Dat dacht ik al. Heb je nog meer afspraken, behalve die van vanmorgen?'

Ze zou hem nu over de vondst van het roze jurkje willen vertellen. Ze zou samen met hem naar Bjorns kamer willen gaan, het jurkje uit de la willen pakken en terughangen in de kast waar het hoort te zijn. De kast van Meike. De gedachte aan die naam veroorzaakt een pijnlijk trekkend gevoel ter hoogte van haar borsten.

4

De aanstaande bruid is zo nerveus dat ze voortdurend begint te lachen. Haar moeder maakt een verontschuldigend gebaar naar Astrid. 'Ze is helemaal geobsedeerd door dat huwelijk,' zegt ze als haar dochter even naar het toilet is. 'Ik probeer haar regelmatig met beide benen op de grond te zetten, maar ze wil niet van die roze wolk afkomen.'

Roze wolk. Astrid slikt een paar keer. 'Ze heeft een prachtig figuur,' zegt ze. 'Zal ik eens een paar jurken uitzoeken?'

Aan het trillen van haar handen is te zien dat ze zich niet op haar gemak voelt. Ze zou de bruid en haar moeder het liefst de deur wijzen en aankondigen dat de zaak de rest van de dag gesloten is. Maar ze beheerst zich en probeert haar handen buiten het zicht van de twee vrouwen te houden. Die lijken niets te merken en kwetteren er samen op los. De moeder is blijkbaar toch maar op de wolk gekropen waar de dochter zich al bevond.

Niet aan die kleur denken.

'Neem me niet kwalijk, ik moet even naar beneden,' zegt Astrid. 'Ik ben zo terug.'

De vrouwen lijken haar nauwelijks te horen; ze zijn totaal verdiept in de jurk die de bruid op dit moment past.

Astrid rent bijna naar de kamer van Meike. Ze ploft op het bed en slaat haar handen voor haar gezicht. Ze moet zich beheersen, ze moet ervoor zorgen dat ze niet weer een paniekaanval krijgt.

Bjorn hangt dat jurkje heus wel weer in de kast van zijn zusje. Hij was erbij toen het gebeurde en hij voelt zich verschrikkelijk schuldig. Misschien heeft hij dat jurkje gewoon nodig om iets te verwerken en daar mag zijn moeder zich niet mee bemoeien. Daar moet ze juist begrip voor hebben, daar moet ze hem in steunen. Het moet, het moet, het moet. Ze haalt diep adem en veegt de tranen van haar wangen. De grote teddybeer in de vensterbank is een beetje opzij gezakt. Ze zet hem recht.

Haar hand heeft de deurknop bijna bereikt als ze hem snel terugtrekt.

Ze staat als een standbeeld vlak bij de deur en wil achteromkijken.

Ze dacht dat het voorbij was. Het is immers al zo lang geleden dat het gebeurde. Minstens een jaar of vijf. Nog voordat ze haar jongste kind verloor. En het was ook niet echt, er klopte niets van. Het was een spookbeeld dat haar lastigviel en waarvan ze zich niets moest aantrekken. Iedereen zei dat tegen haar. Niemand zag ooit iemand in haar buurt die naar haar loerde en de tijd heeft haar in de gelegenheid gesteld om de vibraties die door haar eigen fantasie werden opgewekt achter zich te laten.

Nepgedachten, nepvibraties, nepideeën. Echt allemaal nep.

Ook nu.

Op de zolderetage lijken de vrouwen nauwelijks gemerkt te hebben dat ze even weg is geweest. Ze zijn het er roerend over eens dat de jurk die de bruid op dit moment aan heeft het gaat worden.

De moeder rekent af. 'Ze krijgt hem van mij,' zegt ze met een brede glimlach op haar gezicht. 'Ik heb twee dochters en ze krijgen allebei hun trouwjurk van hun moeder. Dat doe je nu eenmaal als je moeder bent, toch? We wandelen nog steeds iedere week, het is altijd erg gezellig. Wanneer kom je weer? Het zou misschien een goede afleiding voor je zijn. Je bent er nu toch onderhand wel overheen?'

Astrid wil haar slaan.

Als de vrouwen het erf af rijden, hoort ze voetstappen op de trap. Charles komt naar beneden en spreidt zijn armen. 'Gaat het weer een beetje?' Hij drukt een kus op het puntje van haar neus.

Ze maakt zich snel van hem los. 'Ja, het gaat weer beter. Dit was een gemakkelijke klant, ze had weinig tijd nodig om een beslissing te nemen.'

'Weet je het zeker? Gaat het echt goed?'

'Zullen we koffiedrinken?' Ze loopt voor Charles uit naar de keuken. 'We kunnen wel op het terras zitten, denk ik. Er is weinig wind en volgens mij is het al aardig warm aan het worden.'

In de keuken staat de radio nog aan. Ze loopt op het ding af en zucht diep. 'Je oudste dochter is weer eens vergeten om dat ding uit te zetten,' zegt ze. 'Als haar neus niet vastzat...'

Charles houdt haar tegen. 'Ik wil het nieuws wel even horen,' zegt hij.

Terwijl Astrid in de weer is met het koffiezetapparaat, luistert hij naar de nieuwsberichten. Zij sluit zich af en probeert niet aan een roze jurkje te denken.

Charles zet de radio harder. 'Hoor je dat? Er is weer een kind vermoord. Weer in een park en de dader heeft haar weer halfnaakt achtergelaten. Deze keer gebeurde het in een park in Amsterdam-West. Hoe is het mogelijk dat iemand daar midden op de dag een kind kan pakken en ongezien weg kan komen? Ze zouden de schoft die dit op zijn geweten heeft door tien paarden uit elkaar moeten laten rukken.'

5

'Is hachee geen wintereten?' Bjorn schept nog een keer zijn bord vol. 'Niet dat het niet smaakt, hoor, het is heel erg lekker. Maar ik zou er zelf niet opkomen om dit in juni op tafel te zetten.'

'Je moeder blijkbaar wel.' Er zit een waarschuwing in de stem van Charles.

Bjorn eet zijn mond leeg. 'Het was geen kritiek.'

'Maar zo klonk het dus.' Charles kijkt Bjorn strak aan.

'Ik had vandaag zin in hachee,' zegt Astrid. 'Verder is de discussie gesloten.'

'Waar hangt Jo eigenlijk uit?' wil Bjorn weten.

'Jolien eet bij haar schoonouders,' antwoordt Astrid.

Bjorn grinnikt. 'Schoonouders? Dat zijn ze nog lang niet. Het zijn nog gewoon de ouders van haar vriendje.'

Er valt een onaangename stilte die ervoor zorgt dat Astrids keel wordt dichtgeschroefd. Ze voelt tranen in haar ogen en slikt een paar keer. 'Het is misschien toch wel vreemd om in juni aan de hachee te zitten,' zegt ze.

De hand van Charles komt met een dreun op de tafel terecht. 'Allemachtig, begin je weer? Moet dat jong dan altijd maar zijn zin krijgen? Praat hem verdomme toch niet voortdurend naar de mond.'

Bjorn trapt zijn stoel onder zich vandaan en loopt met grote passen naar de deur. 'Ik ben weg,' schreeuwt hij. 'Die zak heeft het weer voor elkaar.'

De deur knalt achter hem dicht, de tafel trilt ervan. Het glas water dat naast Astrids bord staat, valt om. Ze zet het overeind en legt haar servet op de natte plek.

'Ik vind dat we eens serieus moeten praten over een eigen huis voor onze zoon,' zegt Charles. 'Hij kan niet tot het einde der tijden gebruik blijven maken van Hotel Mama.'

'Hij is nog niet zover,' denkt Astrid hardop.

'Volgens mij is zijn moeder juist nog niet zover.' De stem van Charles klinkt nu wat zachter. 'Misschien moeten we eerder eens over dat probleem praten.'

Astrid zwijgt. Ze tuurt naar haar bord; het eten staat haar opeens tegen. Ze schuift de vleesmassa van zich af.

Charles raakt haar hand aan. 'Ik weet dat we het niet moeten forceren. Ik begrijp ook heel goed dat het nest niet te snel moet leeglopen voor jou. Maar Bjorn veroorzaakt veel onrust, geef dat toch eens toe.'

Astrid kijkt hem aan. 'Dat klopt. Maar ik vind dat jij jouw aandeel in de onrust wel gemakkelijk negeert.' Ze ziet zijn gezicht vertrekken. 'Hoe gaat dat eigenlijk tegenwoordig in de garage? Loop je daar ook de hele dag op hem te mopperen? Kan hij daar ook geen goed doen in jouw ogen?'

'Zo zwart-wit ligt het niet, As. Bjorn is een goede monteur, die uitstekend werk kan leveren. Hij werkt prima samen met Nol en ik moet toegeven dat dit alles te maken heeft met het feit dat Nol veel geduld heeft. Onze zoon moet nu eenmaal strak in het gareel worden gehouden, organiseren is zijn zwakke punt. Die zwakte in combinatie met gezagsproblemen maakt van hem een ingewikkelde werknemer. We weten allebei dat hij tijdens zijn opleiding drie stageadressen heeft versleten en overal werd weggestuurd.'

'Dat is allemaal oud nieuws en ik vraag me af waarom je dit zegt.'

'Ik merk dat ik me verdedig en daar komt het in mijn ogen altijd op neer als wij het over onze zoon hebben. En om te voorkomen dat we straks weer ergens op de bodem van de hel terechtkomen, zeg ik het maar snel, As: ik verwijt hem niets over het ongeluk. Absoluut niets. Meike maakte een fout en Bjorn moet de rest van zijn leven een beeld met zich meedragen dat je je ergste vijand niet zou toewensen.'

Er denderen voetstappen de trap af. Een seconde later slaat de voordeur zo hard dicht dat de ramen trillen.

'Als hij nu maar niet gaat drinken,' zegt Astrid.

Charles loopt de kamer uit.

Haar voeten slepen over de grond als ze de tafel afruimt. Ze moet zich verschillende keren ergens aan vastgrijpen omdat ze haar evenwicht dreigt te verliezen. Als ze eindelijk de afwasmachine aanzet, hoort ze de antieke pendule in de woonkamer acht keer slaan. Ze sluit de deur van de keuken en ploft op de bank.

Het journaal begint natuurlijk direct weer met het vermoorde meisje. De nieuwslezer vertelt met een ernstig gezicht dat bij deze tweede parkmoord mogelijk sprake is van dezelfde dader. Er zijn geen sporen van misbruik op het slachtoffer gevonden. Het was een meisje van vijf jaar.

Dit is vandaag al de tweede keer dat Astrid haar hoofd tussen haar knieën moet stoppen.

6

Ik was ervan overtuigd dat ik alleen dochters zou krijgen. Twee, misschien drie. Ik vond mezelf een typische meisjesmoeder en meende dat ik niet geschikt was om jongens op te voeden.

Vanaf het begin van mijn eerste zwangerschap wist ik zeker dat mijn kind een meisje zou zijn.

Charles stelde vast dat ik vijftig procent kans had om gelijk te krijgen en ik reageerde venijnig, veel venijniger dan ik van mezelf gewend was. Daarna vermeed ik het onderwerp. Er niet over praten voelde aan als een opdracht, als een voorwaarde om mijn overtuiging te kunnen laten overgaan in een feit.

Volgens Charles was ik behept met dwangmatig denken.

Mijn huisarts besliste dat ik in het ziekenhuis moest bevallen, vanwege mijn leeftijd. Ik wilde liever thuisblijven, maar volgde natuurlijk toch als een mak schaap alle adviezen op en ontdekte dat bevallen een gruwelijke martelgang was met maar één slachtoffer. Ergens tijdens die uitputtingsslag bereikte ik het moment dat ik wilde sterven en me afsloot voor de bevelen en aanmaningen van de slachters die zich om mijn bed verzameld hadden. Toen riep iemand opeens dat het een jongen was en werd er een schreeuwend bundeltje mens op mijn buik gelegd.

Er waren zoveel vragen die ik aan jou wilde stellen. Vragen die niet alleen te maken hadden met de praktische aspecten van het moederschap. Het waren juist vragen over wisselende emoties, onbeheersbare angsten, hartstochtelijke golven in mijn stemming en vooral over die drang om de rest van de wereld bij mijn kind vandaan te houden.

Had jij daar ook last van toen je mij kreeg? Ik was je eerste kind en ik weet niets van jouw verwachtingen. Misschien wilde jij juist jongens krijgen en was de komst van jouw tweede kind pas de mooiste gebeurtenis in je leven. Ik zag je veel lachen toen je zoon eenmaal geboren was. Ik voelde me vaak te veel in die tijd en ik weet nog goed hoe ik jou op alle mogelijke manieren probeerde te behagen.

Ik herinner me dat ik in die tijd al fantaseerde over het krijgen van een kind en vooral over hoe wij ons daar samen op zouden voorbereiden. Ik nam me voor om mijn eerste dochter naar jou te vernoemen.

Je bent altijd heel belangrijk voor me geweest, weet je dat wel? Natuurlijk weet je dat, een moeder voelt zulke dingen feilloos aan. Hoe is het dan toch mogelijk dat je accepteerde dat ik verstoten werd? Waarom heb je dan nooit een poging ondernomen om me te zien, desnoods in het geheim? Er moet een reden zijn die verder reikt dan je trouw aan de aan het protestantisme verwante, fundamentalistische sekte die gebiedt God Jehova te noemen. Ik zou die reden willen doorbreken en vernietigen. Ergens in mij schuilt nog altijd het kind dat door haar moeder gezien wil worden. Ergens, tegen beter weten in, smeult de behoefte aan erkenning. Ergens wacht mijn moederschap op een ontmoeting met dat van jou.

Ik wil met je praten over het verlies van mijn jongste dochter.

7

'Mam, ik heb geweldig nieuws!' Jolien smoort Astrid bijna in haar omhelzing. Ze maakt zich weer van haar los en kijkt haar aan met een stralende blik in haar ogen.

Zou ze zwanger zijn? Astrid weet niet of ze daar op dit moment enthousiast op zou kunnen reageren.

'Louwrens heeft zijn appartement verkocht! Niet te geloven, toch? In deze tijd! De makelaar sloeg er ook steil van achterover. Het huis heeft nog geen drie weken te koop gestaan. De eerste kijker bood meteen de vraagprijs. Hoe vind je dat?' Ze wuift met een hand langs Astrids ogen. 'Ben ik in beeld? Waar zit je met je gedachten?'

'Ik hoor wat je zegt. Dat is inderdaad geweldig nieuws. De vraagprijs? Is het al helemaal rond? Zijn er geen voorwaarden aan het bod verbonden?'

'Nee. De man die het heeft gekocht wil zo snel mogelijk de koopakte tekenen en over uiterlijk een maand de sleutel hebben. Het huis is voor zijn dochter die binnenkort terugkomt uit Amerika. Ik geloof dat ze nogal in de problemen zit. Iets met een onverwachte scheiding, ik heb niet het hele verhaal gehoord. Louwrens kan gelukkig even bij zijn ouders terecht. We gaan nu zo snel mogelijk op zoek naar een ander huis.'

'We?'

Jolien bloost. 'We willen gaan samenwonen. Maar als jij liever hebt dat ik nog een tijdje thuisblijf... zeg het gerust, ik wil niet dat jij je rot voelt als ik vertrek.'

'Je gaat toch niet het land uit? Het is goed, lieverd. Ik ben blij voor je, voor jullie. Hebben jullie al een idee in welke omgeving jullie willen gaan wonen?'

'In ieder geval niet in een grote stad. Maar wel ergens waar een station is, omdat Louwrens met de trein naar zijn werk wil blijven gaan. We denken aan het gebied tussen Hilversum en Naarden.'

'Dus niet zo ver hiervandaan.'

Jolien knuffelt haar. 'Natuurlijk niet ver hiervandaan. Ik moet jou toch een beetje in de gaten kunnen houden? Waar is iedereen eigenlijk? Zat je te mailen? Of gewoon te surfen op het net? Papa is toch niet meer aan het werk? Waar hangt Bjorn uit?' Joliens gezicht betrekt. 'Is er iets gebeurd? Hebben ze weer ruzie?'

'Ben je nu uitgevraagd? Je sprak als kind al in vraagtekens,' zegt Astrid. 'En of ze weer ruzie hebben? God zal het weten. Het knalde in ieder geval weer als vanouds. Bjorn had een treiterbui en ik ging daar onhandig op in.'

'Niet doen, mam, niet altijd jezelf de schuld geven. Als Bjorn een treiterbui had, was dat zijn verantwoordelijkheid en de gevolgen zijn dan voor zijn rekening. Ik vind hem de laatste tijd vaak slechtgehumeurd, is dat jou ook opgevallen? En zo afwezig. Zou er iets aan de hand zijn met een vrouw?'

'Hoe kom je daar nu weer bij?' Terwijl ze dit zegt, vraagt Astrid zich af of ze dit werkelijk een vreemd idee vindt.

Jolien heeft Astrid op de bank gedirigeerd en maakt twee cappuccino's. Ze zingt. Ze heeft een mooie stem, dezelfde stem als Astrids moeder. Nu even niet aan familie denken, dat levert vandaag weinig constructiefs op. Ze luistert naar de warme alt in de keuken. Jolien zingt een lied dat ze niet kent. Het heeft iets gospelachtigs. Haar dochter zal toch niet...

'Waarom zit je zo verschrikt te kijken?'

'Zong je een gospel? Nee toch?'

'O mam, je bent toch niet bang dat ik me zomaar bekeer? Dat ben je dus wel. Wat zit dat trauma diep, hè? Kijk me aan en luister goed naar me. Ik word nooit gelovig.'

'Dat hoef je mij niet te beloven. Als jij zou willen geloven, respecteer ik dat. Ik zou het alleen erg vinden als je je daardoor sektarisch zou gaan gedragen.'

'Ik ga me ook niet sektarisch gedragen. Dat beloof ik met de hand op mijn hart.'

Ze kijken allebei naar het raam in de voorkamer.

'Hoor ik daar iemand?' Jolien loopt naar het raam. 'Het is Bjorn. Nou, die ziet er nog niet vrolijk uit. Ik hoop dat hij direct doorloopt naar zijn kamer. Volgens mij komt papa er ook aan. Dan is de hele familie weer thuis.'

Er valt een diepe stilte.

'Dan is bijna de hele familie weer thuis,' zegt Jolien dan zacht.

Het huis is stil. Iedereen is al naar bed en Astrid zit alleen in de kamer. Dat doet ze tegenwoordig vaak: achterblijven als de anderen naar boven gaan. Soms betrapt ze zichzelf erop dat ze zit te luisteren of ze voetstappen hoort op het tegelpad dat naar de voordeur leidt. Op zulke momenten wordt ze boos op haar eigen gedachten. Vandaag luistert ze niet. Ze heeft haar benen opgetrokken en haar armen om haar knieën geslagen en ze probeert de blik in de ogen van Charles te vergeten toen hij thuiskwam. Die blik komt de laatste tijd steeds vaker tevoorschijn en geeft haar iedere keer een onaangenaam gevoel.

Hij keek naar haar alsof ze een vreemde was.

Hij zei weinig, begroette Jolien met een stevige kus en hief zijn hand op in Astrids richting. Een paar maanden geleden heeft hij een keer tegen haar gezegd dat Bjorn hen uit elkaar zou drijven als ze niet uitkeken. Dat vond ze toen een belachelijke opmerking. Vandaag niet.

Ze merkt dat ze het koud heeft. Ze verlangt naar het warme bed boven, ze wil tegen Charles aankruipen zoals ze vroeger deed als ze later naar bed ging dan hij en ze heeft heimwee naar de armen die dan om haar heen werden geslagen en de seks die daar als vanzelfsprekend op volgde. Hoe lang hebben ze al niet gevreeën? Ze weet het antwoord heel goed.

8

Er zit iets op haar wang en ze mept het van zich af. Het volgende moment schiet ze overeind.

'Niet schrikken,' zegt Bjorn. 'Waarom lig je hier op de bank? Lag papa soms weer te snurken?'

'Hoe laat is het?' wil Astrid weten.

'Zeven uur. Je hebt je kleren nog aan. Ben je niet naar bed geweest?' Bjorn bekijkt haar van top tot teen.

Ze voelt zich naakt en duwt zijn gezicht weg. 'Zoek jij eens een ander object om naar te kijken.' Nu zou ze over het jurkje kunnen beginnen. Maar ze realiseert zich direct dat ze dan ook haar bezoek aan zijn kamer zal verraden.

'Ik ga koffiezetten en ik heb zin in gebakken eieren. Volgens mij heb ik een kater.'

'Dat betekent dan dat je weer met een lijf vol drank in de auto bent gestapt, Bjorn.'

'Klopt en het betekent ook dat jij je daar niet zo druk over moet maken. Ik weet wat ik doe, ik rij niet hard en kijk goed uit. Ik zal heus niet nog een keer een ongeluk veroorzaken.'

'Nog een keer? Wat bedoel je daarmee?'

'Ik bedoel daarmee dat jullie mij verantwoordelijk stellen voor de dood van mijn zusje.'

Astrid grijpt zijn arm vast. 'Zeg dat nooit meer. Het klopt voor geen meter en het doet onrecht aan wat je vader en ik denken en zijn. Ik begrijp heel goed dat het voor jou ook verschrikkelijk moeilijk is. Misschien moet je hulp zoeken om het te verwerken.'

'Hulp? Waar? Bij wie? O nee toch, je gaat me toch niet vertellen dat ik naar een therapeut moet? En me dan zeker laten volstoppen met pillen? Je gunt me nogal wat.'

'Je trekt zoals gewoonlijk mijn woorden weer totaal uit hun verband. Het is duidelijk dat het niet goed met je gaat.'

'Je vergist je, mama. Het gaat heel erg goed met me. Het gaat beter met me dan ooit. Ik zoek het allemaal zelf wel uit.'

Astrid laat hem weer los en loopt met hem mee naar de keuken.

'Je kijkt alsof je me iets wil vertellen,' zegt Bjorn.

Astrid wil zeggen dat Charles van mening is dat hij zelfstandig moet gaan wonen, maar ze bedenkt net op tijd dat ze het niet op die manier moet formuleren. 'Ik wil je iets vragen. Wordt het niet eens tijd om een eigen huis te zoeken? Je zou kunnen beginnen met je in te schrijven bij een woningstichting.'

De koffiekan komt met een dreun op het aanrecht terecht. 'Je wil van me af. Nee, spreek me niet tegen. Je laat me barsten. Ik zoek wel een huis, wees gerust. Ik ben misschien wel eerder weg dan je verwacht. Er is iemand die me graag ziet komen.'

Astrid wil hem tegen zich aandrukken. Ze kent deze houding van hem en ze weet wat die bij haar teweegbrengt. Hij is haar kind, haar oudste, haar eerste. En haar zwakste. Hij kan er niets aan doen dat hij een moeilijk karakter heeft, hij is niet met opzet kwetsbaar en afhankelijk. Ze weet dat hij vaak voor een offensieve houding kiest omdat hij onzeker is. En bang. Voor harde geluiden, nare dromen en plotselinge veranderingen. De wereld is in zijn beleving vaak boos en dreigend, dat zei hij al tegen haar toen hij nog een kind was. Zij is de enige die hij vertrouwt en die hem kan troosten.

Hij heeft haar nodig.

Maar wat zei hij daarnet? Iets over iemand die hem graag zag komen? Is er een vrouw in zijn leven? Ze voelt opluchting en tegelijk angst.

'Ik ben weg,' zegt Bjorn. 'En als je mijn vader vandaag nog spreekt, vertel hem dan maar dat ik zijn boodschap heb begrepen. Je hoeft niet zo verwonderd te kijken, ik ben niet gek, ook al verdenken jullie me ervan dat er een steekje los zit in mijn hoofd. Het idee dat jij net opperde komt zeker niet bij jou vandaan.'

Astrid haalt diep adem. 'Spreek jij je vader vandaag dan niet?'

'Nee. Ik neem een vrije dag.'

'Heb je dat met hem besproken?'

'Dat merkt hij vanzelf.'

'Je bent behalve zoon ook werknemer, Bjorn. Je kunt niet zomaar op het moment dat het jou uitkomt een vrije dag nemen. Zulke dingen overleg je, die vraag je fatsoenlijk.'

'Doe me een lol en praat niet tegen me alsof ik een kleuter ben.'

'Gedraag je dan ook als een volwassen vent.'

'Misschien wil ik nog niet helemaal volwassen zijn,' grinnikt hij. De manier waarop hij lacht beneemt Astrid bijna de adem.

9

Charles slaat zijn armen om haar heen en trekt haar dicht tegen zich aan. 'Sorry dat ik wegliep gisteravond. Het werd me even te veel.'

Astrid laat zich vasthouden. Ze zou zo uren kunnen blijven staan. 'We maken te veel ruzie en we praten het niet goed genoeg uit.'

Nu omklemt hij haar echt. 'Klopt, en dat gaan we vanaf vandaag anders doen. Afgesproken?' Hij laat haar los en kust haar.

'Afgesproken. Ik moet je iets vertellen. Niet boos worden.'

Hij glimlacht.

'Bjorn is al weg, hij had een tamelijk dwarse bui. Alweer. Het lijkt wel of hij steeds vaker slecht gestemd is. Hij meldde dat hij vandaag een vrije dag nam. Ik heb nog geprobeerd om hem...'

'Wel godverd... ach, laat ook maar. Misschien kan hij vandaag beter niet in mijn buurt zijn, deze dag komt ook wel weer om. We hebben het razend druk en dat weet hij. Wat is het toch een snertgozer. Dat doet hij vooral als we hem juist niet kunnen missen.'

'Wat bedoel je? Gebeurt dit vaker?'

'Jazeker. Meneer kan het zomaar op zijn heupen krijgen.'

'Dat heb je me nooit verteld.'

'Waarom zou ik? Jij hebt genoeg aan je hoofd. Ik spreek hem er later wel op aan.'

'Ik heb tegen hem gezegd dat het volgens mij tijd wordt dat hij zich laat inschrijven bij een woningstichting.'

'Zó!'

'Het viel niet goed.'

Charles trekt haar weer naar zich toe. 'Toch gaan we dat plan doorzetten. Hij heeft nu lang genoeg gebruikgemaakt van onze gastvrijheid.' Hij lacht, maar houdt daar direct mee op als hij de uitdrukking op haar gezicht ziet. 'Grapje wordt niet gewaardeerd, zie ik. Laat ik het dan minder luchtig benaderen. Het wordt echt hoog tijd dat hij zelfstandig gaat wonen, As. Hij is nota bene achtentwintig! Het is toch volslagen idioot dat hij nog thuis woont?'

'We hebben het over Bjorn, niet over een doorsnee jongeman. Dat weet jij ook...'

Er is iets gaande boven hun hoofd. Het lijkt of er iemand om hulp roept. Astrid vliegt naar de deur en rent naar boven.

'Laat mij even kijken wat er aan de hand is,' hoort ze Charles achter zich zeggen. Maar ze is al bij de deur van de kamer van Jolien.

Hun dochter zit op de rand van haar bed en houdt iets in haar handen geklemd. 'Dit lag tussen mijn sokken,' stamelt ze.

'Dat is toch een jurkje van Meike?' vraagt Charles.

Ze zitten weer in de keuken en Astrid probeert uit te leggen wat er is gebeurd. Ze hoort zichzelf praten en vraagt zich af waar ze de verklaring vandaan haalt. Misschien is het voor die twee logisch dat Astrid soms een jurkje van Meike uit haar kast pakt en daar een tijdje mee rondloopt. Misschien geloven ze echt dat het dan kan gebeuren dat ze zo in de war is dat het jurkje tussen de sokken van Jolien terechtkomt, als ze die weer in haar la legt nadat ze ze gewassen heeft. Misschien hebben ze allang besloten te accepteren dat Astrid tegenwoordig vreemde dingen doet.

'Ik hang het straks wel terug in de kast van Meike,' zegt ze. Haar stem trilt. Ze wil niet huilen. Toch zou ze het willen uitschreeuwen.

'Is Gina er nog niet?' vraagt Charles.

Astrid is hem dankbaar dat hij het gesprek een andere wending probeert te geven. Ze kijkt op haar horloge. Het is bijna acht uur. Haar hulp is meestal al om tien voor acht aanwezig. 'Ze is laat. Ik hoop niet dat ze ziek is.'

'De telefoon gaat,' zegt Jolien. 'Zal ik even opnemen?'

Even later komt ze de keuken weer in, met het toestel in haar hand. 'Gina. Ik geloof dat het niet goed met haar gaat.'

Astrid meldt zich en hoort de bibberende stem van haar hulp, die zich verontschuldigt voor het ongemak. Ze kan vandaag niet komen, maar ze wil het eventueel morgen wel proberen. 'Bel me vanavond nog even,' stelt Astrid voor.

'Ziek?' informeert Charles als ze het gesprek heeft beëindigd.

'Volgens mij niet lichamelijk.'

Ze hoopt dat Charles en Jolien snel weggaan. Het komt haar eigenlijk heel goed uit dat Gina vandaag niet kan komen schoonmaken. Ze wil alleen in huis zijn, samen met het roze jurkje. Ze wil niemand in de buurt hebben als ze het terughangt in de kast van Meike. En ze wil vooral niet dat iemand in de gaten krijgt hoe erg ze van slag is door deze vondst.

Bjorn moet het jurkje gisteravond in de sokkenla van Jolien hebben gelegd. Hij kwam dronken thuis en heeft zich niet in de woonkamer vertoond. Astrid probeert zich te herinneren wat ze heeft gehoord toen hij eenmaal boven was. Er waren voetstappen op de overloop en er gebeurde het een en ander in de badkamer. Ze heeft er bewust niet naar willen luisteren en daar heeft ze nu spijt van.

Ze streelt met haar vingertoppen over de stof van het jurkje. Haar ogen dwalen door de kamer. Alles staat nog op dezelfde plaats, het dekbed is uitnodigend teruggeslagen. Ieder voorwerp in deze ruimte ademt nog een klein meisje uit en verwijst naar haar. Astrid drukt het jurkje tegen haar lippen. Ze probeert te bedenken wat Bjorn kan hebben bewogen om ermee te gaan rondlopen, waarom hij het eerst in zijn eigen kamer wilde hebben en daarna in de la van Jolien dropte. Heeft hij met die daad zijn zus op stang willen jagen? Of raakte hij in paniek en wist hij geen andere manier te verzinnen om ervan af te komen? Was hij bang dat zijn moeder hem zou betrappen als hij in Meikes kamer was? Geen enkele redenering klopt, er is geen acceptabele verklaring voor te vinden. Ze ziet iets over het hoofd. Maar wat?

Ooit zullen ze deze kamer moeten ontruimen. Misschien als Jolien kinderen krijgt. Als er een kleindochter wordt geboren zouden de poppen, de teddybeer, de jurkjes en alle roze spulletjes een bestemming kunnen krijgen. De gedachte doet pijn.

Het is nog lang niet zover. Misschien hoeft ze dit niet mee te maken. Dat idee is goed, maar ook beangstigend. Ze schrikt ervan en vraagt zich af of ze werkelijk zou willen sterven. Of ze echt naar de dood verlangt. Dat deed ze beslist het eerste jaar na het ongeluk. Ze doolde rond en dacht aan niets anders dan doodgaan. Ze wilde haar kind volgen en sloot zich op in die wanhopige gedachte. Maar het gevoel ebde weg, het lukte haar niet om het vast te houden. Ze kon haar andere kinderen niet in de steek laten. Het leven herstelde zich, de ruzies tussen Charles en Bjorn keerden terug en aan haar rol als bemiddelaar was niet te ontkomen. Ze heeft zich laten weerhouden door haar irritante neiging om vrede te stichten.

Ze kan het nog steeds doen. Ze kan nog steeds de deur uit lopen, in de auto stappen, naar de plek rijden waar de treinen hard rijden en daar op de rails gaan liggen. Het gebeurt regelmatig, ze zal geen uitzondering zijn. Ze kan ook naar de zee gaan en zich laten meevoeren door de golven.

Het kan nog steeds.

Ze staat op en opent de kast van Meike. Links hangen de zeven roze jurkjes. Rechts de roze broeken en de roze T-shirts. Er zijn ook rode kledingstukken en er is een wit vest. Er was heel wat overredingskracht voor nodig om haar dat aan te laten trekken. Er is een roze balletpakje en een paar roze balletschoenen. Er is een roze feeënjurk, met een satijnen lijfje en een tulen rok. Soms wilde Meike die jurk naar school aan en stampvoette ze van drift als dat niet doorging.

Jolien had toen ze een jaar of vijf was ook een roze periode, maar was niet zo fanatiek als Meike. Hoe lang zou de roze tijd geduurd hebben als haar jongste was blijven leven? 'Ik wil later een roze trouwjurk,' zei ze drie dagen voor het ongeluk. Astrid kreeg een paar maanden geleden een roze trouwjurk aangeboden, maar die heeft ze geweigerd.

Ze speurt met haar ogen de rij jurkjes aan de linkerkant af en zoekt een leeg hangertje. Dat is er niet.

Ze telt de rij.

Zeven roze jurkjes.

Ze kijkt naar het exemplaar dat ze in haar handen heeft en telt de rij nog een keer. Het zijn er echt zeven.

Heel langzaam dringt tot haar door dat het kledingstuk dat ze vasthoudt niet van Meike is.

10

Haar vingers trillen als ze het mobiele nummer van Bjorn intoetst. Als ze het belsignaal hoort, twijfelt ze opeens. Wat moet ze tegen hem zeggen? Is het wel verstandig om opheldering te eisen? Zou het niet beter zijn om eerst rustig te worden? Hoe legt ze uit dat ze weet dat het jurkje door hem in die la is gelegd? Ze drukt op de rode toets en zet het toestel terug in de oplader.

De woede is bedwelmend.

Hoe is het mogelijk dat ze het niet direct heeft gezien? Er zitten strikjes op dit jurkje, maar die zijn wit. Witte strikjes zouden in de ogen van Meike een doodzonde zijn geweest. Ze zou ook het geruite biesje langs de mouwen hebben afgewezen. Meike hield niet van ruiten en ook niet van stippen.

Astrid neemt het zichzelf kwalijk dat ze deze vergissing heeft gemaakt. Het voelt aan als ontrouw, als een meedogenloze onoplettendheid, als afstand nemen.

De vragen die ze aan Bjorn zou willen stellen zijn naar de achtergrond verplaatst. Misschien stelt ze geen vragen, laat ze dit incident voor wat het is. Toch zou ze willen weten hoe hij aan het jurkje is gekomen. Heeft hij het gekocht? Gevonden? Van iemand gekregen? Hij heeft in ieder geval niet geweten hoe hij er weer van af moest komen. De meest voor de hand liggende oplossing, de vuilnisbak, heeft niet gewerkt. Voor Bjorn werken de meest voor de hand liggende oplossingen eigenlijk nooit. Zijn besluit om het roze jurkje achter te laten in de sokkenla van Jolien past bij de manier waarop hij met problemen omgaat. Je verplaatst ze gewoon naar iemand anders en dan ben jij ervan af. Ze kent dit gedrag, ze heeft het al zo vaak meegemaakt. Maar op dit moment maakt ze zich niet druk over de reden waarom hij het jurkje in de la van zijn zusje dropte. Op dit moment vraagt ze zich alleen af hoe hij eraan kwam.

Ze hoort buiten een geluid, kijkt uit het raam en ziet in de verte de vuilniswagen naderen. De zwarte bak staat aan de weg; ze heeft hem gisteravond al buiten gezet. Ze aarzelt even, maar neemt dan het besluit. Ze grijpt de krant die op tafel ligt, rolt het jurkje erin en loopt naar buiten. De vuilniswagen is haar huis genaderd en de chauffeur steekt zijn hand op. Ze stopt het pakje in de zwarte bak en kijkt hoe die geleegd wordt. Daarna neemt ze de lege bak weer mee. De wielen bonken op het tegelpad.

·

Zodra ze weer binnen is, loopt ze naar de kamer van Bjorn. Haar hand grijpt de deurklink vast. De deur zit op slot. Ze probeert het nog een keer. Geen beweging. Ze draait zich om en opent de deur van de kamer van Meike. Ze zit een paar minuten op het bed en kijkt om zich heen. Soms voelt ze haar als ze hier zit.

Vandaag niet.

De deur van de kledingkast staat open. De jurkjes hangen naast elkaar, het zijn er nog steeds zeven. Het getal stelt haar gerust. Dat andere jurkje was een indringer en indringers kun je verwijderen. Je kunt je ook het beste niet druk maken over waarom deze indringer in dit huis verscheen. Astrid herhaalt deze conclusie een paar keer in gedachten, met de nadruk op drie woorden: niet druk maken, niet druk maken. Hoe vaak hebben Charles en zij dit in de afgelopen jaren al niet tegen elkaar gezegd? Niet druk maken, het hoofd koel houden, met strakke hand maar toch liefdevol corrigeren, steeds benadrukken dat iedereen verantwoordelijk is voor zijn eigen daden. Maar heeft het geholpen?

Het wordt tijd dat ze zichzelf niet langer lastigvalt met vragen die haar een hopeloos gevoel geven en aan het werk gaat. Ook al komt Gina vandaag niet, er moet toch worden schoongemaakt. Ze kan beginnen met de badkamer. Als haar hulp morgen wél verschijnt, moet die de rest van de eerste etage maar doen. En als Bjorn de deur van zijn kamer op slot houdt, zal hij zelf moeten poetsen. Dat moet hij ook gaan doen als hij in zijn eigen huis woont. Ze zou het niet erg vinden als hij morgen al vertrok. Charles heeft gelijk, het is idioot dat hun zoon nog thuis woont. Ze hadden hem al veel eerder duidelijk moeten maken dat hij een eigen huis moest zoeken.

Nu opstaan en de kamer verlaten. Ze telt de roze jurkjes nog een keer en gaat weer op het bed zitten. De woede is gezakt.

Toch voelt ze hem nog ergens.

11

Vandaag word je zeventig. Een kroonjaar, maar dat feit zal wel aan je voorbijgaan. Jullie vieren geen verjaardagen, omdat het de nadruk legt op het individu en omdat het zou voortkomen uit een heidense traditie. Kerkelijke feestdagen zoals Kerstmis en Pasen worden ook van heidense oorsprong beticht en dus genegeerd. Oud en Nieuw gaat ieder jaar voorbij zonder dat jullie er acht op slaan. Er valt weinig te vieren bij de Jehova's getuigen. Waarom zou je het leven ook vieren als er sprake is van zoveel geboden en vooral verboden?

Er dringt zich vandaag steeds een absurd plan aan me op. Het plan om op de trein te stappen, naar Emmen te reizen en me bij jou te melden. We hebben elkaar al negenentwintig jaar niet gezien. Je stuurde me weg op de dag dat je eenenveertig werd. Het is ook absurd dat ik de maanden en dagen zit te tellen. Dat ik de getallen die ik vind steeds hardop uitspreek. Er is iets waardoor ik mijzelf moet inpeperen dat we al driehonderdachtenveertig maanden, zelfs al tienduizendtweehonderdzevenentwintig dagen van elkaar gescheiden zijn. Ik heb de rekensom van de dagen zes keer nageteld en precies uitgerekend hoeveel schrikkeljaren er in die periode zaten.

Is dat heimwee? Teleurstelling? Boosheid? Waarom doe ik dit?

Je bent nu waarschijnlijk grijs, misschien spierwit. Net zo wit als je moeder was.

Oma zal wel niet meer leven, mijn oom misschien ook niet meer. Ik heb geen enkel familielid meer gezien sinds mijn vertrek. Iedereen kan dood zijn, maar ik weet zeker dat jij nog leeft. Dat voel ik.

Ik wil dat je nog leeft. Haal het niet in je hoofd om dood te gaan voordat ik je nog een keer gesproken heb.

Het is bijna tien over vier in de middag, het tijdstip waarop ik ooit de voordeur achter me in het slot hoorde vallen. Ik sleepte mijn koffer naar de bushalte verderop in de straat en wachtte op de bus die me naar het station zou brengen. Ik zag jouw ogen voor me en deinsde opnieuw terug van de intens hatende blik die erin lag. En ik vroeg me af waarom ik gedacht had dat mijn bekentenis je beschermende moederrol zou uitvergroten. Welke bescherming had ik in godsherennaam op het oog gehad? Welke moederrol?

Ik wilde nog een keer achteromkijken en mijn ouderlijk huis goed in me opnemen, maar de bus kwam er al aan en ik hees de koffer naar binnen. De chauffeur vroeg lachend of ik soms een wereldreis ging maken. Zo vertrok ik uit Emmen en liet ik de eerste zeventien jaren van mijn leven achter me. Mijn jeugd, de indoctrinerende opvoeding, de onbeschrijfelijke eenzaamheid van een kind dat zich niet thuis voelt in haar natuurlijke omgeving. En de hoop dat alles ooit zou veranderen.

Ik maakte zelf een eind aan die hoop door mijn vertrek. Dat formuleer ik niet goed. Ik ben niet vertrokken, ik werd uit huis gezet. Weggestuurd, verbannen. Het was de prijs die ik moest betalen voor mijn definitieve besluit om me niet te laten dopen. Je drong daar al op aan sinds ik vijftien was geworden en het was me gelukt om de beslissing steeds uit te stellen. Ik had al duizend verschillende zinnen bedacht om bekend te maken dat ik niet gedoopt wilde worden en ook geen evangelisatiearbeid wilde verrichten. Natuurlijk wist ik heel goed dat van mij verwacht werd dat ik ging participeren in de huis-aan-huisprediking die de Jehova's getuigen kenmerkt. Wie niet predikt, kan geen lid van de gemeenschap zijn. Ik wilde niets liever dan geen lid van die gemeenschap zijn, maar ik wilde wel jouw kind blijven.

Je wist niet dat ik Charles had leren kennen. Jij en ik bezochten samen dagen achtereen een camping en probeerden tent voor tent, caravan na caravan, ons verhaal te slijten over de noodzaak tot bekering, zodat men aan de vernietiging van goddelozen kon ontkomen. We werden overal weggestuurd, uitgelachen en zelfs uitgejouwd. Dat hoorde erbij, daar waren we aan gewend. Jij was eraan gewend, ik niet. Ik voelde de afwijzingen keer op keer als een ultieme vernedering en de bevestiging van mijn ongeloof. Ze maakten een pias van me, een karikatuur van de hoogste orde.

Toen ik bij de toiletten op jou stond te wachten, sprak Charles me aan. Hij was vriendelijk en direct. Hij zei dat ik volgens hem dit werk met tegenzin deed. Ik gaf het zonder een moment te aarzelen toe. Toen vroeg hij of ik 's avonds terug kon komen.

Op de terugweg naar huis vertelde ik aan jou dat ik bij de toiletten een vrouw had ontmoet die graag verder wilde praten over het geloof, maar op voorwaarde dat het alleen met mij zou zijn en buiten de camping. Ik gebruikte de mij aangeleerde juichende toon voor deze mededeling en presteerde het zelfs te beweren dat dit een geschenk leek voor onze religieuze toewijding. Je stemde erin toe dat ik ging.

Mijn eerste avond met Charles hebben we alleen over onszelf gepraat. We waren gretig naar wederzijdse informatie en ik kreeg mijn eerste kus. Dat was het begin van een serie geheime ontmoetingen waarvoor ik me in de meest bizarre bochten moest wringen. Toen de vakantie van Charles en zijn familie voorbij was, begon ik hem stiekem te bellen. En hij begon van Weesp naar Emmen te rijden om mij in het geheim te zien.

Ik was zo naïef te veronderstellen dat de liefde een brug kon vormen. Het was voor mij een onvoorstelbaar idee dat je akkoord zou gaan met mijn uitsluiting als je wist dat ik mijn geluk gevonden had bij een hardwerkende man die jouw levensstijl wilde respecteren.

Het is al negenentwintig jaar geleden en toch weet ik nog exact hoe ik me voelde toen ik in de bus zat die me naar het station bracht. Ik herinner me de kramp in mijn middenrif, mijn te hoge ademhaling, de duizeligheid. De wereld verging tijdens die rit. Ik was gedumpt, met mij was afgerekend.

Nu praat ik tegen je via de opnamefunctie van mijn mobiele telefoon. Ik zonder me af en controleer iedere minuut of de deur van de zolder wel goed gesloten is. Ik zorg ervoor dat mijn stem gedempt blijft, ook al weet ik dat de goed geïsoleerde ruimte waar ik me bevind mijn geheim bewaakt. Misschien moet ik aan Charles vertellen waar ik mee bezig ben. Hij zal het begrijpen en in ieder geval respecteren.

Misschien kan ik beter geen nieuw geheim aan mijn leven toevoegen.

12

Astrid schrikt als ze plotseling iemand achter zich voelt staan. Op hetzelfde moment zit ze met haar neus in een enorm boeket.

'Sorry dat ik me zo lullig heb gedragen.' Bjorn drukt een kus op haar wang.

Het lukt niet om enthousiast te reageren. Wat gaat ze antwoorden als hij vraagt waar het jurkje gebleven is?

Bjorn drukt zijn hoofd tegen haar schouder. 'Mama, zullen we weer vrede sluiten?'

Nu moet ze de andere kant op kijken. Ze kent deze blik in zijn ogen en weet dat ze daar niet tegen opgewassen is. Ze draait haar hoofd van hem weg. 'Ik hoorde van je vader dat je soms zomaar een dag niet werkt zonder eerst vrij te vragen.'

Hij richt zich op.

Haar stem klinkt stroef en dat is precies wat ze wil. 'Dat klopt niet, Bjorn. Ook al werk je in het bedrijf van je vader, je hebt je als een normale werknemer te gedragen. Luister naar me, ga er nu niet weer direct vandoor. En ga ook niet weer beweren dat ik je behandel alsof je een kleuter bent.'

'Je hebt gelijk. Ik zal papa mijn excuses aanbieden.'

'En verder? Kan hij er dan ook op rekenen dat het niet meer gebeurt? Waar heb je eigenlijk de hele dag uitgehangen?' Ze merkt dat ze toch behoorlijk geïrriteerd is.

'Wat heb jij slechte zin. En ook al wil je het niet horen, ik vind echt dat je nu die kleutertoon weer aanslaat.'

'Geef eens antwoord, Bjorn, draai niet altijd zo om de hete brij heen.'

'Je weet dat ik niet tegen dwang kan, laat me nu. Ik ga het echt goedmaken met papa.'

'Waar ben je geweest vandaag?'

Het antwoord valt weg in de klap waarmee de keukendeur wordt dichtgeslagen. Was er wel een antwoord? De bloemen liggen er een beetje verloren bij. Astrid zou het hele boeket in de vuilnisbak willen smijten. Ze strijkt met haar hand langs haar ogen. 'Ik moet me beheersen,' zegt ze hardop. 'Deze dag komt wel weer om. Morgen gaat het beter.'

'Waar is iedereen? Wat heb je allemaal gedaan vandaag? Wat eten we?' Jolien trekt Astrid naar zich toe en geeft haar een dikke kus. 'Ik zal je echt missen, mam, als ik met Louwrens ga samenwonen. Echt waar, ik meen het.'

'Ik zal jou ook missen, lieverd. Maar je gaat toch niet emigreren? Ik vind het heerlijk voor jullie dat je helemaal samen kunt zijn.'

'Dat ging bij papa en jou wel even anders, hè?'

'Zo kun je dat wel zeggen. Maar het was vanaf het begin goed. Ik werd met open armen ontvangen in zijn familie en de maanden dat we bij zijn ouders inwoonden waren echt wel uit te houden. Ze hebben goed voor me gezorgd en ons overal mee geholpen. Ik kreeg eindelijk een thuis.'

'Denk je nog wel eens aan je eigen familie, mama?'

Astrid wil een antwoord geven, maar haar stem weigert.

'Vandaag even niet?' Jolien streelt haar wang.

'Nee, vandaag maar even niet,' weet Astrid uit te brengen. Ze slikt een paar keer. 'We eten maaltijdkippensoep met broodjes, om een van je eerdere vragen te beantwoorden. Papa zit met Bjorn te praten, die storen we maar even niet.'

'Ik denk dat Bjorn het wel fijn vindt als ik vertrek.'

Astrid kijkt haar dochter aan. 'Waarom zeg je dat?'

'Omdat het zo is en dat weet jij ook wel. Hij zal het heerlijk vinden als hij jou eindelijk helemaal voor zichzelf heeft. Nee, niet tegenspreken. Ik vind het best. Maar ik vind dat het tijd wordt dat hij eens op eigen benen gaat staan.'

'Ik ook,' zucht Astrid.

'Ik ben bang dat je hem het huis uit moet knuppelen.' Jolien schatert om haar eigen woorden.

'Zo kan ie wel weer,' bromt Astrid.

De sfeer is onverwacht gezellig. Charles heeft Astrid snel toegefluisterd dat hij een stevig gesprek heeft gehad met Bjorn. Ze hebben goede afspraken gemaakt en hij heeft er vertrouwen in.

Ze zou hier blij om moeten zijn, maar het onaangename gevoel dat zich van haar meester heeft gemaakt wil niet wijken. Ze vraagt zich af of haar sombere stemming iets te maken heeft met het feit dat ze tegenwoordig op zolder hardop in zichzelf zit te praten. Ze twijfelt of ze daarmee moet doorgaan. Zou het een goed idee zijn om het aan Charles te vertellen? Zou hij het begrijpen?

Ze begrijpt zelf niet eens waarom ze haar moeder zo nodig moet toespreken.

'Heb je nog iets van Gina gehoord?' informeert Jolien.

Astrid schrikt op uit haar gepeins. 'Gina? Nee, niets gehoord. Ze zou volgens mij vanavond bellen. Misschien bel ik haar zelf even.'

'Wat is er aan de hand met Gina?' wil Bjorn weten. 'Of is dat een vrouwenaangelegenheid?' Bjorn buigt zich over de tafel in de richting van Astrid.

'Ik weet niet wat er met Gina is, ik neem nog wel contact met haar op. Ach, laat ik het maar meteen doen.' Ze pakt de telefoon en kiest het nummer van Gina. 'Geen gehoor,' zegt ze.

'Die staat morgenochtend gewoon op de stoep,' voorspelt Charles.

Astrid heft haar hand op. 'Stil! Hallo? Ben jij dat, Gina?' Ze luistert. Ze spert haar ogen wijd open en lijkt te wankelen. Ze schudt een paar keer met haar hoofd.

'Wat is er aan de hand?' wil Charles weten.

'Dit kan niet waar zijn,' stamelt Astrid.

13

Ze zijn alle vier verlamd van schrik.

Jolien is de eerste die de stilte verbreekt. 'Wist je dat ze een zus had, mam?'

'Nee. Ze vertelt nooit iets over haar privéleven. Ik weet alleen dat ze gescheiden is en geen kinderen heeft.'

'Ze is dood,' wijst Bjorn haar direct terecht. 'Ze kan niets meer vertellen. Waarom praat je nog in de tegenwoordige tijd over haar?'

'Allemachtig, Bjorn, kun je nu eens een keer normaal doen? Wat maakt het nu uit of we in de tegenwoordige of de verleden tijd over Gina praten? Hou je eens bezig met de schrik die dit bericht veroorzaakt en vooral met wat het voor mama betekent. Zij had het meeste contact met haar en zij is degene die het moest aanhoren.' Joliens stem klinkt steeds luider.

'Schreeuw niet tegen me,' snauwt Bjorn. Hij staat op. 'Ik merk dat ik weer te veel ben, dus ik ga wel.' Niemand protesteert.

Astrid is te geschokt om adequaat op het gekibbel van haar kinderen te reageren. Ze hoort nog steeds de opgewonden onbekende stem die voortdurend Gina's naam uitschreeuwde en snikkend meldde dat ze dood in bed lag.

'Het kan niet waar zijn,' blijft ze herhalen.

Charles grijpt haar hand. 'Ik ben bang dat het wel waar is, maar het is inderdaad niet te geloven. Wat een drama. Wie verwacht nu zoiets? Ze was toch niet ziek? Hoe oud is Gina precies?'

'Vijfenveertig, ze was twee weken geleden jarig. Volgens mij was ze niet ziek.'

'Maar toen ze je belde was er toch iets aan de hand? Zei ze niet dat ze zich niet goed voelde?'

'Er was iets aan de hand, maar ik had de indruk dat... ach, wat maakt het uit? Ze ligt dood in bed en haar zus is in alle staten. Moeten we er niet even naartoe gaan?'

'Wat zouden we daar kunnen doen? Ik denk dat we alleen maar in de weg lopen.'

'Ik wil ernaartoe,' zegt Astrid.

'Dan gaan we,' beslist Charles.

'Misschien kunnen we die zus steunen,' oppert Jolien. 'Haar opvangen, troosten. Leven hun ouders nog?'

Astrid haalt haar schouders op. 'Ik weet het echt niet. Ze werkt hier al zeven jaar en ik weet zulke eenvoudige dingen niet eens. Ik schaam me dood.'

De deur van de woonkamer gaat open en Bjorn verschijnt. 'Ik wil niet zo gauw boos worden,' zegt hij.

Jolien loopt op hem af. 'Kom hier, broer,' zegt ze en ze slaat haar armen om hem heen.

Astrid moet opeens huilen.

Jolien en Bjorn zitten op de achterbank en Jolien houdt haar broer nog steeds vast. Astrid ziet dat Charles nu en dan via de achteruitkijkspiegel naar de twee kijkt.

'We zijn er,' zegt Charles. 'Lieve help, wat is hier aan de hand?'

Er staan drie politiewagens en een ambulance op het erf.

'Die zus heeft in haar schrik blijkbaar ook de politie gebeld,' constateert Jolien.

'Moeten wij hier echt zijn?' vraagt Bjorn.

'Misschien kunnen we beter teruggaan,' oppert Charles.

Astrid maakt haar gordel los. 'Ik ga vragen wat er aan de hand is,' zegt ze. 'Wachten jullie maar even in de auto.'

'Ik ga met je mee,' beslist Charles.

Als Astrid en Charles de voordeur van de woning naderen, komt er een ambulancebroeder naar buiten. Hij maakt een afwerend gebaar met zijn handen. 'U kunt niet naar binnen, de politie is nog bezig. Bent u familie?'

'Gina was onze hulp, ze werkte iedere week bij ons,' zegt Charles. 'Ze zou vandaag komen, maar vanmorgen meldde ze dat het vandaag niet zou lukken. En toen mijn vrouw haar vanavond probeerde te bereiken, hoorde ze van Gina's zus dat ze haar dood in bed had aangetroffen. We wonen hier vlakbij en zijn direct gekomen.'

'Ik denk dat de politie u wel wil spreken. Wacht hier maar even, ik ga iemand halen.'

'Waarom is er politie?' vraagt Astrid.

'Het was waarschijnlijk geen natuurlijke dood,' antwoordt de broeder.

14

De moord is voorpaginanieuws. Astrid vraagt zich af hoe het mogelijk is dat alles tot in detail wordt gepubliceerd. Volgens Charles heeft deze gebeurtenis een hoge sensatiewaarde. Het komt nu eenmaal niet dagelijks voor dat een alleenstaande vrouw gewurgd in haar eigen bed door haar zus gevonden wordt. Die zus heeft gepraat. Of gespuid. Vooral het feit dat ze in de badkamer een zwangerschapstest heeft gevonden die duidelijk een positieve uitslag aangaf, is nieuws dat aanleiding geeft tot wilde speculaties. Astrid wil het allemaal niet weten en toch leest ze alles letter voor letter. Ze begrijpt niet wat haar bezielt.

Ze voelt zich schuldig en ergert zich tegelijkertijd aan dat gevoel. Het is te dol voor woorden dat zij ook maar de geringste verantwoordelijkheid neemt voor wat Gina overkomen is. Toch blijft er iets op de achtergrond aanwezig wat in die richting gaat. Misschien komt het doordat ze door deze gebeurtenis beseft dat ze zich nooit serieus heeft verdiept in Gina. De vrouw kwam iedere week trouw op donderdagochtend en werkte vier uur achter elkaar tot ze het huis weer grondig had schoongemaakt. Ze dronk tegen tien uur snel een kop thee, maar het gebeurde regelmatig dat ze weigerde om dat in de woonkamer te doen en Astrid verzocht om de thee ergens voor haar neer te zetten. Als aan haar werd gevraagd hoe het met haar ging was het antwoord altijd hetzelfde. Het ging goed. Ze was ook altijd hetzelfde gestemd, altijd rustig en vriendelijk. Er lag altijd een aarzelende glimlach op haar gezicht. Pas nu, nadat ze is vermoord, bedenkt Astrid dat het leek of die glimlach op haar gezicht geschilderd was. Pas nu constateert ze dat de ogen van de vrouw nooit lachten. Pas nu weet ze dat de bevroren lach de laatste weken voor haar dood op een grimas leek.

Ze was zwanger, volgens haar zus. De test wees het uit. Heeft ze samen met de man die daar verantwoordelijk voor was de test bekeken en is daarna de paniek uitgebroken? Niemand lijkt iets te weten over een vriend; ze heeft er ook tegen haar zus, met wie ze toch een warm contact had, niets over verteld. Waarom niet?

De zus mist de gouden zegelring die Gina van hun opa had geërfd. Ze droeg die ring altijd en toen ze werd gevonden zat hij niet om haar ringvinger. Niemand kan zich voorstellen dat je iemand wurgt voor een gouden zegelring. Charles denkt dat de moordenaar de ring meegenomen heeft als trofee. Hij is ervan overtuigd dat de dader gestoord is en dat Gina te laat in de gaten heeft gekregen met wie ze te maken had.

Astrid is al verschillende keren gebeld door mensen die ze alleen van gezicht kent. Opeens weet iedereen dat Gina bij haar werkte en er komen nieuwsgierige vragen die ze stuitend ongepast vindt. Ze houdt de gesprekken zo kort mogelijk.

Er zijn mensen van de politie langsgekomen die alles wilden weten over het gedrag van Gina en vooral over wat ze eventueel gezegd kon hebben dat een aanknopingspunt zou kunnen betekenen in het onderzoek. Astrid geneerde zich voor de leegte in haar antwoorden.

Het is een vreemd idee dat Gina nooit meer haar fiets in de schuur zal zetten, nooit meer zal melden dat ze er is, nooit meer met het zweet op haar voorhoofd de trap af zal komen, nooit meer glimlachend zal zeggen dat het goed gaat. Het is nog vreemder dat Astrid haar mist.

Sinds de avond dat ze naar Gina's huis reden, is Bjorn vriendelijk tegen de andere leden van het gezin. Hij lijkt zijn voornemen om niet zo snel boos te worden heel serieus te nemen. Maar Astrid is op haar hoede. Ze kent dit gedrag. Het is al vaker gebeurd dat hij wekenlang goedgehumeurd was en zich sociaal gedroeg. Toch brak er altijd een moment aan waarop hij door een volslagen onschuldig incident door het lint ging en de hele wereld zijn vijand werd. Ze trapt er niet in, hoewel ze de enige in het gezin lijkt te zijn die reserves heeft. Jolien stoeit met haar broer en lokt hilarische discussies uit. Bjorn hapt vol overgave en laat zich zonder problemen plagen. Charles lacht om hun capriolen. Hij vindt dat Astrid zich meer moet openstellen voor de goede voornemens van hun zoon.

De laatste dagen zijn ze zomaar op een normaal gezin gaan lijken, terwijl hun hulp in de huishouding vermoord is en nog boven aarde staat. Terwijl het jongste lid van de familie al vijf jaar op het kerkhof ligt.

15

Ze verschenen voor mijn gevoel uit het niets en daarom voelde ik me waarschijnlijk zo overvallen. Ik heb normaal gesproken een zesde zintuig dat me waarschuwt als ze me naderen. Vandaag stonden ze opeens voor mijn neus toen ik de voordeur opende. Ze vertelden me glimlachend dat ze het goede nieuws kwamen verkondigen. Ik moest de deurknop vastgrijpen en diep ademhalen. Twee meter achter de man en de vrouw zag ik een kind staan. Het was een meisje en ze keek ernstig. Ze leek een beetje op Meike. Kleine meisjes lijken vaak op het kind dat ik verloren heb.

Is dat ook met jou gebeurd? Heb jij overal kleine jongetjes zien lopen die op de zoon leken die je verloor? Hij was pas drie toen hij stierf.

Ik heb je nooit om zijn dood zien huilen. Ik ben ook nooit te weten gekomen wat er toen precies is gebeurd. Er waren veel kinderen ziek in onze omgeving en ik ving flarden van gesprekken op over risico's die te maken hadden met het weigeren van vaccinaties. Maar ik sloot me ervoor af, ik wilde het niet horen. Ik was veel te bang dat ik zelf ook ziek zou worden, want ik begreep heel goed dat ik zelf ook niet was gevaccineerd. Ik heb het in die periode één keer gewaagd om aan je te vragen of dat alsnog kon gebeuren. Je sloeg me de hele kamer door en sprak twee weken niet tegen me.

Jehova's getuigen mogen geen kinderen adopteren. Sommige uitspraken van de Hoge Raad kloppen als een bus. Jammer genoeg mogen ze wel zelf kinderen krijgen.

Ik heb ook achter jullie gestaan bij jullie evangelisatiearbeid. Jij peperde het mij in dat deze arbeid onze godsdienstige identiteit niet alleen benadrukte, maar vooral tot uitdrukking bracht. Het was onze religieuze plicht om te evangeliseren en te proberen andere mensen te bekeren. Je noemde het 'velddienst' en ook wel 'getuigeniswerk'. Door te getuigen en te geloven konden we in aanmerking komen voor redding, als de goddelozen door het Armageddon zouden worden vernietigd. Ik herinner me goed dat andere kinderen van Jehova's getuigen mij met grote angstogen wezen op de naderende vernietiging en aan me vroegen of ik daar ook zo bang voor was. Ik gaf altijd alle antwoorden die van me werden verwacht, maar ze weken allemaal af van de waarheid. Ik was niet bang, want ik geloofde diep in mijn hart niet in het Armageddon. Het leek mij niet aannemelijk dat Jehova precies zou weten wie wel en wie niet geloofde. In mijn beleving reikte zelfs het oog van een god niet zo ver dat het de hele wereld en alle levende schepselen kon overzien.

Ik vond het niet logisch.

Hoe vaak zal ik me al niet hebben afgevraagd of het geloof iets is waarmee je wel of niet geboren wordt? Of het een gen is dat je wel of niet meekrijgt? Hoe vaak heb ik al willen weten waarom ik als enige in onze familie en in de geloofsgemeenschap waar we toe behoorden vanaf mijn vroegste jeugd dat geloof nergens voelde? Dat bestempelde me tot outcast, het veroorzaakte wanhoop en eenzaamheid. Het maakte een paria van me.

Twee Jehova's getuigen voor de deur van mijn huis hadden vanochtend een verwoestende uitwerking op mij. Ze lieten me als een stuk aangeschoten wild naar alle hoeken van mijn herinneringen rennen tot ik uitgeput raakte. Ik herkende de loodzware vermoeidheid die bezit van me nam. Ik voelde de wanhoop. Die is er nog steeds, al is het al uren geleden dat ik hen heb weggejaagd.

Waarom zoek ik troost bij jou? Waarom hoop ik op een geruststellend woord of signaal? Je keek niet eens om toen ik nog een kind was en achter je stond als je je bekeringsactiviteit aan mensen opdrong. Je sleepte me mee als ik zei dat ik thuis wilde blijven omdat ik bang was voor de boze blikken en de onaangename woorden van mensen die we lastigvielen. Je schopte me soms de deur uit.

Misschien heeft mijn slechte stemming van dit moment niet alleen te maken met het ongewenste bezoek dat vanmorgen voor de deur stond. Misschien was dat alleen de reden van een doorbraak en lag de oorzaak al lang op de loer. Ik lijk de enige persoon in mijn gezin te zijn die zich druk maakt over de dood van een huishoudelijke hulp en ik weet niet eens waar ik me nu precies zo druk over maak. Ergens in mijn onderbewustzijn rinkelen alarmbellen. Ergens probeert een signaal door te breken. Ergens wacht iets waar ik voor wil vluchten.

16

Vanaf het moment dat Astrid wakker wordt, denkt ze eraan. Vandaag wordt Gina begraven. Haar lichaam is een paar dagen geleden eindelijk vrijgegeven en kan nu naar haar laatste rustplaats worden gebracht. Haar zus Rita belde direct op toen het nieuws bekend werd. Ze belt regelmatig, want ze schijnt te denken dat Astrid op de hoogte wil worden gehouden van alle ontwikkelingen.

Charles ligt nog te slapen. Ze kijkt naar zijn ontspannen lichaam en haar oog valt op zijn trouwring. Gina droeg een zegelring, maar toen ze werd gevonden was die verdwenen. Maar Gina is dood, daar valt niets aan te veranderen en nog minder over te piekeren. Het opsporen van haar moordenaar is het werk van de politie. Soit!

Het is pas halfzes, maar ze is klaarwakker. Buiten zijn enkele vogels al aan hun ochtendconcert begonnen. Ze sluipt het bed uit en trekt haar ochtendjas aan. Zou de krant al bezorgd zijn? Haar maag borrelt. Ze wrijft met haar handen over de luidruchtige plek en beseft dat ze trek heeft in zoetigheid. Gevulde speculaas of iets dergelijks. Ze schudt haar hoofd. Wie heeft er nu in juni zin in gevulde speculaas? Ze glipt de slaapkamer uit en sluit de deur zo zacht mogelijk. Als ze haar voet op de bovenste traptree heeft gezet, valt haar oog op de deur van de kamer van Meike. Die staat op een kier. Ze loopt er snel op af en trekt hem in het slot.

Witbrood met roomboter en chocoladehagelslag is ook zoet. Er flitst een beeld langs haar ogen, het beeld van een klein meisje dat nog een kussen op haar stoel nodig heeft om boven de tafel uit te komen. Het meisje zet haar tanden in een witte boterham met chocoladehagelslag. Meestal wordt Astrid misselijk van zulke beelden, maar vandaag is het te verdragen. Als het brood ligt te ontdooien, ziet ze in de verte de krantenbezorger naderen. Ze knoopt haar ochtendjas dicht en loopt naar buiten.

De stilte om haar heen voelt heerlijk aan. Het huis is een veilige haven. Ze geniet van de rust en de ruimte, van het uitzicht over de weilanden en het ontbreken van buren. Toen ze pas uit Emmen was verdreven, moest ze erg wennen aan de uitgestrektheid van haar nieuwe woonomgeving, maar ze ontdekte al snel hoeveel lucht het ontbreken van buren haar gaf. Tegenwoordig kan ze zich niet meer voorstellen dat ze in een rijtjeshuis zou willen wonen. Van het idee dat er dan overal mensen in de buurt zijn, kan ze het behoorlijk benauwd krijgen.

Ze kijkt naar haar eigen huis. Het heeft sinds ze hier wonen een totale metamorfose ondergaan. Het oude grauwgrijze stucwerk van de gevel is vervangen door een nieuwe laag met een vriendelijke roomkleur. De kozijnen zijn niet meer blauw, maar diep donkergroen. Astrid weet nog dat het onnatuurlijke blauw pijn deed aan haar ogen. De kleur stond haar zó tegen dat ze aanvankelijk geen zin had om het huis van binnen te bekijken; Charles moest haar bijna over de drempel sleuren. Maar toen ze zich eenmaal over haar aversie heen had gezet, werden de blauwe kozijnen een onbeduidend smetje op het geheel. Ze was vanaf het moment dat ze in het huis stond verliefd op de ruime woonkamer, de enorme keuken en vooral op de zolder. Het dak was nog niet geïsoleerd, er waren nog geen dakkapellen, maar de twee bescheiden dakramen boden wel uitzicht over het landschap en de rust die daarvan uitstraalde.

Ze richt haar blik op de dakkapel aan de voorzijde van het huis. Aan die kant is de lichtval het mooist en daar staat nu dus ook de enorme passpiegel waarvoor de toekomstige bruiden vaak niet zijn weg te slaan. Gisteren hebben zich twee nieuwe klanten gemeld; ze wilden graag zo snel mogelijk een afspraak maken. De eerste komt vanmiddag. Ze heeft dat nog niet tegen Charles gezegd. Ze heeft ook niet gezegd dat ze niet meegaat naar de begrafenis van Gina.

De gedachte aan die begrafenis maakt haar opeens onrustig. Ze ziet een rij graven voor zich. Bloemstukken. Kinderspeelgoed. Ze klemt haar handen om de krant.

De stem bezorgt haar bijna een hartverlamming. Ze wankelt, maar blijft overeind. De krant valt op de grond.

'Ik dacht al dat jij beneden zou zijn. Wat is er? Laat ik je schrikken?' Bjorn komt op haar af en pakt haar hand. 'Ja, je schrikt je rot volgens mij. Nou sorry, mam. Ik dacht dat je me hoorde aankomen.'

Astrid raapt de krant op. 'Het geeft niet, ik had je gewoon nog niet verwacht. Hoe komt het dat je al zo vroeg wakker bent?'

'De slaap was op.' Hij lacht breed. 'Dat zei Meike altijd, weet je nog wel? Denk jij momenteel ook zo veel aan haar?' Hij trekt haar naar zich toe. 'Ik zie ertegen op om vandaag naar het kerkhof te gaan, maar ik ga echt wel mee. Ik kom er anders nooit. Jij wel, hè?'

'Ik ga niet naar de begrafenis van Gina,' zegt Astrid. 'En jij hoeft er echt niet naartoe, als je dat liever niet wil.'

Bjorn lijkt opgelucht. 'Dan blijf ik bij jou.'

Astrid wil zeggen dat hij zich niet verplicht hoeft te voelen om haar gezelschap te houden. Ze zoekt naar de juiste woorden om hem dat duidelijk te maken zonder hem het gevoel te geven dat ze hem afwijst. Maar de woorden houden zich verscholen.

'Ik heb trek in vers witbrood met chocoladehagelslag,' meldt Bjorn. 'En met roomboter.'

Astrid voelt dat haar maag zich samentrekt.

17

Dit gesprek zou niet moeten plaatsvinden. Astrid wil tegen Charles zeggen dat hij het onderwerp moet laten rusten, maar ze krijgt nauwelijks ruimte om iets naar voren te brengen. Hij is boos, omdat ze blijft weigeren mee te gaan naar de begrafenis. Hij wijst haar op de ongeïnteresseerde indruk die ze daarmee maakt. Zijn stem is hard en overheersend. Zijn boosheid overvalt het hele gezin en maakt korte metten met de rust die zich tijdens het ontbijt in de keuken had genesteld.

Bjorn is stil. Hij trommelt met zijn vingers op tafel. Jolien probeert haar vaders tirade te sussen, maar Charles luistert niet. Hij blijft de aanval op Astrid richten.

Opeens heeft ze er genoeg van. 'En hou nu alsjeblieft je kop dicht! We weten echt wel hoe jij erover denkt. Ik ga niet mee en dat besluit staat vast. Denk je nu werkelijk dat het mij iets uitmaakt of andere mensen me daarvoor zullen veroordelen? Laat ze eerst zelf maar eens een kind naar het kerkhof brengen en laat ze mij dan maar eens voordoen hoe het hun lukt om achter een kist aan te lopen.'

'Jij bent niet de enige die een kind heeft verloren. Het was ook mijn kind.' De stem van Charles hapert.

'Papa, toe nou,' smeekt Jolien. 'Waarom moet er ruzie komen? We zijn niet eens familie van Gina, we kennen haar nauwelijks.'

'Wat klets jij nou? De vrouw heeft bijna zes jaar in ons huis gewerkt, schuif je dat zomaar even opzij?'

'Hoe vaak heb jij haar in die zes jaar gezien? Hoeveel woorden heb jij met haar gewisseld?' valt Astrid haar dochter bij. 'Man, we wisten niet eens dat ze een zus had. Geen kwaad woord over Gina, laat dat duidelijk zijn. Maar je kunt ook overdrijven. Als er twee leden van ons gezin op haar begrafenis komen, is het ook genoeg.'

'Wie gaat er dan nog meer niet mee?'

'Ik,' zegt Bjorn. 'Ik blijf bij mama.'

'Hij blijft bij mama,' hoont Charles.

Voordat hij verder kan gaan valt Astrid hem in de rede. 'Niemand van ons hoeft zich verplicht te voelen om vandaag naar de begrafenis te gaan. Ik heb een mooi bloemstuk voor Gina laten bezorgen en iedere keer als haar zus belt maak ik tijd voor haar en probeer ik haar te steunen. Meer aandacht heb ik momenteel niet in de aanbieding. En nogmaals: ik vind dat niemand van ons vieren een verplichting heeft. We moeten elkaar steunen, niet afvallen.'

Charles staat op, schuift zijn stoel naar achteren en loopt de kamer uit.

'Ik ga wel met hem mee,' zegt Jolien.

Ze heeft voortdurend het gevoel dat haar strot wordt dichtgeknepen. Astrid probeert lucht in haar longen te krijgen, maar haar ademhaling stagneert. Er begint zich een weinig goeds voorspellende hoofdpijn te ontwikkelen, waar ze van in paniek raakt. Vanmiddag komt de nieuwe klant, hoe gaat ze dit redden? Kan ze toch beter niet afbellen en een nieuwe afspraak maken?

'Je zit zo te hijgen,' zegt Bjorn. Hij buigt zich naar haar toe. 'Wil je toch gaan? Ik ga wel met je mee, hoor.'

'Je bent lief.'

Zijn gezicht vertrekt. 'Niet altijd. Soms hebben de demonen in mijn hoofd de overhand.'

Astrid krijgt opeens lucht. 'Welke demonen? Daar praat je eigenlijk nooit over.' Ze denkt razendsnel na. Hoort of ziet hij dingen die er niet zijn? Heeft ze daar ooit eerder iets van gemerkt? Niet in de zin van demonen. Hij heeft vaker laten blijken dat hij vreemde gedachten had die hem angstig maakten. Zou het mogelijk zijn dat hij opdrachten krijgt om dingen te doen...

'Laat maar, mam, ze zijn er al zolang ik leef en ze zullen nooit verdwijnen. Maar ik hou ze in de hand.' Hij staat op. 'Ik wil wel even weg.'

'Waar ga je naartoe?'

Hij heeft opeens haast en is de kamer al uit.

Astrid ondersteunt haar pijnlijke voorhoofd met haar handen. 'Laat deze dag snel voorbijgaan,' fluistert ze.

Waarom liep hij nu weer zo snel weg? Ze zou met hem willen praten over die demonen in zijn hoofd. Wat doen ze met hem? Hoe ervaart hij ze? Hij heeft dit woord nooit eerder gebruikt als ze met hem sprak over zijn gedrag.

Ze zegt ook niet vaak tegen hem dat ze hem lief vindt.

Hij is ook zelden lief. Hij is een ongeleid projectiel. Hij staat haar al vanaf zijn jeugd nauwelijks toe dat ze hem aanhaalt en weert aardige woorden snel af. Toch weet ze dat hij ze nodig heeft. Ze heeft hem te gemakkelijk laten gaan, ze had hem moeten tegenhouden. Ze grijpt de telefoon en toetst zijn mobiele nummer in. Hij moet terugkomen en met haar praten. Hij moet weten dat hij bij haar terechtkan en aan haar kan vertellen wat hij bedoelde toen hij het over demonen had.

Hij neemt niet op.

De postbode fluit vandaag terwijl ze de post in de brievenbus doet die aan het begin van het erf staat. Ze fluit een bekend lied. Astrid luistert en probeert het te herkennen. Ze zwaait de vrouw na als die weer op haar scooter wegrijdt.

Er zitten twee enveloppen voor Charles in de bus en een voor Jolien. Er is ook een envelop voor Astrid. Haar naam staat er met vette letters op. Ze maakt hem open als ze terugloopt naar de voordeur.

Er zit niets in.

Iemand heeft haar een lege envelop gestuurd. Ze kijkt op de achterkant. Geen afzender. Ze tuurt naar het poststempel. Staat daar Amsterdam?

Ze kijkt om zich heen. Aan de overkant van de weg grazen koeien. Ze bewegen zich op hun gebruikelijke lome manier. Alles is zoals anders.

Ze inspecteert nog een keer de binnenkant van de envelop. Iemand heeft zich blijkbaar vergist of heeft niet goed opgelet. Iemand uit Amsterdam.

Ze kent niemand in Amsterdam.

Het lijkt een fysieke aanval, die haar doet wankelen. Een stevige duw tegen haar rug, een ijzeren greep die haar verlamt. Het is achter haar.

Ze probeert te ruiken of ze iets herkent. Ze sluit haar ogen en luistert scherp. Misschien kan ze horen waardoor ze belaagd wordt. Of door wie.

Er is niets. Weer niet. Er is nooit iets, dat weet ze toch?

Ze scheurt de envelop aan flarden.

18

De aanstaande bruid weet precies wat ze zoekt. Het is een slanke jonge vrouw met een knap gezicht en stralende ogen. Ze vertelt dat ze al twee maanden op zoek is naar een geschikte trouwjurk en dat ze alle bruidszaken in de provincie al heeft gehad. 'En dat terwijl ik iets heel eenvoudigs zoek,' zegt ze. 'Dat moet toch geen probleem zijn? Ik wil een jurk zonder toeters en bellen en vooral niet strapless. Tegenwoordig trouwen de meeste vrouwen half bloot, ik vind dat geen gezicht.'

Astrid moet lachen om haar felheid en neemt haar mee naar de zolderetage. Ze is blij met deze afleiding en ze hoopt dat de vrouw niet te snel weer verdwijnt. Er hangt een aangename sfeer om haar heen die Astrid gretig omarmt. Ze kan er de woede van Charles door naar de achtergrond plaatsen. 'Het zou zomaar kunnen dat ik de goede jurk voor je heb,' zegt ze. 'Ik heb hem pas een week in huis en de bruid die hem gedragen heeft had weinig vertrouwen in de mogelijkheid van verkoop, omdat de jurk zo eenvoudig is. En niet strapless.' Ze vraagt zich af waarom de vrouw alleen is. Meestal komt er een moeder mee, vaak ook een schoonmoeder. Of een zus, of een vriendin. Dit is de eerste keer sinds ze haar zaak is begonnen dat een aanstaande bruid zonder gevolg verschijnt.

'We trouwen op een heel bescheiden manier,' legt de vrouw uit. 'Mijn vriend heeft geen ouders meer en die van mij zijn het niet eens met mijn keuze. Het wordt dus alleen een huwelijkssluiting op het stadhuis van Hoorn. We wonen in Hoorn. Maar ik wil toch een jurk.'

'Het is jullie dag,' zegt Astrid. 'Laat je door niemand vertellen hoe je die moet inkleden.'

'Dat doen we ook niet. We doen het op onze eigen manier.' De vrouw staart naar de bruidsjurk die Astrid uit het rek haalt. 'O, dat is 'm!' Ze strekt haar handen uit naar de jurk en begint te huilen.

Ze zitten in de keuken en drinken koffie. De tranen zijn gedroogd en de jurk hangt in plastic verpakt aan de deur. Astrid vraagt zich af of er van haar verwacht wordt dat ze vragen stelt over de familieomstandigheden van de vrouw. Ze hebben zich wel aan elkaar voorgesteld, maar ze is haar naam vergeten. Ze bedenkt dat Charles en Jolien dadelijk terug zullen komen en dat de vrouw dan misschien beter verdwenen kan zijn. Gelukkig staat de vrouw op. Astrid hoopt dat haar opluchting niet van haar gezicht is af te lezen.

Buiten klinkt het geluid van autobanden die het erf oprijden. Ze opent de voordeur en ziet dat het Bjorn is.

'Die man ken ik,' zegt de vrouw. Ze lacht.

'Dat is mijn zoon.'

'O ja? Hij was een paar weken geleden met zijn vriendin in de snackbar waar ik op vrijdag en zaterdag werk en hij flirtte met me.' Ze lacht. 'Een ondeugende man, dat is hij.' Ze groet Astrid hartelijk en benadrukt nog een keer dat ze heel blij is met de jurk die ze gekocht heeft. Voorzichtig legt ze de grote plastic zak op de achterbank van haar auto. Voordat ze wegrijdt steekt ze haar hand op naar Bjorn, die nog niet is uitgestapt. Pas als ze verdwenen is, komt hij uit zijn auto.

'Ken je haar?' informeert Astrid.

'Wie? Bedoel je de vrouw die hier net wegreed? Heb je haar soms een trouwjurk verkocht? Nee, ik ken haar niet.'

'Ze zei dat ze jou wel kende.'

Bjorn haalt zijn schouders op. 'Ik zou niet weten waarvan.'

Astrid aarzelt. 'Ik denk dat ze zich vergiste. Volgens haar was jij met je vriendin in de snackbar geweest waar zij op vrijdag en zaterdag werkt. In Hoorn.'

'Ik heb geen vriendin en ik kom zelden in een snackbar en ik ben nog nooit in Hoorn geweest, dus dat kan niet kloppen.'

Hij kijkt van haar weg.

Ze probeert een gesprek op gang te krijgen, maar haar woorden ketsen af op de stugge houding van haar zoon. Zijn goede humeur lijkt weer verleden tijd te zijn.

'Is er iets gebeurd waardoor je van slag bent geraakt?' vraagt ze.

'We hadden mee moeten gaan naar die begrafenis.'

Dit antwoord had Astrid niet verwacht. 'Waarom? En waarom zeg je "we"? Ik heb jou toch niet tegengehouden?'

Bjorn heft zijn hand op. 'Stoppen, met jou is toch nooit ergens over te praten. Jij draait het gesprek nu eenmaal altijd in de richting die jou het beste uitkomt.'

Een klap in haar gezicht zou minder pijnlijk zijn. Ze slikt een paar keer en probeert te voorkomen dat de tranen die opeens in haar ogen staan daadwerkelijk tevoorschijn komen.

'En janken helpt niet.' Bjorn staat op. 'Ik geloof dat papa en Jolien eraan komen, dus ga daar je beklag maar bij doen. Wring je maar lekker in allerlei bochten om nog meer ruzie te vermijden en praat ze maar naar de mond. Dat kun jij toch zo goed: iedereen naar de mond praten? Vooral geen ruzie krijgen, lekker met alle winden meewaaien en je overal buiten houden. Jij bent gewoon laf en iedereen heeft het in de gaten, behalve jij zelf.'

Ze wil hem tegenspreken, maar ze vertrouwt haar stem niet.

'Ik ga deze week nog een keer lekker dronken worden,' grinnikt Bjorn.

19

Je bent oma van drie kinderen. Bij elke geboorte stuurde ik je een geboortekaartje en steeds kreeg ik dat per omgaande terug. De klap was het hardst toen dat voor de eerste keer gebeurde. Ik was uitgeput en leeg en ik had een huilbaby gekregen. Mijn schoonmoeder probeerde me ervan te overtuigen dat dit vaker voorkwam en het vanzelf overging. Ze zei dat sommige baby's moeite hadden met wennen aan de wereld buiten de baarmoeder. Ze adviseerde me mijn baby heel dicht bij me te houden totdat hij het huilen niet meer nodig had.

Na twee maanden begon ik te begrijpen dat er moeders waren die hun kind iets aandeden en ik raakte in paniek van mijn eigen gedachten. Charles regelde extra hulp in de huishouding en stuurde zijn moeder en twee schoonzussen langs om op mij te letten. Mijn baby was alleen stil als hij tegen mij aan lag. Hij maakte een kluizenaar van me en na drie maanden wist ik nauwelijks meer hoe de wereld eruitzag.

Ik hield iedere dag de brievenbus in de gaten en zodra de postbode was geweest haastte ik me naar buiten. Er kwam nooit een bericht van jou.

Ik wist dat ik er gewoon aan moest wennen. Het begrip 'uitsluiting' was me bekend. Het is een actieve vorm van excommunicatie, die gebruikt wordt bij Jehova's getuigen als een kerkelijke tucht bij overtredingen. Vanaf het moment dat deze maatregel wordt genomen mogen de leden degene die uitgesloten is niet meer groeten, niet meer met die persoon spreken en op geen enkele manier enige vorm van contact onderhouden. De maatregel overtreden zou direct tot gevolg kunnen hebben dat je zelf ook uitgesloten wordt. Het maakt niet uit om wie het gaat. Of het je buurvrouw is, je nicht, je zus, je moeder. Je kind. Het is disciplinair beleid en het dient te worden uitgevoerd.

Jij voerde het uit. Je wist daardoor niets van mijn eerste ervaringen met het moederschap. Je zag mijn tranen niet, je had geen idee van mijn wanhoop, je hoorde mijn smeekbedes aan mijn kind niet om eindelijk eens op te houden met huilen, je wist niet dat ik een paar maanden na de geboorte van Bjorn was veranderd in een wandelend skelet.

Je haakte af, omdat ik was afgehaakt. Omdat ik had geweigerd me te laten onderdompelen en omdat ik eerlijk had gezegd dat het mij niet lukte om in God te geloven.

Je hebt het leed niet gezien, maar ook niet de vreugde. Het leek een wonder. Bjorn hield precies vijftien weken na zijn geboorte op met huilen als ik niet in de buurt was. Ik legde hem 's avonds in zijn wieg en wachtte op de overloop op de eerste snik. Er gebeurde niets. Ik bleef daar maar staan en na een kwartier kwam Charles kijken wat er aan de hand was. We luisterden samen naar de stilte en keken elkaar verbaasd aan. Toen we heel voorzichtig de wieg naderden, hoorden we de diepe en regelmatige ademhaling van ons kind. Hij sliep.

Ik heb foto's van hem naar je gestuurd en de envelop ongeopend teruggekregen. Charles raakte geïrriteerd door mijn teleurstelling en verweet me zelfkastijding. Dat was het ook. Je hebt het schuldgevoel er stevig ingehamerd. Het heeft me veel moeite gekost me te ontworstelen aan mijn behoefte aan acceptatie. Ik was sociaal afhankelijk van de verkeerde groep. Jouw groep. Jouw indoctrinerende, intolerante, dreigende groep. Jouw machtige groep.

Jouw vernietigende groep.

Er zat niets anders op dan mij ook van jou af te keren en te aanvaarden dat je mijn kinderen nooit zou zien. Dat lukte al beter toen ik mijn eerste dochter kreeg en bij de tweede dochter waren de scherpe kantjes er echt vanaf. Het lukt echter nog altijd niet volledig als het mijn zoon betreft. Ik vind dat je zou moeten weten wat voor man hij is geworden.

20

Astrid wil niet naar de stilte van de nacht luisteren. Ze wil dat het geluid verschijnt dat ze verwacht. Waar ze op hoopt. Bjorn moet naar huis komen. Ze zit in de donkere, stille kamer en probeert het signaal op te vangen van een auto die het erf nadert. Maar ze hoort alleen haar eigen ademhaling.

Jolien kwam haar halen, omdat ze hulp nodig had. 'Papa is dronken,' zei ze. 'Ik kan beter zeggen: ladderzat. Hij was niet te stuiten, hij sloeg echt het ene na het andere glas achterover. Gênant, zeg, ik zag de mensen kijken.'

Astrid liep mee naar de auto en hees hem samen met Jolien naar buiten. Charles probeerde iets tegen haar te zeggen, maar zijn tong sloeg dubbel. Hij kreeg de hik en toen ze bijna bij de voordeur waren, moest hij overgeven. Hij leunde zwaar op haar schouder en ze had het gevoel dat ze door haar knieën ging zakken en samen met hem in de plas braaksel terecht zou komen. Gelukkig ving Jolien haar vader aan de andere kant even op en op die manier lukte het hen hem zonder problemen naar binnen te krijgen. Toen ze de trap in de gang bijna bereikt hadden, struikelde Charles en Astrid duwde hem op de onderste tree. Jolien zei dat haar rug het even niet meer trok en bood aan de smurrie buiten met de tuinslang weg te spuiten.

Astrid merkt dat ze beter niet meer aan het incident kan denken, omdat daardoor opnieuw de geur van braaksel haar neusgaten lijkt te vullen. Ze slikt een paar keer en haalt daarna adem door haar mond. Maar ondanks haar conclusie verschijnt het beeld van Charles die op handen en voeten de trap op kroop voor haar ogen. Ze heeft hem zijn gang laten gaan en later is Jolien gaan kijken of hij wel in bed lag. 'Hij heeft zijn kleren nog aan,' meldde ze. 'Ik heb alleen zijn schoenen uitgetrokken.'

Jolien was doodmoe en kondigde aan dat ze vroeg naar bed wilde. Ze ging naar haar kamer om Louwrens te bellen en verslag uit te brengen van de dag. Later kwam ze nog even beneden en zaten ze samen in de keuken het gevulde stokbrood te eten dat Astrid net uit de oven had gehaald. Jolien at bijna het hele stokbrood op en verontschuldigde zich voor haar trek in hartigheid. 'Ik hoor geen zin in eten te hebben,' zei ze. 'Niet als ik weer op dat verschrikkelijke kerkhof ben geweest.'

Astrid stelde geen vragen, maar dat was ook niet nodig. Haar dochter had er duidelijk behoefte aan om alles over de begrafenis van Gina te vertellen en ze schuwde geen enkel detail.

Er is boven een geluid. Astrid luistert scherp en loopt daarna naar de gang. Ze rent de trap op en ziet Charles in de deuropening verschijnen. Hij zoekt steun bij de deurpost en staat te zwaaien op zijn benen. Langzaam schuifelt hij in de richting van de badkamer en even later hoort ze hem met een plof op het toilet terechtkomen. Ze gaat op de middelste traptree zitten en wacht tot hij klaar is. Het lijkt uren te duren voordat hij weer wankelend op de overloop verschijnt en zonder op te kijken teruggaat naar de slaapkamer. Hij laat de deur openstaan en kruipt weer in bed. Nog geen minuut later hoort ze hem snurken.

Ze wil weer naar beneden gaan, maar haar benen weigeren dienst. Ze klemt haar handen om de trapleuning en drukt haar hoofd tegen de muur. Het gesnurk in de slaapkamer vult het hele huis, het geluid is niet om aan te horen. Astrid hijst zichzelf overeind en dwingt haar voeten om naar boven te klimmen, totdat ze de slaapkamerdeur kan dichttrekken. Ze houdt de trapleuning stevig vast als ze de trap af gaat. Ze voelt zich hopeloos eenzaam.

Als ze bijna beneden is, hoort ze buiten het geluid van een auto. Bjorn komt thuis. Ze loopt zo snel als ze kan naar de woonkamer en gaat op de bank zitten. Er wordt een portier dichtgeslagen. Er komen voetstappen in de richting van het huis. De voordeur wordt geopend en weer gesloten met een zachte klik.

Hij gaat direct naar boven.

Ze luistert naar de geluiden die uit de badkamer komen. Het zijn gewone geluiden en ze duiden niet op onvaste bewegingen. Is hij nuchter? Het wordt stil boven haar hoofd. Ze strekt zich uit op de bank. Haar ogen voelen zwaar aan.

Er is iets boven haar. Ze schiet overeind en ziet Bjorn voor haar staan.

'Heb je nu alweer op de bank geslapen? Wat is er aan de hand?'

Astrid kijkt op haar horloge. Het is tien over zeven. Haar keel is uitgedroogd, ze ruikt haar eigen smerige adem. 'Waarom ben jij al uit bed? Het is zaterdag, je hoeft toch niet te werken?'

'Ik heb een zwarte klus vandaag. Een kroegmaat van me heeft problemen met zijn auto. Niets tegen papa zeggen, die wil niet dat ik zonder bon werk.'

'Verdorie, Bjorn, waarom betrek je mij hierbij? Ik heb genoeg aan mijn hoofd.'

Bjorn loopt naar de keuken. 'Ik ga thee zetten. Kruip jij eens lekker onder de douche en spoel dat slechte humeur meteen even van je af.'

'Ben jij soms vergeten op welke manier je hier gisteren wegliep? Je was buitengewoon onaangenaam tegen me. Je behandelde me alsof ik je grootste vijand was.'

'Dat was gisteren, waarom moeten er nu weer ouwe koeien uit de sloot worden gehaald? Wees blij dat ik vandaag niet chagrijnig ben.'

Ze begrijpt op dit moment weer eens niets van hem. Ze zou aan hem willen vragen wie hij is.

21

Het is een grote envelop, op A4-formaat. Haar naam is geschreven in dezelfde blokletters als de vorige keer. Dezelfde vet geschreven blokletters.

ASTRID VAN VELZEN-VAN MEGEN.

Daaronder haar adres, in normale letters. Geen afzender, poststempel Amsterdam.

Ze scheurt de envelop open en is ervan overtuigd dat hij weer leeg zal zijn. Haar vingers verkennen de binnenkant en halen iets wits tevoorschijn. Wat is dit? Ze beweegt haar vingers over de stof. Het is een sok. Een witte sok.

Een kindersok.

Welke idioot stuurt haar een witte kindersok?

Ze tuurt nog eens in de envelop, maar er zit verder niets in.

Jolien meldt dat ze als een blok geslapen heeft. 'Dat was even nodig, mam, na die ellendige dag gisteren. Je had groot gelijk dat je niet wilde gaan, zulke gelegenheden veroorzaken alleen maar verdriet. Je moet het papa niet kwalijk nemen dat hij zo dronken is geworden. Het werd hem allemaal te veel en we hadden vooral niet nog langs het graf van Meike moeten gaan. Ik heb nog geprobeerd hem van dat idee af te houden, maar je kent papa. Als die iets in zijn hoofd heeft...'

Astrid heeft de envelop verscheurd en in de afvalbak gegooid.

De sok zit in de zak van haar rok. Ze weet niet of ze er iets over aan haar dochter moet vertellen. Ze probeert iets te eten, maar ze krijgt geen hap door haar keel.

'Luister je wel?' vraagt Jolien. 'Ik vroeg je wat.'

'Sorry, ik was er even niet bij. Wat vroeg je?'

'Of jullie nu ruzie gaan krijgen. Over gisteren. Nee toch, hè?'

Astrid streelt met haar vinger de wang van haar dochter. 'Je bent en blijft een echte vredestichter, is het niet? Nee, er komt geen ruzie. Ik begrijp wel dat je vader het er moeilijk mee had. Hij wil nooit mee als ik naar het kerkhof ga. Hij zegt dat hij er niets meer vindt.'

'Jij wel? Word je erdoor getroost? Voel je daar nog iets van Meike?'

'Soms. Soms ook niet. Er zijn dagen dat ik er verschrikkelijk belabberd vandaan kom en dan ga ik een paar weken niet. Maar toch moet ik er steeds weer naartoe. Daar ligt ze, of wat er van haar is overgebleven. Het is een plek waar ik nog echt iets van haar vind.'

'Niet in haar kamer? Daar staan haar spulletjes, daar hangen haar kleren. Ik ga wel eens even op haar bed zitten en dan kijk ik rond. Het is niet altijd even gemakkelijk, maar meestal voel ik me erdoor getroost.'

'Dat wist ik niet. Ik had geen idee dat jij daar wel eens zit.'

'Vind je het erg?'

'Natuurlijk niet, lieverd. Natuurlijk niet.'

'Papa zit er ook wel eens.'

Jolien is weg. Ze gaat vandaag met Louwrens drie huizen bekijken. Louwrens is erg enthousiast over een huis in Naarden, maar het brengt wel vervoersproblemen met zich mee omdat het niet op fietsafstand van het station staat. Astrid kon de opmerking dat ze toch niet voor niets een auto had nog net binnenhouden.

Ze weet dat de auto van Jolien een van de discussiepunten is tussen haar dochter en haar vriend. Als ze eerlijk is, vindt ze dat Louwrens wel erg recht in de leer is wat zijn milieubewustzijn betreft. Hij heeft zelf geen auto, niet eens een rijbewijs. Hij zweert bij zijn fiets en het openbaar vervoer en stapt alleen bij Jolien in de auto als er geen andere mogelijkheid is. Charles maakt er wel eens grapjes over. Dan zegt hij dat het een vreemde speling van het lot is dat een fervente autohater zijn hart verliest aan de dochter van een automonteur met een groot garagebedrijf.

Astrid ruimt de tafel af en probeert de zaterdagkrant te lezen. Ze begint drie keer aan een artikel over gastouderschap dat op de eerste pagina van het streeknieuws staat. Het lukt niet om haar gedachten bij de tekst te houden, omdat ze steeds moet denken aan de woorden van Jolien. Haar dochter zoekt troost in de kamer van Meike en zit daar soms een poosje rond te kijken. Charles ook. Daar heeft hij nog nooit iets over gezegd en zij heeft er niets van gemerkt. Ze voelt zich schuldig.

22

'Waar is iedereen?'

Astrid heeft Charles niet horen binnenkomen en schrikt van zijn stem. Ze vouwt de krant dicht. De blik in zijn ogen voorspelt niet veel goeds. 'Jolien is huizen kijken met Louwrens. En Bjorn... die is ook weg.'

'Heb je het gisteren toevallig nog met hem over het zoeken naar een eigen woning gehad?'

'Toevallig niet. Hij was slecht gestemd en liep de deur uit. Hij verweet me dat ik hem ervan had weerhouden om toch naar de begrafenis te gaan.'

'En ik neem aan dat jij je weer hebt laten verleiden tot nederige verontschuldigingen?'

'Charles, wij moeten op een andere manier met elkaar praten. Dit gaat niet goed.'

'Valt er dan nog iets te praten, Astrid?'

'Volgens mij wel. Ik ben geschrokken van je reactie gisteren. Je kwam echt stomdronken thuis en zo ken ik je niet. Je drinkt nooit zo veel dat je nergens meer toe in staat bent.'

'Ik ken jou ook niet zoals je tegenwoordig bent.'

Astrid haalt diep adem. 'Hoe ben ik volgens jou tegenwoordig?'

Hij gaat tegenover haar zitten. Ze ziet dat hij trekt met zijn rechteroog. Dat doet hij alleen als hij nerveus is. 'Je bent niet meer de Astrid die ik leerde kennen op de camping, de Astrid op wie ik verliefd ben geworden. Ik ben je kwijt.'

'Ik vroeg niet hoe ik niet meer ben, ik wil graag weten wie ik wel ben, in jouw ogen.'

'Juist, in mijn ogen. En dat geeft jou dan meteen de gelegenheid om de verantwoordelijkheid voor mijn mening alleen bij mij neer te leggen.'

Astrid zucht diep. 'Op deze manier komen we nergens. Geef eens antwoord op mijn vraag. Hoe kijk jij tegenwoordig tegen mij aan?'

Hij kijkt naar zijn vingers die iets van de tafel wrijven wat er niet is. 'Je bent dood. Natuurlijk adem je nog, maar verder lijkt het of alles wat jou altijd tot Astrid maakte verloren is gegaan. Je hebt het ergens achtergelaten op een onbereikbare plek. Je lijkt zelfs fysiek minder op jezelf dan je vroeger deed.' Hij kijkt haar weer aan. 'Ik mis je.'

Astrid bedwingt de neiging om op te staan en weg te rennen. Ze probeert het oogcontact vast te houden, maar dat lukt niet. 'Ik mis mezelf ook,' weet ze uit te brengen. 'Ik kan mezelf niet meer vinden sinds...' Ze volgt met haar ogen de vingers van Charles, die nog steeds rusteloos bewegen. 'Ik neem het mezelf kwalijk dat ik zo in het verdriet blijf hangen. Ik heb niet het alleenrecht op rouw om Meike. Jij hebt ook een kind verloren. Maar...' Ze aarzelt.

Charles raakt een seconde haar handen aan.

'Ik kan niet tegen de boze toon die je zo vaak aanslaat tegen Bjorn. Dat doe je nadrukkelijker sinds Meike...'

Charles schudt zijn hoofd. 'Niet weer, hè? Hoe vaak hebben we het hier nu al over gehad? Ik verwijt hem niets en ik weet best dat ik vlak na het ongeluk onaangename dingen tegen hem heb gezegd. Daar heb ik meerdere keren mijn excuses voor aangeboden. Het kwam door de woede die me in zijn greep had. De woede om het verlies, om de verwoesting van dat mooie kleine meisjeslijfje. Het vrat aan me, het vreet nog steeds aan me. Maar ik wil verder met mijn leven, met ons leven. Wij zijn een gezin, we zijn getrouwd, we moeten elkaar kunnen steunen.'

Astrid veegt een traan van haar wang. 'Je hebt gelijk, ik moet dat niet steeds naar voren halen. Tussen Bjorn en jou zit niet de juiste chemie, het is niet anders. Hij is ook een lastige zoon. De laatste tijd vraag ik me vaak af of we niet beter hulp hadden kunnen zoeken tijdens zijn opvoeding.'

'Dat hoef je je niet af te vragen, dat is een feit. Maar we hebben ervoor gekozen om het zelf op te lossen en dat kunnen we niet meer terugdraaien. Bjorn zal door schade en schande moeten leren zijn plaats in de maatschappij te veroveren. En volgens mij is het heel belangrijk dat hij zich losmaakt van zijn ouderlijk huis. Hij kan best voor zichzelf zorgen, het is een gezonde vent van achtentwintig. Niet dom, als hij zin heeft zelfs ijverig en hij heeft de garantie van een vaste baan. Ik laat hem niet vallen als werknemer, Astrid. Daar hoef je niet bang voor te zijn.'

'Nu hebben we het weer over Bjorn,' zegt Astrid.

Charles glimlacht. 'Goed zo, vestig de aandacht maar op jezelf.' Hij buigt zich naar haar toe. 'Je hebt gelijk: mijn toon moet anders worden. Ik begin even opnieuw. Wat kan ik voor je doen?'

'Me vasthouden.'

'We zouden praten,' mompelt Charles.

Astrid kruipt nog dichter tegen hem aan. Ze wil de stevige greep van zijn armen om haar heen blijven voelen. 'We hebben de hele dag om te praten en dat gaan we ook doen,' belooft ze.

Hoe lang staan ze hier al, verstrengeld en aan elkaar vastgeklemd? Ze ruikt een vage alcoholgeur, maar sluit zich ervoor af. Er mag geen stoorzender tevoorschijn komen, ze moet dit gevoel vasthouden, dit verlangen voeden.

Hij maakt zich langzaam los en kust het puntje van haar neus. Zijn ogen zijn nu de ogen van Charles.

'Je bent er weer,' zegt ze.

Hij kust haar mond. 'En jij?'

Ze trekt hem naar zich toe.

Als ze het vanmorgen had moeten bedenken, zou het niet in haar zijn opgekomen. Nu is het een logische plek om samen te zijn. Astrid harkt de aarde aan en vist een paar sliertjes onkruid uit de krans bodembedekkers die het grafje omlijsten. Het zijn roze bloemetjes met hier en daar een stukje verdwaald wit. In het midden heeft ze lavendel geplant, in de vorm van een hart.

Charles veegt met een vochtig doekje de minimale aanslag weg van de letters op de strakke witte steen. Zijn handen trillen een beetje. Astrid bedwingt de neiging om ze te strelen.

'Ik praat altijd tegen haar als ik hier ben,' zegt ze. 'Ik vertel dan wat we allemaal meemaken en dat ze nog steeds een plaats heeft in ons gezin. Ik wil niet dat ze eenzaam is.'

Hij richt zich op en gaat naast haar staan. 'Meike zal nooit eenzaam zijn, daar was ze te sociaal voor. Zelfs in de eeuwigheid zal het haar lukken andere geesten voor zich in te nemen en contact te maken.'

'Jij gelooft toch niet dat er iets is na de dood?'

'Diep in mijn hart niet, maar voor Meike maak ik een uitzondering.'

'Ons cadeautje,' zegt Astrid. Ze grijpt zijn hand. 'Al zou ik alles wat ik bezit willen geven als ik dit verlies niet had hoeven meemaken, ik had toch geen moment van haar leven willen missen.'

'Ik ook niet.' Charles slaat een arm om haar schouder en trekt haar tegen zich aan. 'Ik ook niet,' herhaalt hij.

'Zullen we ook nog even langs het graf van Gina gaan?' stelt Astrid voor. 'Weet je nog waar ze ligt?'

Hij grinnikt. 'Ik denk het wel. Toen was ik nog nuchter.'

Het versgedolven graf is een bloemenzee. Er liggen kransen en boeketten, allemaal met grote roze en witte linten.

'Er waren blijkbaar veel mensen,' zegt Astrid.

'Klopt. Ik hoorde van een vrouw die naast me stond dat ze een grote familie had.'

'Ik vind het zo vreemd dat we niets van haar wisten. Ik heb echt wel eens vragen gesteld over haar leven en haar verleden, maar ze was een oester. Op zulke momenten moest ze altijd opeens nodig weer iets gaan doen.'

'Je moet je niet schuldig voelen. Ze is blijkbaar iemand tegengekomen die geen goede bedoelingen had. Triest, heel triest. Maar ik ben ervan overtuigd dat ze de dader zullen vinden. Ze was toch zwanger? Dat betekent dat ze een relatie had en daar zullen altijd mensen getuige van zijn geweest.'

'Ik hoop het,' zucht Astrid. Opeens denkt ze aan de twee enveloppen die ze heeft ontvangen. Ze voelt het witte sokje dat nog steeds in de zak van haar rok zit. Ze weet niet of ze hier iets over moet vertellen. In ieder geval niet hier. Of juist hier?

'Het is goed dat we hier zijn,' stelt Charles vast. 'Ik kon het nooit aan om hiernaartoe te gaan in mijn eentje. Met jou samen lukt het wel.'

'Dan gaan we vanaf nu vaker,' beslist Astrid. Ze laat haar ogen nog een keer over de bloemstukken dwalen en net voordat ze zich omdraait om Charles te volgen ziet ze het lint. Het lijkt zich aan de massa te willen ontworstelen. Van de tekst die erop staat is alleen het laatste deel te zien.

ST ZACHT. B

'Waar blijf je nou?' roept Charles.

23

'Maandag viert Don zijn verjaardag,' zegt Charles.

Astrid houdt haar adem in.

'Ik zou het fijn vinden als je meeging. En ik denk dat Don en Patricia het ook erg zouden waarderen.'

Ze weet dat het tijd wordt om weer eens te gaan deelnemen aan normale sociale activiteiten. De oudste broer van Charles is een man met het hart op de goede plaats. Dat geldt voor al zijn familieleden. Ze hebben hen vanaf de dag dat Meike verongelukte gesteund en ze hebben nooit een kwaad woord gesproken over de weigering van Astrid om sindsdien nog deel te nemen aan feestelijke aangelegenheden.

'Wil je erover nadenken?' De vraag klinkt uitnodigend.

'Ik ga mee,' zegt ze.

'Dat kun je aan?'

'Jij bent er toch ook?'

Hij springt uit zijn stoel en grijpt haar vast. 'Wat is er gebeurd? Hoe komt het dat je dit zegt?'

'Het is gewoon tijd,' antwoordt Astrid. 'Maar verwacht niet te veel van me. Ik vind het echt moeilijk.'

Charles heeft de eerste live-uitzending van de Amerikaanse *X-Factor* gedownload en samen beoordelen ze de verschillende kandidaten. Astrid is erg onder de indruk van een twintigjarige zangeres en Charles loopt weg met een duplicaat van Joe Cocker. Ze doen of ze kibbelen en lachen elkaars argumenten weg. En ze zijn heel eensgezind in hun oordeel over kandidaten die zich typisch Amerikaans profileren. Astrid schatert bijna om de afkerige grimassen die op het gezicht van Charles verschijnen als ze naar een opgedirkte dertiger kijken die consequent over the top gaat. Ze haalt paprikachips tevoorschijn en ze vallen er samen op aan. Ze betrapt zichzelf op de gedachte dat ze zich gelukkig voelt.

Alleen dat sokje zou niet in de zak van haar rok moeten zitten. De gedachte overvalt haar en torpedeert het gevoel waar ze zo blij door werd. Ze realiseert zich pas dat ze het sokje tevoorschijn heeft gehaald als ze Charles ziet opstaan en naar haar toe ziet komen.

'Geef maar aan mij,' zegt hij. 'Ik leg het wel in haar kast terug.'

Ze wil zeggen dat hij zich vergist, maar hij loopt al naar de deur.

Ze wacht en probeert te bedenken wat ze zal zeggen als hij terugkomt en zegt dat dit volgens hem geen sok van Meike was. Ze staart naar de deur en zet zich schrap. Charles komt weer binnen en drukt haar tegen zich aan. 'Het ligt weer in de la. Laten we verder kijken naar die Amerikaanse gekte.'

Ze lacht als Charles lacht en concentreert zich op het programma.

Midden in een betoog van Charles hoort ze het. 'Stil! Er is iets gaande in de gang.' Ze loopt snel naar de deur en botst bijna tegen Jolien op. Ze schrikt van het vertrokken gezicht van haar dochter en het volgende moment heeft Jolien zich in haar armen gestort.

Charles zet snel het geluid van de uitzending zacht.

Ze proberen te begrijpen wat hun dochter tussen het heftige gesnik door wil vertellen. Het gaat over Louwrens.

Charles duwt Jolien zachtjes op de bank. 'Nu eerst rustig worden,' zegt hij. 'Haal even een glas water, alsjeblieft, As. Ze moet iets drinken. Hier, een zakdoek. Snuit je neus en haal diep adem. Kind toch, je laat ons schrikken. Vertel nu eens rustig wat er aan de hand is met Louwrens.'

Jolien is weer in staat om rustig te formuleren. Haar handen trillen nog wel als ze het glas water vastpakt dat Astrid al twee keer heeft bijgevuld. De tranen blijven stromen en het pakje zakdoekjes dat voor haar ligt blijft slinken.

Ze luisteren verbijsterd naar het verhaal.

24

Ik had me mijn hele tweede zwangerschap voorbereid op een huilbaby, want ik was ervan overtuigd dat ieder kind dat ik zou krijgen de eerste maanden van zijn of haar leven zou janken van ellende. Ik wist ook zeker dat me opnieuw een uitputtingsslag van achtenveertig uur te wachten stond en dat ik daarna weer een paar weken wijdbeens zou lopen door de pijn van de hechtingen. Er waren al vijf jaren voorbijgegaan sinds mijn eerste bevalling, maar tegen de tijd dat ik was uitgerekend wist ik weer precies wat me toen was overkomen.

Jolien floepte drie uur na de eerste wee naar buiten en mijn onderlijf bleek schadevrij te zijn. Ze schreeuwde een halve minuut en begon toen tevreden te knorren. Ze huilde alleen als ze honger had. De eerste weken van haar leven sloop ik regelmatig naar boven, omdat ik bang was dat ik haar dood in haar wieg zou vinden. Ik kon niet geloven dat ze gewoon tevreden lag te slapen en controleerde eindeloos haar ademhaling. Ze liep pas met zeventien maanden, maar ze begon al te praten toen ze nauwelijks een jaar oud was. Ze sprak vanaf het begin in vraagtekens. Haar eerste twee woorden waren niet mama of papa, maar 'Is dat?'

Ze lijkt sprekend op Charles, terwijl Bjorn mijn evenbeeld is. Dat heeft de natuur mooi geregeld.

Ze is altijd een kind geweest van tegenstellingen. Een wervelwind die uiterst geconcentreerd een boek kon lezen. Een flapuit die geheimen kon bewaren. Een duizend procent aanwezig meisje dat onzichtbaar kon zijn.

Toen ze op de basisschool zat wilde ze moeder worden. Op de middelbare school hebben we alle beroepen van de wereld voorbij zien komen, maar ze werd mondhygiëniste. Tijdens haar stageperiode bij een praktijk voor orthodontie in Hilversum ontmoette ze Louwrens, die daar werkte als tandarts. Ik had direct in de gaten dat hij meer voor haar betekende dan de vriendjes die ze tot die tijd mee naar huis had gesleurd. Maar Louwrens was niet alleen tien jaar ouder dan zij, hij woonde ook samen met een vriendin. Tot een maand of acht geleden. Toen werd duidelijk dat de vriendin niet meer in beeld was en kwam Jolien haar nieuwe liefde aan ons voorstellen. Haar grote liefde, dat was vanaf het begin duidelijk. Ik twijfelde aan zijn intenties. Ik probeerde Jolien te waarschuwen en adviseerde haar niet te hard van stapel te lopen. Ze reageerde geïrriteerd en ik zweeg.

Mijn bedenkingen leken nergens op te slaan en opeens waren er recent plannen om te gaan samenwonen in een huis dat ze samen wilden kopen. Maar nu is het opeens voorbij. Nu ligt mijn oudste dochter eindelijk te slapen, na een huilbui die uren duurde en die haar volslagen heeft uitgeput. Haar vader ligt ook al in bed en haar broer is nergens te bekennen. En ik zit hier op zolder en probeer op gedempte toon aan jou te vertellen wat het met me doet, terwijl ik me voortdurend afvraag wat deze poging te maken heeft met de dood van papa.

Ik was bang voor hem. Ik durfde hem nooit recht in de ogen te kijken en ik probeerde altijd zijn enorme handen niet te zien. Dat lukte nauwelijks, want hij had handen als kolenschoppen. Stratenmakershanden, noemde hij ze zelf. Handen die aantoonden dat er hard mee gewerkt werd, want stratenmaker was een zwaar beroep.

Hij had een zware stem die mensen afschrikte en daarom deed jij altijd het woord als we langs de huizen gingen. Van jouw stem deinsde niet iedereen per definitie terug. Als hij niet werkte en geen evangelisatiearbeid verrichtte, las hij in de Bijbel. Ik kan me niet herinneren dat ik ooit enige vorm van conversatie tussen hem en jou waarnam die over iets anders ging dan de overtuiging dat wij ons in de eindtijd bevonden. Daarmee bedoelden jullie de laatste fase van de mensheid voordat God zou ingrijpen omdat de aarde gezuiverd moest worden van alle onrechtvaardige mensen.

Hij heeft de zuivering niet afgewacht. Op een avond zat hij zomaar opeens dood in zijn stoel. We hadden net gegeten en ik hielp jou met de afwas. Ik bracht het schone servies naar binnen om het op te bergen in het mahoniehouten dressoir en dacht dat hij zat te slapen. Een kwartier later ontdekte jij dat hij dood was.

Buurman en buurvrouw Vanboven werden erbij gehaald en jullie baden samen eerst uitgebreid en waarschuwden toen pas de huisarts. Niemand bekommerde zich om mij. Ik kroop weg in de vensterbank en keek toe toen hij werd weggehaald. Ik presenteerde mensen die kwamen condoleren keurig koffie en thee met een biscuitje en gaf beleefd antwoord als me een vraag werd gesteld. Ik luisterde naar gesprekken waarin hij geprezen werd om zijn nooit aflatende betrokkenheid bij de Jehova's getuigen. En ik probeerde me voor te stellen hoe het kon zijn als je stierf. Mij was geleerd dat een persoon ophoudt te bestaan als hij sterft en dat er geen leven is na de dood, maar dat het mogelijk is dat er ooit een wederopstanding plaatsvindt die ons weer tot leven brengt. In de dagen dat hij boven aarde stond, concentreerden de gesprekken die ik moest aanhoren zich op de twee soorten wederopstanding die Jehova's getuigen voor ogen hebben. Het ging om de hemelse opstanding voor 144.000 gezalfde christenen en de aardse opstanding voor de rest van alle mensen die gestorven waren. Ik wilde er niet naar luisteren, omdat ik er bang van werd.

Ik heb geen traan op jouw wangen gezien, geen hapering in je stem gehoord, geen enkel spoor van verdriet bij je waargenomen. Ik was negen jaar oud toen papa van het toneel verdween en al na een paar weken leek het of hij nooit in ons huis had gewoond.

Pas nu, zevenendertig jaar later, in de nacht nadat mijn oudste dochter haar grote liefde heeft verloren, vraag ik me af of je ooit van de man die twee kinderen bij je verwekte hebt gehouden. Of je in staat was om van een sterfelijk wezen te houden. Of je van mij hebt gehouden.

Mijn vragen vormen een doolhof waarin ik kan verdwalen. Ze maken me opstandig.

Kwetsbaar.

25

Astrid wil een mailbericht naar haar schoonmoeder sturen. Ze heeft zelfs overwogen om naar Californië te bellen. Daar is het nu middag, dus dat zou kunnen. Ze heeft opeens behoefte aan een gesprek met de moeder van Charles, die vijf weken geleden samen met haar man voor een halfjaar naar haar jongste zoon en zijn gezin in Californië is vertrokken. Ze mist haar. Ze mist de mogelijkheid om even bij haar binnen te wippen en te praten. Ze mist haar genegenheid.

Ze heeft al drie keer alle woorden die ze schreef gedeletet. Wat moet haar schoonmoeder met problemen waar ze niets aan kan veranderen? Ze geniet van haar jongen, haar schoondochter en de kinderen. Ze zal haar handen eraan vol hebben om het heimwee van Astrids schoonvader de kop in te drukken. Hij heeft altijd heimwee naar huis, zelfs als hij een weekend weg is in eigen land. Er is heel wat overredingskracht voor nodig geweest om hem zover te krijgen dat hij instemde met de reis, en pas toen zijn vrouw dreigde alleen te gaan gaf hij toe. Hij kan haar geen dag missen en daar heeft ze gebruik van gemaakt. De eerste berichten waren juichend en meldden ook dat pa het bijzonder naar zijn zin had. Er lagen veel klussen op hem te wachten, dus hij heeft geen tijd om heimwee te krijgen.

Astrid heeft Charles beloofd dat ze snel naar bed zal gaan. Ze wil nog even alleen zijn om rustig te worden. Eigenlijk wil ze wachten tot Bjorn thuiskomt. Het witte sokje zit weer in de zak van haar rok. Ze kon het idee dat het tussen de kleren van Meike lag niet verdragen. Ze wil zich voorlopig niet bezighouden met wat het betekent dat iemand haar deze sok stuurde.

Ze wil dat het ding zoekraakt of gewoon spoorloos verdwijnt. Misschien moet ze hem gewoon weggooien, net als het jurkje.

Het duurde even voordat Jolien in staat was het verhaal te vertellen. Het kwam erop neer dat ze vijf huizen hadden bekeken en heel lang in het huis waren gebleven waar Louwrens een oogje op had: de geschakelde dubbele villa tegenover een plantsoen met een kleine voortuin en een grote achtertuin die anderhalf jaar geleden totaal gerenoveerd was. Qua ligging en indeling een prachtig pand, maar met het nadeel dat Jolien de harde kleuren van het houtwerk en de wanden verafschuwde en ze het feit dat het huis niet vlak bij een station lag ook bezwaarlijk vond. Louwrens wilde niets van haar tegenwerpingen horen en bestreed ze zelfs. Het huis was strak geschilderd en de kleuren waren een kwestie van wennen. De ligging van het huis en de noodzaak om van het openbaar vervoer gebruik te maken om bij het station te komen, was voor hem eerder een voordeel dan een obstakel. Dit huis zou het begin kunnen zijn van een andere levensstijl, een groene stijl. Hij pleitte voor het afschaffen van de auto en beschreef bijna lyrisch hoe de fiets die ze voor Jolien zouden aanschaffen eruit ging zien. Hij leek in trance te zijn toen hij in de achtertuin de plek aanwees waar een moestuin zou kunnen komen. Jolien was te perplex om veel tegengas te geven en liet zich meetronen naar een pizzeria in de stad. Onderweg stond de mond van Louwrens niet stil en bleef hij maar pleiten voor gezond leven en op een verantwoorde manier omgaan met de aarde. Toen ze eenmaal achter de helft van een grote vegetarische pizza zat, kreeg ze geen hap door haar keel. En toen stond daar opeens die vrouw naast hem.

Louwrens kon geen woord uitbrengen en bleef maar naar haar staren. Jolien begreep eerst niets van zijn gedrag, maar toen de vrouw vertelde wie ze was begon het haar duidelijk te worden.

Het was zijn ex en ze gedroeg zich alsof ze nog steeds zijn beste vriendin was. Ze kuste hem op zijn mond en raakte hem steeds aan. Ze negeerde Jolien.

Louwrens was totaal uit het lood geslagen en liep zomaar de zaak uit. Jolien betaalde de rekening en haastte zich naar buiten. Ze trof hem verward en verdrietig bij haar auto aan. Hij wilde niet getroost worden. Hij wilde zo snel mogelijk naar huis.

Toen ze haar auto voor zijn appartement parkeerde, zei hij dat ze niet mee naar binnen hoefde gaan. Ze wilde protesteren, maar hij hief zijn hand op. En toen zei hij dat ze samen geen toekomst hadden. Hij had dat al eerder willen zeggen, maar zij gaf hem steeds geen kans. Verbijsterd luisterde ze naar de reeks incidenten die hij daarvoor als bewijs aanvoerde en ze probeerde te begrijpen waar hij het over had. Ze herinnerde hem eraan dat ze een paar uur geleden nog samen naar huizen hadden gekeken. Dat was volgens hem een grote vergissing. En opeens was hij weg en zat ze te luisteren naar de immense stilte die in de auto achterbleef.

Het is twaalf uur, Astrid voelt haar ogen prikken. Bjorn is nog steeds niet thuis. Waarom zou ze op hem wachten?

Ze denkt aan de verbijsterde blik in de ogen van Jolien. Terwijl ze vertelde wat er gebeurd was, bleef ze herhalen dat ze het niet begreep, dat ze echt nog nooit iets aan Louwrens had gemerkt en dat zijn beslissing om met de relatie te stoppen voor haar uit het niets tevoorschijn kwam. En er bleef iets aan haar woorden kleven wat op hoop leek.

Astrid zou de man die blijkbaar haar schoonzoon niet wordt met liefde een dreun voor zijn kop verkopen.

Jolien slaapt. Haar ademhaling is rustig. Astrid sluit heel voorzichtig de deur van haar kamer.

Charles snurkt. Astrid probeert hem op zijn zij te duwen, maar hij blijft onbeweeglijk op zijn rug liggen. Ze bedenkt dat ze in Meikes bed kan gaan liggen. Die gedachte veroorzaakt een lawine van verdriet.

26

Het geluid zou kunnen betekenen dat ze droomt. Astrid opent haar ogen en ziet op de radiowekker dat het tien voor zeven is.

Het geluid is buiten en het is echt.

Ze stapt uit bed en loopt naar het raam. Bjorn komt thuis. Hij sluit zijn auto af. Ze doet een stap naar achteren zodat hij haar niet kan zien. Als ze hem naar de voordeur hoort lopen, kijkt ze snel nog een keer uit het raam.

Hij is niet dronken.

Ze kruipt weer in bed en luistert naar de geluiden op de trap en de overloop. Hij is nu in de badkamer. Hij gaat naar zijn kamer. Stilte.

Waar is hij geweest?

'Lig eens stil,' moppert Charles.

Haar lichaam voelt aan als een plank. Ze stapt uit bed en pakt haar ochtendjas.

'Het is zondag,' hoort ze achter zich als ze de slaapkamer verlaat. 'We kunnen uitslapen.'

De zon schijnt al volop, er is warm weer voorspeld. Charles opperde gisteren het idee om vandaag weer eens te barbecueën. Hij heeft al een vleespakket uit de diepvries gehaald om het in de koelkast te laten ontdooien. Astrid haalt nog een pakket tevoorschijn. Het kon vandaag wel eens een gezinsbarbecue worden. Nu niet aan Meike denken. Nu niet herinneringen tevoorschijn laten komen aan stralende ogen en verrukte kreten over zelfgebakken hamburgers met rode saus. Ze was gek op rode saus.

Niet doen.

'Gelukkig ben jij ook al wakker.' Jolien komt de keuken in. 'Ik heb vier uur geslapen en nu wil ik iets eten. Heb je nog van die afbakbroodjes? Ik lust er wel vier.'

Astrid weet niet wat ze moet zeggen. Haar dochter ziet er moe uit, maar toch lijkt het erop dat ze niet verdrietig is.

'Ik denk dat ik honger heb van opluchting,' meldt Jolien.

Buiten kwetteren vogels. In de verte kraait voortdurend een haan.

'Ik heb me gisteravond helemaal leeg gehuild,' zegt Jolien. 'Toen ik eenmaal in bed lag, viel ik direct in slaap en na vier uur werd ik wakker. De nacht was zo heerlijk stil, zo aangenaam rustig. Weet je dat het om halfvijf al licht wordt? Ik heb een tijdje voor het raam naar de slapende weilanden staan kijken. Ik vond dat ik zwaar zou moeten balen, dat ik benauwd moest zijn van verlangen naar Louwrens, dat ik bijna geen lucht zou moeten krijgen van teleurstelling. En weet je, mam, er gebeurde niets. Ik stond daar maar en voelde me tevreden. Nog steeds. Hoe kan dat? Heb ik een klap van de molen gehad? Moet ik een dokter bellen?'

Vandaag praat Jolien in mededelingen in plaats van vooral vragen. Ze kan soms haar eigen woordenstroom nauwelijks bijhouden. Het verhaal spuit eruit. Astrid luistert vol verbazing naar het relaas over kribbige opmerkingen in de richting van haar dochter als ze meer dan vijf minuten onder de douche stond, of de verwarming zomaar hoger zette, of haar bord niet leeg at, of weigerde om kassabonnen uit de supermarkt te bewaren omdat de lege achterkant nog een keer kon dienen als boodschappenlijstje, of een schoonmaakmiddel kocht dat niet biologisch afbreekbaar was. Jolien vertelt het met een verbeten trek om haar mond. Haar ogen staan donker.

'Ik voel me hol,' vertelt ze. 'Leeggezogen, opgebrand. En dat terwijl ik nog geen twee weken geleden plannen maakte voor onze toekomst. Louwrens heeft al een paar keer laten doorschemeren dat hij van plan was me ten huwelijk te vragen en ik fantaseerde er lustig op los over hoe hij dat zou doen en wat ik dan zou zeggen. Ja, natuurlijk, maar ik wilde er nog iets aan toevoegen. En weet je, ik kon geen enkele toepasselijke tekst bedenken. Echt niets. Ik vind het heerlijk om even met je alleen te zijn, mam. Gisteravond was ik in paniek, dat zul je wel gemerkt hebben. Maar nu niet meer.'

Er komt een geluid uit de zak van haar ochtendjas. 'Mijn mobiel. O, het is Louwrens. Ik neem niet op.'

Er valt een stilte tussen hen die na een halve minuut verstoord wordt door een kort maar nadrukkelijk geluid dat opnieuw uit de zak van Joliens ochtendjas komt. 'Hij heeft een bericht ingesproken. Misschien luister ik er later naar. Misschien ook niet.'

'Het is mogelijk dat hij er spijt van heeft dat hij zich zo heeft laten gaan en het weer wil goedmaken. Hij is misschien alleen in de war geraakt door die confrontatie met zijn ex.' Astrid hoort de aarzeling in haar stem.

'Het is voorbij, mam. Hoe het komt dat ik dit zo zeker weet, kan ik niet uitleggen. Maar het is echt voorbij. Ik vind het zelf ook een vreemd idee, maar ik geloof echt dat die ex op het juiste moment is binnengekomen.' Haar mobiel begint weer geluid te maken. 'Ik schakel hem uit,' beslist ze.

27

Ik merk regelmatig dat ik verlang naar het moment dat ik weer naar boven kan gaan. De wereld om me heen bestaat even niet als ik tegen je praat.

Ik heb geen enkele foto van jou. We maakten nooit foto's, want we vierden nooit iets. Daar heb ik je eerder al op aangesproken. Toch weet ik nog goed hoe je eruitzag en als jouw gezicht in mijn herinnering zou vervagen hoef ik alleen maar in de spiegel te kijken. Ik lijk sprekend op jou en een van mijn kinderen lijkt weer als twee druppels water op mij. Dus hoe zou ik je kunnen vergeten?

Toen ik nog bij jou woonde, vroeg ik me vaak af of ik van een man zou kunnen houden. Ik verlangde naar liefde, maar kon me niet voorstellen dat ik in staat zou zijn om iemand lief te hebben en nog minder dat ik iemand in die zin zou kunnen boeien. Ik miste een voorbeeld. Ik kon en kan me niet herinneren dat mijn vader en jij ooit iets van genegenheid ten opzichte van elkaar lieten blijken. Ik denk dat jullie affectie werd verdreven door jullie dwangmatige behoefte om elke vrije minuut te besteden aan de huis-aan-huisprediking. Ik ben ervan overtuigd dat dit een lichamelijke inspanning was die elke mogelijkheid tot aanraken of liefkozen onmogelijk maakte. Soms vraag ik me af hoe jullie het hebben gepresteerd om toch nog twee kinderen te verwekken.

Ik dacht eigenlijk dat de vraag me allang niet meer dwarszat. Dat de jaren hem hadden gewist of in ieder geval bijna onzichtbaar hadden ge-

maakt. Ik dacht dat ik hem had verdreven met het leven dat ik leidde. Met de ontdekking dat ik heel goed in staat was om liefde te geven en te krijgen, met de wetenschap dat het jou niet gelukt was om dat vermogen van me weg te nemen. Ik heb heel veel jaren nauwelijks aan je gedacht en als dat wel gebeurde, dwong ik mijn gedachten snel een andere richting in. Ik vond jou mijn aandacht niet waard. Ik zocht je niet meer.

Je had afgedaan.

Nu zoek ik steeds naar momenten om tegen je te praten en lucht ik mijn hart, zonder dat ik weet wat ik precies wil zeggen of wat ik zoek. Zonder een plan te hebben voor de voortgang, zonder de intentie te voelen tot meer. Maar de vraag blijft zich opdringen, hij komt op de meest onverwachte momenten tevoorschijn. De domme vraag, de meest retorische vraag die ooit gesteld is. De vraag die ik wil wissen. Maar hoe?

Ik ben de vragen van mijn kinderen vaak vóór; ik weet al wat ze van me willen voordat ze het uitspreken. Soms voel ik hun vragen zelfs aankomen terwijl ik hen niet zie. Ik ben moeder. Jij ook. Zou het mogelijk zijn dat je daar ergens in Emmen weet dat ik me al jaren afvraag of je nog aan me denkt?

28

Jolien staat in de deuropening en roept Astrid. 'Er is iemand aan de voordeur. Een vrouw en ze vraagt naar jou.'

'Laat haar maar hier komen,' adviseert Charles voordat Astrid iets heeft kunnen zeggen. Hij draait behendig een paar stukken vlees om en er volgt een sissend geluid. 'Wat ruikt dit toch lekker,' glundert hij.

Het is een kleine, stevig gebouwde vrouw met een vriendelijk gezicht. Ze heeft kort grijs haar en is sportief gekleed. Ze stelt zich voor als Sietske Banning en meldt erbij dat ze een vriendin is van Rita, de zus van Gina. En ze verontschuldigt zich uitgebreid voor haar brutale actie om zomaar op zondag te komen binnenvallen. Ze woont ook in Weesp en ze fietste langs, dus ze dacht...

Astrid knippert met haar ogen. Ze ziet dat er een geamuseerde glimlach op het gezicht van Charles verschijnt en dat ook Jolien de komst van de vrouw wel leuk schijnt te vinden. Alleen Bjorn kijkt bedenkelijk.

'U hebt misschien al iemand anders op het oog,' zegt Sietske.

Astrid begrijpt niet direct wat ze bedoelt.

'Een hulp in de plaats van Gina. Misschien... Het is verschrikkelijk, wat een drama. Ik vind het zo verschrikkelijk wat er met haar is gebeurd. Het was een lieve meid. Stil, hè? Een heel ander type dan Rita. Zo gesloten en in zichzelf gekeerd. En dan gebeurt er zoiets... Rita adviseerde me even bij u langs te gaan. Ik zoek namelijk een nieuw werkhuis, maar misschien is het voor u te vroeg om al aan een nieuwe hulp te denken. Dat kan ik me voorstellen, zegt u het gerust. Ik kan mijn telefoonnummer achterlaten en als u weer op zoek gaat...'

'Ik ben nog niet bezig geweest met een nieuwe hulp,' aarzelt Astrid. 'Het is nog maar zo kort geleden gebeurd.'

'Maar we hebben wel iemand nodig,' zegt Charles. 'Toch? Ik vind het een goed idee als u uw telefoonnummer achterlaat, zodat Astrid kan bellen.'

Sietske haalt een kaartje uit haar tas en overhandigt het aan Astrid. 'Een visitekaartje,' zegt ze met een brede lach op haar gezicht. 'Dat heeft mijn zoon voor me gemaakt. Op de computer. Hij is heel handig op de computer, weet u. Het is een slimme jongen, al zeg ik het zelf. Hij werkt in zo'n kliniek waar ze misdadigers onderzoeken. De zware gevallen, die meestal tbc krijgen.'

Jolien mompelt iets en vlucht naar binnen.

Sietske lijkt het niet in de gaten te hebben. Ze houdt haar blik op Astrid gericht. 'Ik hoop dat u belt, ik wil u graag komen helpen. Ik kan op donderdag of vrijdag werken, u zegt het maar.'

Charles loopt mee naar de voordeur. 'Komt er zomaar een nieuwe hulp uit de lucht vallen,' zegt hij als hij terugkomt. 'Ze lijkt me een aardig mens, ik hou wel van doortastende vrouwen.' Hij port Astrid in haar zij. 'Wat denk je?'

'Ik ben een beetje perplex, maar ze leek inderdaad heel aardig. En ik wil natuurlijk graag een nieuwe hulp.'

'Ik vind haar opdringerig,' mokt Bjorn. 'En dom.'

Het is nu al de zesde keer dat het mobieltje van Jolien begint te rinkelen en ze reageert geïrriteerd. 'Hij houdt maar niet op met bellen! Ik wil dit niet!'

'Neem gewoon op en zeg dat dan,' adviseert Charles. 'Maar weet je zeker dat je dit niet wil? Of is het meer een kwestie van gekwetste trots?'

Jolien haalt met een nijdig gebaar haar mobiel tevoorschijn en drukt op de groene toets. 'Ja? Wat is er?' Ze luistert. Haar gezicht is strak, haar mondhoeken zijn naar beneden getrokken. 'Ik hoef niet meer te praten,' zegt ze. Ze loopt naar binnen.

'Heb ik iets gemist?' vraagt Bjorn aan Astrid.

Ze vertelt wat er gisteravond is gebeurd.

Jolien komt terug. 'We praten morgen na het werk. Ik ga dan naar hem toe. Hij is helemaal de kluts kwijt en wil het goedmaken.'

'En wat wil jij?' informeert Charles.

'Ik wil een vette hamburger.'

Astrid is een beetje dronken. De licht zoete rosé was net iets te lekker en ze had het derde glas beter niet kunnen nemen. Jolien is ook aangeschoten en wordt daar lacherig van. Charles en Bjorn ruimen op. Astrid leunt achterover in haar stoel en probeert de neiging om te gapen tegen te houden. Ze slaat haar hand voor haar mond.

De zon is ondergegaan en het begint koeler te worden.

'Ik wil naar binnen,' kondigt Jolien aan. 'Ik denk dat ik naar bed ga.'

Charles verschijnt in de deuropening. 'Zullen we nog even naar *Hart van Nederland* kijken?' Hij vangt Jolien op, die hem wil passeren maar haar evenwicht verliest. 'Hola! Wel overeind blijven, jongedame.' Hij slaat zijn armen om haar heen. 'Ga lekker slapen.' Hij wendt zich tot Astrid. 'Kom je? Bjorn is al naar bed. Hij voelde zich niet lekker. Volgens mij heeft hij gewoon te veel gegeten.'

De blonde presentatrice kondigt aan dat deze stralende zondag een paar schaduwzijden heeft. Ze behandelt eerst een duinbrand in Schoorl die gelukkig redelijk snel geblust kon worden. Daarna volgt de mededeling over de moord op een jonge vrouw. Ze is gisteravond vermoord in de snackbar waar ze twee dagen per week werkzaam was. Een snackbar in Hoorn. De politie is een groot onderzoek gestart. Het betreft de negenentwintigjarige Evita Fransen.

Astrid zit verstijfd in haar stoel. Ze ziet de vrouw voor zich die binnen een halfuur haar bruidsjurk kocht. Later herinnerde ze zich niet meer hoe ze heette. Maar op dit moment weet ze het weer. Ze stak met een brede lach op haar gezicht haar hand uit. 'Evita Fransen,' zei ze.

Er worden geen foto's van het slachtoffer getoond. Er wordt wel verteld dat ze gevonden is door haar verloofde, die ongerust werd toen ze maar niet thuiskwam.

Charles schakelt de televisie uit en stelt voor om te gaan slapen.

'Ik denk dat ik die vrouw ken,' zegt Astrid.

29

Ze heeft tot haar eigen verbazing diep geslapen. Toen ze aan Charles had verteld dat er een vrouw bij haar was geweest om een bruidsjurk te kopen en ze vrijwel zeker wist dat die vrouw zich had voorgesteld als Evita Fransen, dacht ze dat het weer een slapeloze nacht zou worden. Charles ging niet diep op haar relaas in. Hij was moe en slaperig en het leek hem wel erg toevallig dat de vermoorde vrouw dezelfde zou zijn als deze klant. Ze volgde hem naar boven en toen ze in bed stapte sliep hij al. Nu ontdekt ze dat ze vrijwel direct in slaap gevallen moet zijn.

Het huis is stil. Iedereen is al vertrokken, ze heeft niets gehoord. 'Het lijkt of ik in een soort coma heb gelegen,' mompelt ze.

Het staat met grote letters op de voorpagina van de krant.

MAN DOET GRUWELIJKE VONDST.

Astrid staart naar de woorden en probeert het bericht te lezen. Het lukt niet, de letters dansen voor haar ogen. Achter die letters verschijnt een beeld. Een lachend gezicht.

'Die man ken ik. Hij was een paar weken geleden met zijn vriendin in de snackbar waar ik op vrijdag en zaterdag werk en hij flirtte met me. Een ondeugende man, dat is hij.'

Bjorn ontkende dat hij een vriendin had en voegde eraan toe dat hij zelden in een snackbar kwam. Hij maakte een geïrriteerde indruk toen zij de woorden van de vrouw herhaalde.

Ze heeft er niet verder over nagedacht en ze zou dat ook liever nu niet doen. Op deze manier roept ze een gevoel van onraad over zich af en daar is niemand bij gebaat. Bjorn kende de vrouw niet en haar klant heeft zich vergist. Er zullen wel meer vrouwen zijn die Evita Fransen heten.

Maar werken die allemaal in een snackbar in Hoorn?

Ze dwingt haar ogen om de tekst van het bericht aandachtig te lezen. De vrouw werd om halfdrie in de nacht gevonden. Ze had een ernstige hoofdwond, maar het staat niet vast dat deze wond de doodsoorzaak was. Dat kan pas worden vastgesteld als er een sectie heeft plaatsgevonden.

Haar ogen vliegen over de tekst. Wat zoekt ze eigenlijk? Wat probeert ze te ontdekken?

De vrouw was drie maanden geleden werkloos geworden door een bezuinigingsoperatie bij het bedrijf waar ze in dienst was. Ze werkte sinds anderhalve maand op vrijdag en zaterdag in de snackbar.

Astrid schuift de krant opzij en denkt na. De vrouw die een bruidsjurk kwam kopen vertelde dat haar verloofde geen ouders meer had en dat haar eigen ouders het niet eens waren met haar keuze. Daarom werd het een bescheiden bruiloft en daar paste een tweedehands jurk bij.

De koptekst stoort Astrid. Er zit een onaangenaam sensationeel tintje aan de woorden. Ze ruiken daardoor naar vals sentiment.

Ze vouwt de krant op en legt hem weg. Ze wil niet verder over het artikel nadenken en ook niet bezig zijn met de identiteit van het slachtoffer. Dit gebeurt nu eenmaal. Mensen gaan dood. Soms sterven ze gewoon in hun stoel, soms worden ze omver gereden, soms ontmoeten ze de verkeerde persoon.

Ze heeft er niets mee te maken.

De telefoon is maar één keer overgegaan als de stem aan de andere kant zich al meldt. 'Met Sietske Banning.'

'Dag Sietske, met Astrid van Velzen. Je bent gisteren bij ons geweest.'

'Ja, u belt al snel.'

'Ik wil graag een nieuwe hulp hebben. Zou je vanmiddag nog een keer langs kunnen komen om afspraken te maken?'

Charles vond het wel leuk, een ondernemende vrouw. Bjorn vond haar actie opdringerig. Maar Astrid heeft gebeld en hoewel ze zich er niet helemaal zeker over voelt, is ze daar toch tevreden over. Ze moet er niet aan denken dat ze haar grote huis in haar eentje moet schoonmaken. Ze haat huishoudelijk werk. En Sietske leek aardig. Redelijk communicatief, heel anders dan de zwijgzame Gina. Het idee dat iemand een keer per week een paar uur tegen haar aankletst, bevalt haar wel. Alles wat de kramp in haar maag naar de achtergrond kan doen verplaatsen, zal haar bevallen. Alles wat haaks staat op de vage, maar opdringerige angst die om haar heen sluipt is goed.

Ze ziet de postbode naderen en loopt naar buiten.

De postbode zwaait en rijdt haar voorbij.

30

'Ik ga een huis kopen,' meldt Bjorn.

Charles wil net een volle vork met spaghetti in zijn mond steken, maar de pasta blijft halverwege hangen. Er bungelen twee slierten aan de onderkant. Astrid vraagt zich af waarom ze naar die slierten kijkt en wat er zo interessant aan is.

'Je gaat een huis kopen,' herhaalt Charles. 'Hoe dat zo?'

'Omdat het tijd wordt dat ik hier vertrek.'

'Wij moeten allebei zo langzamerhand eens zelfstandig gaan wonen,' merkt Jolien op. 'En jij zeker. Ik ken geen enkele kerel die op zijn achtentwintigste nog bij mama woont. Goed idee dus, broer. Dat verdient navolging.'

Astrid houdt haar adem in.

'Heb je al wat op het oog?' wil Charles weten. 'En heb je al bij een bank geïnformeerd of je een hypotheek kunt krijgen en hoe hoog die dan is?'

'Ik heb geen hypotheek nodig. En ja, ik heb al wat op het oog. Een driekamerflat in Amsterdam-Noord. De hoogste etage, dus geen herrie boven mijn hoofd. Ruime woonkamer, een grote en een kleine slaapkamer, redelijke keuken, kleine badkamer. Vorig jaar helemaal geschilderd en volledig gestoffeerd. Het lijkt me wel wat.'

'Wat bedoel je met geen hypotheek nodig hebben?' wil Charles weten. De spaghetti hangt nog steeds aan zijn vork.

'Ik heb genoeg geld om het zonder hypotheek te kunnen kopen.'

Charles legt zijn vork neer. 'Heb je een prijs gewonnen?'

Bjorn lacht. 'Iets dergelijks.'

'Kom op, Bjorn. Wees eens wat duidelijker.' Astrid hoort de irritatie die ze had willen verbloemen toch in haar stem doorklinken.

'Ik ga regelmatig naar het casino in Amsterdam en ik heb een paar keer stevig gewonnen. Anderhalve ton, om precies te zijn.'

'Anderhalve tón?' herhaalt Astrid.

'Nooit stevig verloren?' wil Jolien weten.

'Nee, ik stel altijd een duidelijke grens aan het bedrag waar ik mee ga gokken. Dat valt je zeker mee, hè?'

'Ja, om eerlijk te zijn: dat valt me heel erg mee. Maar gaaf, broer, dat je daardoor zomaar een huis kunt kopen. Wil je mij dat niet leren?'

'Van de volgende winst kopen we gewoon een huis voor jou.'

'Ik heb nooit geweten dat jij gokte,' zegt Astrid.

'Dan weet je het nu, mam. En kijk niet zo bedenkelijk, hele hordes mensen gokken. Het is een opwindende sport, jij zou het ook eens moeten proberen. Je vergeet de hele wereld als je eenmaal bezig bent.'

'Ik lees anders ook vaak berichten over de kans op verslaving.' Astrid zou minder negatief willen reageren en heeft direct spijt van deze opmerking.

'Je kunt overal verslaafd aan raken,' antwoordt Bjorn. Hij draait een nieuwe lading spaghetti om zijn vork. 'Dit is weer heel erg lekker. Ik mag toch wel minstens één keer per week komen eten als ik er eenmaal woon?'

Astrid perst een glimlach op haar gezicht. 'Wel twee keer. Heb je die flat al bezichtigd?'

'Ik heb een afspraak gemaakt voor aanstaande zaterdag. Gaan jullie mee?'

'Natuurlijk gaan wij mee,' zegt Charles.

'Een flat,' mijmert Jolien hardop. 'Geen tuin, hooguit een balkon. Zul je het buitenleven niet heel erg gaan missen?'

'Er is niets anders wat ik liever ga missen. Hier in de buurt gebeurt nooit iets. Alles is bruisender in de grote stad, zelfs in Amsterdam-Noord. Er komt in het deel waar deze flat staat een nieuw winkelcentrum en nieuwe culturele voorzieningen. Geef mij maar een beetje reuring.'

'Er gebeurt hier genoeg,' spreekt Astrid haar zoon tegen. 'Onze hulp is zomaar vermoord en eergisteren is het lijk van een jonge vrouw in een snackbar gevonden.'

'Die snackbarmoord was in Hoorn' protesteert Charles.

'Daarom vertrek ik naar de grote stad,' lacht Bjorn. 'Daar is het vast veiliger.'

Het enthousiasme waarmee ze begroet wordt, maakt Astrid verlegen. Ze zou het liefst direct weer vertrekken, maar de broer van Charles en zijn vrouw geven haar geen kans. Don duwt haar de tuin in. 'We zitten lekker buiten,' glundert hij. 'Wat ben ik blij dat je er bent.'

Patricia zet een groot glas vruchtenbowl voor Astrid neer. 'Daar hou je toch zo van? Ik vind het echt heel fijn om je weer te zien. Straks praten we wel even verder, goed?' Ze knuffelt Astrid. 'Schoonmama heeft een halfuur geleden gebeld en toen heb ik nog gezegd dat ik hoopte dat je met Charles meekwam.'

Het is goed om hier te zijn, al was het maar om even niet te piekeren over wat Bjorn allemaal vertelde. Toen ze naar Don en Patricia op weg waren, heeft Astrid voorzichtig aan Charles gevraagd of hij het verhaal over de gokwinst van Bjorn geloofde.

'Waarom niet?' wilde Charles weten. 'Bjorn is het type dat altijd mazzel heeft. Twijfel jij aan zijn verhaal?'

'Ik weet het niet,' aarzelde ze. 'Zou je in het casino zomaar anderhalve ton kunnen winnen? En met welk gokspel dan?'

'Hij schijnt heel goed te kunnen pokeren en ook veel inzicht te hebben in roulette.'

'Hoe weet je dat?'

'Dat vertelde hij me toen we in de tuin zaten en ik wachtte tot jij je had omgekleed.' Hij streek even over haar hand. 'Maak je nu geen zorgen, dat doe ik namelijk ook niet. Ik vind het een geruststellend idee dat hij een huis kan kopen zonder hypotheek. Dat betekent dat hij goed voor zichzelf kan zorgen.'

'Financieel wel,' zei ze.

Er komt een vrouw naast haar zitten die zich voorstelt als Carin met een C. Ze is een vriendin van Patricia. 'Jij hebt toch een zaak in tweedehands bruidsmode? Verkoop je ook kleding voor de moeder van de bruid? Mijn dochter trouwt binnenkort, maar jammer genoeg met de verkeerde man. Ik heb dus geen zin om veel geld uit te geven aan een jurk.'

Astrid staat op en mompelt dat ze even naar het toilet moet. Ze rent bijna naar de voordeur en gooit hem open.

'Het is niet erg,' sust Charles. 'Je hebt het in ieder geval geprobeerd. Misschien hadden we beter een paar dagen later kunnen gaan, als er geen andere visite was geweest. Heeft iemand iets onaardigs tegen je gezegd?'

'Ik geloof niet dat Bjorn zijn geld heeft gewonnen met gokken,' zegt Astrid.

31

Het was mij als kind al duidelijk dat vooral mensen die niet stevig in hun schoenen stonden ontvankelijk waren voor de boodschappen van Jehova's getuigen. Jij was een ster in het opdreunen van Bijbelteksten die toepasselijk waren op situaties die we aantroffen als een deur opeens langer geopend bleef dan gewoonlijk. Voor mensen die iemand hadden verloren door de dood toverde je altijd je geliefde Jesajatekst uit de hoge hoed. 'Hij zal werkelijk de dood voor eeuwig verzwelgen, en de Heer Jehova zal stellig de tranen van alle aangezichten wissen. En op die dag zal men stellig zeggen: "Zie, dit is onze God. We hebben op hem gehoopt en hij zal ons redden. Laten we blij zijn en ons verheugen in de redding met hem."'

Ik kan spontaan misselijk worden als ik me realiseer dat ik die Bijbeltekst nog steeds moeiteloos opdreun. Waarom verdwijnt hij niet gewoon uit mijn geheugen? Waarom moet ik er nog steeds door worden lastiggevallen?

Je liet mij de teksten die we gebruikten tijdens de prediking eindeloos herhalen. Je stampte ze in mijn geheugen, totdat ze er rotsvast in verankerd zaten. Je hield me voor dat mensen wel naar ons wilden luisteren als ze problemen hadden en je repeteerde eindeloos met me wat ik moest zeggen als men ons probeerde af te wimpelen. Je schoof me naar voren als iemand zei dat hij het te druk had om naar ons te luisteren en ik sprak van buiten geleerde zinnen uit als 'Dat geeft niet. Ik kom graag nog eens bij u terug als u meer tijd hebt. Maar ik zou u graag voordat ik vertrek nog iets voorlezen waar u over kunt nadenken.'

Vaak werd de deur al na de eerste zin voor onze neus dichtgeslagen en iedere keer opnieuw veroorzaakte dit hetzelfde gevoel van machteloosheid en van woede.

Ik wil dit vandaag allemaal aan je kwijt omdat ik me machteloos voel.

En woedend.

Het is een bekende situatie. Er gebeuren dingen waar ik geen grip op heb en die alleen in mijn beleving lijken plaats te vinden. Het ene moment verlamt het me en het andere moment ben ik strijdvaardig. Het probleem is dat ik niet weet waar ik precies tegen moet strijden. Als ik erover nadenk, lopen mijn gedachten zomaar leeg. Mijn verstand begint mijn gevoel uit te lachen en ik reageer daarop met fysieke klachten. Hoofdpijn, maagpijn, stijve nek. En vervolgens weer die machteloosheid en die woede.

Mijn zoon gaat het huis uit en dat is precies de bedoeling van zijn ouders. In ieder geval van zijn vader, maar ik steun hem daarin. Kinderen moeten op een bepaald moment op eigen benen gaan staan. Ze settelen zich, vinden een partner, krijgen zelf kinderen en maken de cirkel rond. Ze stellen jou als ouder in de gelegenheid je leven af te ronden. Zover is het nog niet, maar ik weet dat ik door het vertrek van mijn zoon de eerste stap in die richting ga maken. Dat ik dit moet accepteren en me niet moet laten kwellen door pijnen en geestelijke onrust. En dat ik vooral niet te veel moet terugdenken aan mijn basis, aan barre tochten langs onwillige mensen en deuren die voor mijn neus werden dichtgeslagen. Aan afwijzing en walging. Aan geloofterrorisme.

Toch denk ik momenteel aan bijna niets anders.

Mijn jeugd spookt door mijn hoofd, jouw gebiedende vinger wijst voortdurend in mijn richting. Laat me met rust!

Ik weet dat ik het zelf veroorzaak door steeds weer de opnameknop van mijn mobiele telefoon in te drukken en iedere keer opnieuw het woord tot jou te richten. Ik neem me elke dag voor het niet meer te doen, maar de drang is sterker dan het verzet. Jou op deze manier aanspreken heeft iets weg van een bezweringsformule. Ik bedien me in gedachten van teksten die jij me aanleerde. Als iemand aan wie wij ons opdrongen ons afweerde met de boodschap dat hij of zij het druk had, moest ik zeggen dat ik het kort wilde houden en eigenlijk maar over één belangrijke gedachte wilde praten. Of vriendelijk knikken en mededelen dat het niet uitmaakte en ik graag een andere keer terugkwam. Of zonder blikken of blozen beweren dat ik het begreep, maar dat dit juist de reden was om dieper na te denken over het feit dat drukte en haast de aandacht afleidden van waar het om ging en vervolgens een Bijbeltekst voor te lezen.

Ik word door alles wat ik aan je vertel een lastige vlieg die de vliegenmepper voortdurend ontwijkt. Dat is het bezwerende aspect van deze woorden: ik denk dat je ergens in dit land de terroriserende werking voelt van alles wat ik op deze manier tegen je zeg. Dat je onrustig wordt van iets ongrijpbaars in je gedachten, dat je de deur van je geestelijke huis niet gesloten kunt houden voor mijn prediking. Probeer het ook maar niet, want ik ben nog lang niet uitgepraat.

En het is heel goed mogelijk dat het me lukt om tegen je te zeggen wat ik écht kwijt wil.

32

'Daar ben ik en ik heb er zin in,' glundert Sietske. 'Ik ben op de fiets. Even bijkomen, hoor, dan kan ik aan de slag.'

'Neem eerst iets te drinken,' stelt Astrid voor. 'Wil je thee? Of frisdrank? Je ziet er nogal verhit uit. Hoe lang heb je gefietst?'

'Een halfuur. Goed voor de conditie en voor de lijn. Ik ben in zes maanden tijd tien kilo kwijtgeraakt en dat merk ik aan alles. Het is niet te geloven hoeveel energie je krijgt als je minder vet hoeft mee te zeulen. Ik wil wel een kop thee.'

Ze gaan in de tuin zitten en Sietske spreekt haar bewondering uit voor het enorme gazon en de bloeiende borders. 'Jullie wonen hier prachtig! Heerlijk vrij, daar droom ik mijn hele leven al van. Weet je dat ik als kind al zei dat ik later op de Gooilandseweg wilde wonen? En nu ga ik er werken. Ach, ook goed.'

Deze vrouw is het absolute tegenovergestelde van Gina. Ze praat aan één stuk door en lijkt nauwelijks adem te halen. 'Ik kon niet leren,' vertelt ze. 'Maar ik kan wel werken, er mankeert niets aan mijn handen. Ik werkte tot vorige maand bij een alleenstaande man. Keurige vent, echt iemand van goede tehuizen. Maar hij kreeg een hersenbloeding en komt waarschijnlijk nooit meer thuis. Zijn zus heeft me opgezegd. Maar wat zal jou dat interesseren? Ik mag je toch wel toetajeren?'

Astrid is blij dat Jolien er niet is. Die zou haar gezicht nu niet in de plooi kunnen houden. 'Hoe gaat het met Rita?' wil ze weten. 'Lukt het haar om alle zaken van Gina af te wikkelen? Ik heb met haar te doen.'

'Het gaat goed met haar, maar ze is natuurlijk erg verdrietig. Ze heeft er vooral moeite mee dat Gina nooit ergens over sprak en ook niets verteld heeft over een man. Niemand weet van wie ze zwanger was. Dat is toch raar, vind je ook niet? Je gaat er de meest idiote dingen door denken.'

Sietske zingt boven liedjes uit het repertoire van Willeke Alberti. Eerst kwam *Spiegelbeeld* langs, daarna volgde *Omdat ik zoveel van je hou* en nu galmt *Morgen ben ik de bruid* door de badkamer.

Astrid ergert zich aan de herrie en ze zou het liefst weggaan. Maar hoewel de vrouw een nette indruk maakt, kent ze haar nauwelijks. Het lijkt haar niet verstandig om Sietske op de eerste dag dat ze hier werkt meteen alleen te laten. Misschien is de postbode al geweest. Die komt op vrijdag vaak vroeg.

Er zit weer een grote envelop in de brievenbus met haar naam in vette zwarte letters erop. Ze scheurt hem open terwijl ze terugloopt naar haar huis. Er valt iets uit. Ze bukt zich om het op te rapen.

Ze ziet en hoort niets meer; ze zet haar voeten een beetje uit elkaar omdat ze voelt dat ze wankelt. En ze kijkt met wijd opengesperde ogen naar wat ze in haar hand heeft.

'Ik kan de kamer die links van de badkamer ligt niet schoonmaken, want de deur zit op slot,' hijgt Sietske. 'Pff, ik moet even zitten, geloof ik. Ik kan nooit maat houden met poetsen. Dat heb ik van mijn moeder, die was ook niet te stuiten als ze eenmaal bezig was.' Sietskes stem hapert. 'Ze is er niet meer, logisch natuurlijk. Moeders gaan een keer dood, maar die van mij was er een beetje vroeg mee. Ze had altvleesklierkanker. Het was binnen drie maanden bekeken.'

'Dat spijt me voor je,' zegt Astrid. Ze vraagt zich af of ze de diagnose die Sietske stelde moet corrigeren. 'Laten we iets drinken. De afgesloten kamer is die van mijn zoon. Hij maakt hem altijd zelf schoon.'

'Geef mij zo'n zoon,' lacht Sietske.

Het hele huis ruikt fris als ze erdoorheen lopen. Sietske staat erop dat Astrid controleert of alles goed is schoongemaakt. 'Zeg het alsjeblieft recht in mijn gezicht als iets niet goed is, ik kan tegen kritiek.'

'Ik ben heel tevreden,' zegt Astrid. 'Wil je Rita, als je haar ziet, mijn hartelijke groeten doen? Ik hoop dat alles nu snel achter de rug is.'

'Beloofd. Ik zie haar zondag. Volgens mij is alles nu bijna afgehandeld. Er is alleen iets niet in orde met Gina's bankrekening.'

'Bankrekening?'

'Ik weet er het fijne niet van en het gaat me ook niet aan.' Sietske begint opeens te fluisteren. 'Ze schijnt anderhalve ton op de bank te hebben gehad, maar ze heeft dat geld vier weken voor haar dood opgenomen. En niemand weet wat ze ermee heeft gedaan. Je vraagt je toch af hoe zo'n vrouw aan zoveel geld komt, hè? Maar zoals ik al zei: daar heeft niemand iets mee te maken.' Ze opent de voordeur. 'Tot volgende week vrijdag. Ik heb lekker gewerkt.'

Astrid zwaait haar na als ze wegfietst. Ze probeert niet na te denken over anderhalve ton die zomaar verdwenen is en ook niet over hoe Gina aan zoveel geld kwam. Sietske heeft gelijk: niet mee bemoeien.

33

Ze zit voor haar gevoel al uren aan de eettafel. Voor haar ligt een kladblok en ze leest wat ze zelf geschreven heeft.

Roze jurkje.

Witte sok.

Slipje met kanten randje.

Het is een chaos in haar hoofd. Ze probeert haar gedachten te ordenen. Maar hoe? Waar moet ze beginnen? Wat moet ze doen? Ze klemt haar vingers om de pen en schrijft er nog iets bij.

Anderhalve ton.

De woorden dansen voor haar ogen.

Het is een volkomen fout besluit en toch rijdt ze nu naar het centrum en parkeert ze haar auto. Toch loopt ze naar een winkel waar ze kinderkleren verkopen, toch zegt ze tegen de verkoopster dat ze even wil rondkijken. Toch dwaalt ze langs rekken waar jurkjes hangen en langs tafels waar sokken en ondergoed zijn uitgestald. 'Ik lijk wel geschift,' mompelt ze.

Ze loopt snel weer naar buiten en weet niet welke kant ze op moet. Ze botst tegen een vrouw op die geïrriteerd reageert. Aan de overkant is een restaurant. Voor het raam zijn alle tafeltjes bezet. Ze gaat naar binnen en botst alweer tegen iemand op. Ze zoekt een plek en ontdekt een leeg tafeltje rechts van het buffet. Maar een andere vrouw is haar vóór. Astrid wil zich omdraaien. Op hetzelfde moment moet ze zich vastgrijpen aan de tafel waar ze naast staat. Iemand vangt haar op. Er is een aardige stem die haar adviseert even te gaan zitten. Ze laat zich op een stoel duwen en sluit haar ogen. Het beeld moet verdwijnen. Haar maag moet zich rustig houden. Ze wil geen witte sok voor zich zien, geen slipje met een kanten randje en vooral geen roze jurkje. En ze wil dat de stem van Charles haar oren met rust laat. Ze wil hem dwingen om uit haar gedachten te verdwijnen. Waarom herinnert ze zich nu opeens wat hij zei over een vermoord kind in een park?

Zou dat kind een roze jurkje hebben gedragen? Witte sokken? Ondergoed met...

Ze kan de politie bellen en een andere naam opgeven. Maar wat wil ze dan te weten komen? Het beeld van het roze jurkje blijft halsstarrig op haar netvlies staan. Ze grijpt haar mobiele telefoon en toetst het algemene nummer van de politie in. Als ze de beltoon hoort overgaan, realiseert ze zich dat haar naam te achterhalen is via de nummermelding. Ze drukt snel op de rode toets en haalt diep adem. Haar ogen dwalen door de zaak en ontdekken de telefoon op de bar. Ze staat op en loopt ernaartoe. De vrouw die achter de bar staat knikt haar vriendelijk toe. 'Wilt u misschien afrekenen?'

'Ik heb nog niets besteld,' zegt Astrid. Ze wil haar stem onder controle houden. 'Mijn mobiele telefoon is leeg. Zou ik even gebruik mogen maken van...?' Ze wijst op het toestel dat nu binnen handbereik ligt.

De vrouw maakt een uitnodigend gebaar. 'Natuurlijk! Ga uw gang.'

Ze zit met haar rug naar de bar en slikt een paar keer als ze de beltoon opnieuw hoort overgaan. Een vriendelijke vrouwenstem meldt dat ze met de politie spreekt. 'Met mevrouw Vanboven.' Ze heeft direct spijt van deze naam. Waarom moet ze nu van alle namen op de wereld juist die van haar vroegere buren noemen? Ze drukt het toestel tegen haar oor en dempt haar stem. 'Ik weet niet of u me kunt doorverbinden met iemand die iets kan vertellen over de parkmoord van een paar weken geleden. Ik bedoel die in Amsterdam-West. Dat meisje van vijf.'

'Ik spreek met mevrouw Vanboven? Mag ik eerst enkele persoonlijke gegevens noteren, mevrouw?'

'Ik wil alleen weten of dat kind een roze jurkje droeg.' De woorden doen pijn aan haar strot. Ze probeert te slikken, maar wordt overvallen door een hoestbui.

'Waarom wilt u dat weten, mevrouw? Blijft u even aan de lijn? Ik verbind u door met iemand die u verder kan helpen.'

Astrid verbreekt de verbinding, ziet dat de vrouw die net achter de bar stond is verdwenen, legt de telefoon terug en haast zich naar buiten. Ze veegt met een driftig gebaar de tranen weg die over haar wangen rollen, springt in haar auto en geeft gas. Ze rijdt bijna een vrouw aan die net het zebrapad oversteekt en ziet in haar achteruitkijkspiegel de woedende vuist die wordt opgestoken. Ze snikt. Ze ruikt haar eigen transpiratiegeur. Zweet van opwinding.

En van angst.

Dit is niet echt, ze weet het. Er zit geen vrouw naast haar die haar zwijgend bekijkt. Niemand zegt dat die vrouw de moeder van een vijfjarig meisje is en dat dit meisje is vermoord in een park.

Ze hallucineert.

Ze is gek aan het worden.

Er is geen vrouw, er worden geen verwijtende blikken op haar gericht, niemand beschuldigt haar ergens van.

'Help me,' snikt ze.

34

Ze heeft de tuindeuren wijd opengezet en voelt de zachte, vochtige bries langs haar benen strijken. De drukkende warmte is opgelost in de stortbuien van de afgelopen uren. Ze heeft het gevoel dat ze er beter door kan ademhalen.

Charles praat met Jolien. Astrid probeert het gesprek te volgen, maar het kost haar moeite zich te concentreren.

'Heb je nog iets van Louwrens gehoord?' informeert Charles. 'Je hebt zijn naam de laatste dagen niet genoemd.'

Jolien haalt haar schouders op. 'Ik wilde jullie er niet mee lastigvallen. Hij probeert op allerlei manieren contact met me te krijgen. Gisteren hoorde ik van een van mijn collega's dat hij over twee weken vier dagen komt waarnemen, als mijn werkgever naar een congres in New York gaat. Ik ben van plan om die vier dagen vrij te nemen.'

'Waarom? Je gaat toch niet opzij voor iemand die je lastigvalt? Moet je met hem samenwerken? Dat kan een van je collega's toch doen? Laat hem even lekker in de shit zakken en maak hem duidelijk dat je niet gediend bent van stalkactiviteiten.' Charles is fel. 'Anders wil ik wel even met hem praten.'

Jolien maakt een afwerend gebaar. 'Nee pap, alsjeblieft niet. Ik vlucht niet, maar ik heb gewoon geen zin in vier dagen onrust.'

'Misschien is hij tegen die tijd wel opgehouden met contact

zoeken,' oppert Astrid. 'Geef mij één goede reden waarom Louwrens zijn goede naam op het spel zou zetten.'

'Omdat hij momenteel niet spoort,' antwoordt Jolien.

'Je hebt het de hele week nog niet over hem gehad,' zegt Astrid. 'Ik wist niet of ik je er iets over moest vragen. Het was geen kwestie van desinteresse dat ik het onderwerp Louwrens niet aansneed.'

Jolien zucht diep. 'Je gaat weer eens door het stof, mam. Doe dat toch niet. Ik ben oud en wijs genoeg om zelf iets te vertellen of om aan te geven dat ik behoefte heb aan aandacht. Het was juist heerlijk dat niemand over hem sprak. Ik wil afstand nemen van hem en van de tijd dat ik met hem samen ben geweest.'

'Je leek zo blij met hem.'

'Ik liep alleen mijn eigen dweepzucht achterna.'

'Dus je vindt het niet erg dat het uit is?'

'Ik vind alleen de manier waarop niet prettig, maar daar kom ik wel overheen.'

'Je bedoelt de interventie van die ex?'

'Ik bedoel het feit dat ik zelf geen manier kon bedenken om op te houden met mijn bedenkingen te overschreeuwen en er een punt achter te zetten. Ik neem die ex niets kwalijk, ik ben haar eerder dankbaar.'

'Volgens mij komt Bjorn eraan,' zegt Charles. 'Waar is hij eigenlijk geweest?'

'Hij heeft niet gezegd waar hij naartoe ging,' antwoordt Astrid.

Jolien grijnst. 'Het zou ook bijzonder zijn als hij eens iets meedeelde.'

'Volgens mij gaat hij direct door naar boven,' meent Charles. Hij loopt de gang in. 'Kom even bij ons zitten, we hebben nog geen tijd afgesproken om morgen je flat te gaan bezichtigen.'

'We gaan niets bezichtigen,' roept Bjorn. 'Ik koop geen flat.' De deur van zijn slaapkamer slaat met een klap achter hem dicht.

35

Ze heeft de tuintafel en de tuinstoelen afgesopt en schoon gespoten met de tuinslang. Het wordt vandaag dertig graden, als ze het weerbericht mag geloven. De grote tuinparasol staat ook al klaar. Dat betekent dat ze drie keer kunnen eten in de tuin. Ze glimlacht om die gedachte. Meike wilde al in de tuin eten als alleen de zon maar scheen. Het maakte niet uit of ze een jas aan moest trekken en handschoenen nodig had. Eten in de tuin was het summum van genot.

Ze wrijft de stoelen droog en twijfelt of ze verder wil denken aan Meike. Als ze daar te veel in doorschiet kan de hele dag verpest zijn. Dan wint het verdriet het van genieten en zegeviert wat ze mist boven wat ze bezit. Dat wil ze niet. Vandaag niet, morgen niet, ze wil het niet meer. Ze wil zich minder laten beheersen door weemoed en pijn. Het is geen besluit dat ze na lange overpeinzingen heeft genomen. Het is een beslissing die haar op dit moment overkomt.

Ze hoort iemand in de keuken en ontdekt dat het Bjorn is. 'Je hebt vandaag toch niet weer een zwarte klus?' Foute vraag, bedenkt ze direct. Veel te negatief uitgangspunt. Hoe komt het toch dat ze de laatste tijd niet meer de juiste toon kan vinden als ze tegen haar zoon praat?

Hij reageert luchtig. 'Nee hoor, ik moet er niet aan denken dat ik met dit prachtige weer de hele dag in de garage zit. Ik was wakker en ik wilde naar buiten. Zullen we in de tuin ontbijten? Ik heb trek in zoetigheid, heb je nog ergens een stuk chocolade liggen?'

Hij lijkt vandaag de aardige Bjorn, die belangstellende vragen stelt en voorkomend is. De Bjorn die mensen voor zich inneemt, de lachers op zijn hand krijgt en de hele wereld aankan. Hij neemt een hap van de reep die ze voor hem tevoorschijn heeft gehaald. 'Ik denk dat ik naar Amsterdam ga. Nieuwe schoenen kopen, op een terrasje zitten, misschien naar de markt op het Waterlooplein.'

'Ga je alleen of vraag je iemand mee?'

Hij houdt zijn hoofd schuin. 'Je zit te vissen, mama. Laat ik het zo zeggen: misschien wil iemand me wel adviseren.'

Astrid probeert een manier te bedenken om hem te vragen waarom hij de flat in Amsterdam-Noord niet wil bezichtigen. Hoe voorkomt ze dat ze hem afschrikt en de goede sfeer verpest?

'Die flat vind ik achteraf gezien geen goed idee,' zegt hij. 'Ik wil toch liever een klein huisje met een tuintje, maar ik denk dat ik daarvoor naar een of ander dorp moet uitwijken om het betaalbaar te maken.'

'Het is dus geen kwestie van je geld kwijt zijn?'

'Hoezo? O, jij denkt dat ik mijn kapitaaltje heb vergokt? Echt niet, ik kijk wel link uit.'

Astrid loopt op hem af en slaat haar armen om zich heen. 'Gelukkig! Ik was echt even bang… ach, laat ook maar. Ik heb soms te veel last van moederkloekerigheid.'

'Dat weet ik. Kun je een geheim bewaren? Ik ben verliefd.'

Het ontbijt smaakt vandaag beter dan anders. Astrid hoopt dat Charles en Jolien voorlopig niet wakker worden en dat deze *quality time* met haar zoon nog even kan voortduren. Hij is ontspannen en plaagt haar. Dat betekent dat hij zich op zijn gemak voelt.

Toch hangt er iets in de lucht.

Hij besmeert zijn vierde broodje met roomboter en bramenjam. 'Is Jolien nog verdrietig?' informeert hij.

Nu vooral luchtig reageren en niet enthousiast gaan roepen dat zijn belangstelling haar goed doet. 'Volgens mij niet. Ze lijkt opgelucht te zijn. Louwrens was het toch niet voor haar.'

Hij veegt zijn mond af. 'Toch is er iets,' zegt hij. 'Zeg het maar gewoon.'

Astrid had zich voorgenomen er niets over te zeggen. Het was een incident, een onschuldig incident. Het paste bij haar zoon, het had te maken met zijn onvoorspelbare gedrag en zijn moeilijk te peilen reacties. Ze heeft het jurkje uit hun huis verbannen en wil niet meer nadenken over de manier waarop het is binnengekomen. Deze gedachten komen net iets te laat, ze heeft de vraag al gesteld. De meest foute vraag die ze ooit over haar lippen heeft gekregen. 'Heb jij een roze jurkje in de sokkenla van Jolien gelegd?'

Hij legt zijn bestek neer. 'Roze jurkje? Sokkenla? Waar heb je het over?'

Astrid probeert de blokkade achter in haar keel weg te slikken. 'Er lag een roze jurkje tussen de sokken van Jolien en we dachten dat het een jurkje van Meike was.'

'En was het dat dan niet?'

'Nee, het was een jurkje dat niet bij ons thuishoorde. Maar daar kwam ik later achter. Je vader en Jolien denken nog steeds dat het van Meike was.'

'En hoe zou dat dan in die la terecht zijn gekomen?'

'Ik heb tegen hen gezegd dat ik er in een dwaze bui mee had rondgelopen en het daar waarschijnlijk per ongeluk had achtergelaten.'

'Wat een idioot verhaal. Geloofden ze dat?'

'Ja. Ik ben wel vaker een beetje in de war.'

'Dat weet ik. Al een jaar of vijf.'

'Is dat een verwijt, Bjorn?'

'Het is een constatering. Je hebt ook zomaar die Sietske aangenomen. Ik wil niet dat ze in mijn kamer komt.'

'Wat is er mis met haar?'

'Misschien niets, maar ze stond me direct tegen.'

'Ze komt niet in je kamer. Maar we hadden het over dat jurkje. Dus daar had jij niets mee te maken?'

Bjorn kijkt haar aan. Zijn mond vertrekt een beetje. Zijn ogen staan koel. 'Leg mij eens uit waarom je denkt dat ik daar iets mee te maken zou kunnen hebben.'

'Het is een gevoel,' zegt Astrid zacht.

'Je hebt me er niet eerder vragen over gesteld.'

'Nee. Had ik dat moeten doen?'

'Dat weet je zelf het beste. Wat heb je met dat jurkje gedaan?'

Astrid haalt diep adem. 'Dat heb ik weggegooid.' Ze ziet hem in elkaar duiken. 'Had jij het gekocht?'

Hij schuift zijn stoel naar achteren. 'Nu ophouden, ik heb hier geen zin in. Laat me met rust.'

'Dat kan ik niet, ik maak me zorgen.' Ze zoekt de juiste woorden om aan hem uit te leggen dat ze vermoedt dat hij meer met zijn jongste zusje bezig is dan hij wil toegeven. Maar hij moet niet de indruk krijgen dat ze hem iets verwijt. Ze weet dat hij zich snel aangevallen voelt. 'Als jij het gekocht had, is daar niets mis mee. We kunnen er gewoon over praten. We zijn allemaal op onze eigen manier met haar bezig. Haar kleren hangen nog steeds in haar kast, je mag ze gerust vastpakken. Haar kamer is altijd open, je kunt er naar binnen gaan. Ik zit er ook regelmatig, en je vader en Jolien idem. Volgens mij vindt ze het prettig als we daar zijn.'

'Ze wil niet dat ik daar kom,' zegt Bjorn.

Ze zwaait hem na totdat hij helemaal uit het zicht is verdwenen. Toen hij vertrok klemde hij zich tegen haar aan. Ze hebben minstens een minuut zo gestaan, terwijl ze zachtjes over zijn rug streek.

Als ze weer in de tuin zit merkt ze dat haar knieën trillen. Niet alleen haar knieën, ze kan ook haar handen niet stilhouden. Ze heeft pijn in haar maagstreek.

Ze staat op en probeert zich te ontspannen. Ze heeft het gevoel dat haar lichaam en geest gescheiden zijn. De connectie tussen haar bewegingen en haar gedachten is weg. Het lijkt of een onzichtbare hand haar naar de gang duwt en haar dwingt de trap op te lopen, bij de kamer van Bjorn stil te staan en haar de deurklink te laten grijpen.

De deur gaat open.

Haar ogen dwalen door de kamer en proberen iets te ontdekken. Maar wat? Achter haar is gestommel. Ze sluit snel de deur en perst een glimlach op haar gezicht als ze Jolien uit haar kamer ziet komen.

36

Het was ook in juni en vanaf het moment dat ik wakker werd was ik ervan overtuigd dat het een perfecte dag zou worden. Ik had geen voorgevoel, er was geen enkel signaal dat op onraad duidde. Ik trad de wereld met open armen tegemoet.

Het was ook een zaterdag.

Hoe vaak zal ik me naderhand niet hebben afgevraagd hoe het mogelijk was dat ik het niet heb geweten? Hoe vaak zal ik het mezelf al niet verweten hebben dat ik het niet heb voorkomen? Al vertelt de hele mensheid me dat het niet mijn schuld was, dat het niemands schuld was, dat het lot soms de een en dan de ander treft, dat wij te nietige wezens zijn om daar ook maar de geringste invloed op te kunnen uitoefenen, het schuldgevoel heeft in mij een permanente verblijfplaats gevonden.

Jolien had net haar vwo-diploma gehaald en die dag zou het feest gehouden worden. Ze sliep uit en ik maande Meike niet te hard te praten in de badkamer. Ze fluisterde dat ze samen met Bjorn een cadeau voor haar zus ging kopen. Het was een geheim van hen samen en zelfs ik mocht niet weten wat ze bedacht hadden. Om tien over tien fietsten ze samen ons erf af. Ik keek ze na en bedacht dat ik tegen Bjorn had moeten zeggen dat ik het aardig van hem vond om samen met Meike iets te ondernemen. Ik had ook moeten zeggen dat hij moest uitkijken met de wildebras die naast hem fietste. Ik had hem moeten waarschuwen voor haar impulsieve acties.

Herken je deze gedachten, kun je je dit verdomde schuldgevoel voor-

stellen? Heb je zulke gevoelens ook gehad toen jij je kind verloor? Ik heb al zo vaak geprobeerd me iets van jouw emoties te herinneren, maar zodra ik mijn gedachten op dit onderwerp concentreer is het leeg in mijn hoofd. Er komt geen enkel beeld, geen enkel gesprek, geen enkele herinnering tevoorschijn. Het enige wat ik zie, is je strakke gezicht, de harde lijnen om je mond, de spitse neus en de bleke wangen. Ik zie geen ogen. Je keek me nooit aan in die periode, je keek niemand aan. Je was er gewoon niet. Dat herinner ik me goed en ik weet ook nog hoe wanhopig het me maakte. Ik weet nog dat ik iedere dag zat te wachten op een uitbarsting, een ontremde actie, op hartverscheurende geluiden. Er kwam niets. Hoe kan ik aan jou uitleggen wat ik voelde toen ik mijn jongste kind verloor? Hoe kan ik je duidelijk maken wat er op dit moment door me heen gaat? Hoe kan ik de onrust die me gevangen heeft verklaren? Waarom zou ik willen uitleggen, duidelijk maken en verklaren?

Waarom aan jou?

Het duurde jaren voordat ik kon ophouden met hopen dat je me zou opzoeken. Mijn verlangen naar het moment dat je je alsnog zou openbaren als een moeder bleef heel lang overeind en werd door mij gekoesterd. Het brokkelde laagje voor laagje af en ik liet het pas los toen Meike werd geboren. Ze was ook niet gepland, ons nakomertje. Het meest stralende kind dat ooit bestaan heeft. Het kind dat rechtstreeks uit mijn ziel kwam. Op die prachtige zaterdag in juni stond ze samen met haar broer naast haar fiets te wachten totdat ze de weg konden oversteken. Er naderde een auto en die reed te hard. Ze heeft iets geroepen wat leek op een overmoedig besluit. Iets wat te maken had met maling hebben aan die stomme auto. Haar broer probeerde haar tegen te houden, maar ze was te snel. Ze was altijd te snel. Ze was lenig en soepel en glipte gemakkelijk uit je handen. Ze danste door het leven.

Ons cadeautje was op slag dood en sinds die zaterdag ben ik ook een beetje dood.

Begrijp je dat? Jij moet het kunnen begrijpen. Jij verloor ook een kind doordat je iets naliet wat te maken had met bescherming. Jij moet ook te maken hebben gehad met een schuldgevoel.

Ik kon haar niet beschermen tegen te hard rijdende auto's en tegen overmoed en toch voel ik me schuldig aan haar dood. Het is een gekmakende overtuiging die ik niet kan duiden en waar ik geen redelijke verklaring voor kan vinden. Het gevoel is er gewoon en vandaag steekt het triomfantelijk de kop op.

Over zes dagen is het vijf jaar geleden dat er opeens politie verscheen en iemand me iets probeerde te vertellen wat ik niet wilde horen. Het is vijf jaar geleden dat er mensen voor de deur stonden die dachten dat er bij ons een feest werd gegeven. Het is vijf jaar geleden dat niemand van ons gezin de zon meer voelde, het daglicht niet te verdragen was en voedsel voor geen van ons betekenis meer had. Wij gingen allemaal een beetje dood. Er is voor ons allemaal iets verloren gegaan wat nooit meer terugkomt. Toch gaat het leven door, om maar eens het meest wanstaltige cliché dat bestaat te gebruiken. We krabbelden een voor een overeind, de kinderen voorop. Bjorn haalde zijn diploma voor technisch specialist personenauto's, zij het met enige vertraging. Jolien slaagde in één keer voor de opleiding mondzorgkunde. Charles zocht en vond een groter bedrijfspand en breidde de autoverkoop uit. Ik startte een eenmansbedrijf voor de verkoop van tweedehands bruidsjurken. Voor de buitenwereld lijken wij een gezin dat het leven weer op de rails heeft. Dat klopt voor drie van ons.

Op een zonnige zaterdag met een gunstige weersverwachting kan ik mezelf zomaar terugvinden achter het raam van een dakkapel en luister ik naar het geluid dat ik zelf veroorzaak. Dat geluid is blijkbaar nodig om mijn gedachten bestaansrecht te geven. De woorden die ik uitspreek worden opgeslagen, maar ik weet niet of ik ze ooit wil terugluisteren. Het is al bijna vijf jaar geleden en zelfs erover praten tegen iemand die het niet kan horen is een probleem. Een geestelijke tangverlossing.

Ik kan beter ophouden met dit vreemde avontuur. Het leidt nergens toe; het legt hooguit iets bloot wat beter bedekt kan blijven. Ik krijg er jou niet mee terug en zelfs al zou dat het geval zijn, wat moet ik dan? Wat hebben wij elkaar nog te vertellen?

Toch sla ik deze woorden niet voor niets op.

37

De zin blijft nagalmen in haar oren. *Ze wil niet dat ik daar kom.* Wat bedoelde Bjorn daarmee? Waarom zou Meike niet willen dat hij in haar kamer komt? Ze was dol op haar broer, ze aanbad hem. Haar loyaliteit kende geen grenzen, ook al was ze regelmatig het mikpunt van zijn onaangename humeur, zijn machtsvertoon en zijn treiterbuien. Ook al moest ze van jongs af aan beschermd worden tegen zijn onvoorzichtige spelletjes. Ze negeerde vragen over de oorzaak van plotseling ontstane blauwe plekken op haar armen, ze ontkende zijn mogelijke aandeel in valpartijen. Ze vormde samen met Bjorn een front. Een uitermate solide front. Een front voor het leven.

'Je hebt je piekerhoofd op,' stelt Jolien vast. 'Wat zit je dwars?'

Astrid voelt zich betrapt. Ze probeert te glimlachen. 'Ik heb onrustig geslapen. Wat ga jij doen vandaag?' Ze pakt de koffiekan en schenkt de mok van Jolien nog een keer vol. 'Je vader ligt volgens mij weer eens in coma.'

'Ik heb een nieuwe collega, ze heet Lieke. Leuke meid, het klikt echt tussen ons. Ze belde me net en vroeg of ik zin had in een dagje Amsterdam. We hebben om twaalf uur afgesproken in het restaurant van de Bijenkorf. '

'Bjorn is ook naar Amsterdam.'

'Alleen?'

'Ja.'

'Vertel eens.'

'Wat valt er te vertellen?'

Jolien lacht breed. 'Och mama, ik zie aan je gezicht dat je iets achterhoudt.'

'Nee, echt niet.'

'Ook goed. Wat ga jij vandaag doen?'

'Misschien ga ik ook wel naar Amsterdam en probeer ik je vader mee te krijgen.'

'Dan mag je wel een heel goede smoes bedenken om hem te verleiden.'

Het woord hakt er onverwacht in.

Verleiden.

Ooit was daar sprake van en wisselden ze die actie om beurten af. Ooit spetterde het tussen hen. Ooit begon en eindigde de dag ermee.

'Waar denk je aan?' wil Jolien weten.

'Nergens aan.'

Op het gezicht van haar dochter verschijnt weer een brede grijns.

Nadat Jolien is vertrokken laat ze een verpletterende stilte achter. Astrid zit aan de keukentafel en denkt na. In haar hoofd wisselen de zinnen elkaar af. *Ze wil niet dat ik daar kom. Dan mag je wel een heel goede smoes bedenken om hem te verleiden.* Ze wil ergens anders aan denken. Ze wil zich concentreren op dingen die haar stemming verbeteren. Het moet vandaag een gezellige dag worden. Gewoon een goede zaterdag, zoals de zaterdagen van vroeger.

Vroeger... Niet doen, berispt ze haar eigen gedachten. Niet denken aan vroeger. Het heden is interessanter. Hoewel... Dit gaat het niet worden. Ze haalt de afwasmachine leeg en besluit dat vandaag een goede dag wordt. Basta! Ze schrikt zich wild als ze opeens een hand op haar schouder voelt.

'Hela, wat gebeurt er nu? Ik ben het maar.' Charles draait haar naar zich toe. Hij kust haar vol op de mond.

Ze kust hem heftig terug. Ze klemt haar armen om hem heen en voelt zijn verrassing veranderen in opwinding.

'We moeten naar boven,' hijgt zijn stem. 'De kinderen...'

'Die zijn naar Amsterdam.' Ze laat zich meevoeren en geeft zich over.

Het is meer dan seks, meer dan passie. Het is een manier om boven jezelf uit te stijgen, de wereld te verlaten, achter je te laten. Het is de mogelijkheid om korte tijd niet na te denken over vermoorde kinderen, roze jurkjes, witte sokken, slipjes met een kanten randje. Het is overweldigen en overweldigd worden, grijpen en gegrepen worden, geven en krijgen.

Het is bevrijding.

Het is vrijen met elk plekje van het lichaam, loslaten van elke denkbare scrupule. Het is thuiskomen.

En vluchten.

'Wat ben ik blij dat wij op een perceel van bijna vijfentwintighonderd vierkante meter wonen,' fluistert Charles.

'Dat betekent ook dat het nergens voor nodig is om te fluisteren. Wie kan ons horen?' Astrid kust het puntje van zijn neus. Ze grinnikt. 'Moet je ons hier zien liggen op de keukenvloer. Weet je nog dat we alle kamers van het huis hebben ingewijd?'

'Ik weet het nog.' Charles grijpt haar gezicht met beide handen vast. 'Ik heb je terug,' zegt hij. 'Blijf alsjeblieft.'

Ze douchen samen. Zijn handen dwalen over haar lijf. 'Je bent nog steeds even mooi, je bent de mooiste vrouw die ik ooit gezien heb.'

'Je hebt ook weinig vergelijkingsmateriaal,' lacht ze.

'Voor mij ben jij de mooiste,' herhaalt hij. 'Spreek me niet tegen, anders begin ik nog een keer opnieuw.'

Astrid trekt hem mee, in de richting van hun slaapkamer.

Charles is naar beneden gegaan en zij haalt de lakens van het bed. Ze neuriet een lied van Adele. Bjorn bracht een paar weken geleden zomaar een cd van deze zangeres mee. 'Vind jij vast mooi, mam,' beweerde hij. 'Lekker hard zetten als wij niet thuis zijn en meezingen. Zal ik de teksten voor je downloaden?'

Ze was verrast en ontroerd, zoals ze al zo vaak door hem verrast en ontroerd is. En getroffen, en geraakt.

Ze staat met een onderlaken in haar handen en denkt aan haar oudste kind. Misschien kan ze haar gedachten beter ergens anders op richten. Ze loopt naar de badkamer en stopt het beddengoed in de wasmand.

'Zullen we vandaag eens naar Amsterdam gaan?' hoort ze Charles beneden roepen.

Ze buigt zich boven het trapgat. 'Daar lopen onze kinderen al rond.'

'Wat maakt dat uit? Ik neem je mee naar de Bijenkorf, voer je dronken op een terras en als we dan weer thuiskomen...' Ze hoort hem lachen. 'De zwarte bak staat nog aan de weg,' roept hij. 'Ik haal hem even binnen.'

Astrid staat stil voor de deur van Bjorns kamer. Haar hand strekt zich aarzelend naar de deurknop. Dit is vandaag al de tweede keer dat ze dit doet. De deur gaat open. Haar ogen dwalen door de kamer. Alweer.

Wat zoekt ze hier?

Ze stapt naar binnen en opent de lade waar ze eerder het roze jurkje in vond.

Ze ziet alleen maar dat het wit is. Haar handen grijpen ernaar, maar trekken zich snel terug.

Ze steunt op de geopende lade en kijkt nog een keer. Ze kreunt.

Het is precies dezelfde sok als die iemand haar stuurde. Hij lijkt haar uit te lachen.

'Kom je nog eens beneden?' roept Charles.

38

'Je staart naar me,' zegt Astrid. 'Ontken het maar niet, ik heb het in de gaten.'

'Sorry,' mompelt Charles. Hij kijkt om zich heen. 'Ik had verwacht dat er nergens meer een terrasplek te vinden was. Je zou toch denken dat half Nederland vandaag buiten zit.'

'Ik denk dat half Nederland op het strand ligt en je daar nu over de koppen kunt lopen.' Astrid drinkt haar glas leeg. 'Zullen we verdergaan? Wil je nog naar de Cuyp? Of zullen we door de Leidsestraat teruglopen?'

'Ik hou van je,' glimlacht Charles.

Astrid kijkt snel om zich heen.

'O jee, zouden ze het gehoord hebben?' Charles pakt haar hand vast. 'Ik wil ook wel even op mijn stoel gaan staan en het over het terras schreeuwen. Ik heb zin om iets baldadigs te doen.'

'Gedraag je, zou je moeder zeggen.'

'En wat zou jouw moeder zeggen? Of snij ik nu een verkeerd onderwerp aan?'

'Ach, verkeerd... Hoe kom jij opeens op het idee om het over mijn moeder te hebben? Je kent haar niet eens.'

'Klopt, ik heb haar maar één keer gezien. Soms denk ik aan haar. Ik kan me niet goed meer herinneren hoe ze eruitzag.'

'Kijk maar naar mij, dan weet je het weer. Of naar Bjorn, die lijkt echt als twee druppels water op haar.'

'Die blik in zijn ogen waar we allebei niet erg van houden, je weet wel, als hij geïrriteerd is... Had zij dat ook?'

Astrid maakt een afwerend gebaar met haar hand. 'Ander onderwerp.' Ze staat op. 'Ik ga binnen wel even afrekenen.' Ze loopt snel weg en voelt dat ze met haar tanden knarst.

'Heeft Bjorn vanmorgen nog iets aan je verteld over de oorzaak van zijn gewijzigde plannen?' Charles houdt haar arm vast als ze het terras verlaten.

'Ja, maar niet veel. Hij wil liever toch geen flat, maar een huisje met een tuin.'

'Denk jij dat hij echt anderhalve ton heeft?'

'Het gaat ons niets aan,' zegt Astrid. Ze wil dat hij haar loslaat.

'Ik wil me er niet mee bemoeien en ik wil ons plezier ook niet bederven met moeilijke vragen over Bjorn. Maar...' Charles zucht diep en grijpt haar nog steviger vast. 'Het blijft maar door mijn hoofd spoken. Ik bedoel de opmerking die je maakte over dat je niet geloofde dat Bjorn zijn geld had gewonnen met gokken. Wat bedoelde je daarmee?'

'Niets. Dat was een domme opmerking. Vergeet het maar.'

Hij laat haar eindelijk los. 'Oké. Maar... als hij niet genoeg geld heeft om een eengezinswoning te kopen en toch een hypotheek moet afsluiten, zouden wij misschien...'

'Ik weet het niet,' aarzelt Astrid. 'We hebben het er later nog wel over.'

Ze lopen door de Leidsestraat en bekijken etalages. Charles wijst haar op enkele modezaken en ook op de etalage van een schoenenzaak. 'Je hebt vast iets nieuws nodig,' moedigt hij haar aan. 'Zoek eens iets moois uit.'

Het lijkt nog het meest op een bliksemschicht. Ze passeren mensen, mensen passeren hen. Er komen lichamen langs, opvallend en onbeduidend. Er zijn stemmen die ze hoort, maar ook die nauwelijks tot haar oren doordringen. Ze ontmoet ogen die ze onmiddellijk vergeet of die een paar seconden indruk maken.

Deze ogen hebben een verpletterende uitwerking. Van wie zijn ze? Waar kent ze ze van? Ze kijkt om zich heen, zoekt de blik die haar een paar seconden geleden opzocht. Ze voelt hem ergens achter zich. Dit is een bekend gevoel, het overkwam haar kortgeleden nog toen ze in Meikes kamer was. Maar toen sloeg het ook nergens op.

Ze wil dit niet.

Ze wil genieten. Van de zon, van samen zijn, van een normale zaterdag in juni. Ze wil onbekommerd rondlopen, al is het maar voor een paar uur. De angstgedachten zullen zich niet laten verdrijven, ze zullen zich weer aandienen. Maar nu even niet.

Ze grijpt de hand van Charles. 'Ik wil wel nieuwe schoenen,' zegt ze.

De verkoper dribbelt door de zaak en gaat op een bevallige manier voor haar voeten zitten. Hij reikt haar de schoenen aan die ze wil passen. 'U moet een halve maat groter hebben, denk ik,' stelt hij vast. Hij dribbelt weer weg.

'Jonge, jonge,' zucht Charles. 'Die heeft het uitgevonden en verbeterd.' Er is een geluid in zijn buurt. 'Dat is mijn telefoon, hè?' Hij tuurt naar de display. 'Een onbekend nummer.' Hij neemt op en luistert.

Astrid kijkt naar hem en houdt haar adem in. Ze ziet aan zijn gezicht dat er iets aan de hand is.

'Waar is ze? We zijn in Amsterdam en we komen eraan.'

Hij stopt het mobieltje weer in zijn zak en lijkt naar woorden te zoeken. 'Er is iets gebeurd met Jolien. Op de Albert Cuyp. Er belde een meisje, ik meen dat ze Lieke heette. Ze brengen haar naar het VU-ziekenhuis.'

39

Ik heb zin om iemand in elkaar te slaan. Als kind droomde ik er al van te kunnen vechten en mijn tegenstanders met één klap uit te schakelen. Op die manier ging ik in mijn fantasie de pestkoppen op school te lijf. Ik wierp me op iedereen die in mijn buurt kwam of me juist buitensloot. Ik fantaseerde over een bloedige afloop en mijn zegetocht. Over een onaantastbare positie, over mijn nieuwe geboorte als vrouwelijke Goliath.

Nu wil ik het anders doen. Ik ben geen reuzin die over onvoorstelbare krachten beschikt. Ik heb niet geleerd hoe ik moet vechten. Toch wil ik aanvallen, molesteren en vernietigen. Ik wil de adrenaline die door mijn lijf holt gebruiken om af te rekenen. Ik wil mijn kind met haar gezwollen gezicht, met de verbijsterde blik in haar ogen, met de pijnlijke trek om haar mond, het kind dat ik vanavond naar bed heb gebracht en dat nu slaapt, revancheren.

Desnoods wil ik doden.

Het is jouw schuld.

Ik herhaal het steeds, ik zou de woorden willen uitschreeuwen.

Het zou logisch zijn als ik mijn vernietigende fantasieën zou richten op de man die mijn dochter aanviel. Haar ex-vriend, die niet kan verkroppen dat ze zijn pogingen om de relatie te herstellen heeft afgewezen. Het verhaal is er met horten en stoten uitgekomen. Hij stond opeens naast haar, toen ze samen met haar collega gympen paste bij een marktkraam. Op dat moment was er nog geen spoor van woede te bekennen, was hij eerder aangedaan dan geïrriteerd, maakte hij een hulpeloze indruk. En zij had met hem te doen. Ze is te goed voor deze wereld, mijn tweede kind. Mijn meisje, dat vragen stellend door het leven gaat. Ze heeft zich over hem ontfermd en hem getroost. Maar toen hij voorstelde om de rest van de dag samen door te brengen, wees ze hem af en dat heeft gevolgen gehad.

Het is jouw schuld. Begrijp je dat soms niet? Dan zal ik het uitleggen.

Alles wat fout gaat in mijn leven is jouw schuld. Alles komt door de afwijzing die ik niet kan verkroppen. Alles is terug te voeren op wat daar het gevolg van was. Op de onmogelijkheid om van mijn eigen kracht overtuigd te zijn. Mezelf te zijn. Je hebt me beroofd van mijn levenslust en een angstige neuroot van me gemaakt. Door jou ben ik een moeder die ik nooit had willen worden. Een twijfelaar met een zwak ego, een hijgerige vredestichter die panisch wordt van ruzie.

Ben je nu beledigd? Ga je je beklag doen bij buurman Vanboven en laat je je door hem lekker troosten? Of zoek je nu bevestiging bij je heilige genootschap? Val dood, allemaal. Zak toch met die hele Jehovakliek in het moeras en kom nooit meer boven. Krijg toch allemaal een onherstelbaar spraakgebrek, waardoor jullie je vergiftende teksten niet meer kunnen uitspreken.

Ik weet dat mijn woede buiten proportie is, maar ik ga toch nog even door. Het lucht op, weet je, schelden en dreigen tegen iemand die er niets van merkt. Verwensen op de meest grove manier die ik bedenken kan. Ik heb het even nodig.

Mijn dochter ligt boven te bekomen van een aanval die haar niet alleen fysiek heeft geraakt. Ik ben bang dat ze na vandaag nooit meer zo onbevangen in het leven zal staan als ze deed. En dat heeft ze niet verdiend.

Charles was ziedend. Er moest een extra verpleegster aan te pas komen om hem te kalmeren. Ik had mijn handen vol aan Jolien en kon hem even niet helpen. Hij heeft medicijnen meegekregen om rustig te worden en ik heb er stevig op moeten aandringen dat hij die innam. Nu slaapt hij. Toen we eenmaal thuis waren, heeft hij gehuild. Gesnikt.

Charles kan zich uiten. Ik benijd hem daarom. Ik kan alleen schelden en grof zijn, me alleen laten gaan als ik mezelf geïsoleerd heb op mijn zolder, omringd door bruidsjurken die al een keer gedragen zijn. Ik heb een paar dagen geleden een nieuwe jurk in consignatie genomen die ik bijzonder mooi vind. In die jurk had ik zelf willen trouwen. Ik had mijn haren opgestoken willen hebben en een mooie ketting om mijn hals willen dragen. Ik had een dik boek vol bruidsfoto's willen hebben.

Het zat er niet in. In de nacht nadat ik bij het huis van de ouders van Charles arriveerde en als vanzelfsprekend bij hem sliep, verwekten we Bjorn. Het was een heftige nacht, een nacht vol stomende seks. Het was een ontsnapping aan de werkelijkheid.

Ik was nog te jong om te kunnen trouwen, maar mijn zwangerschap maakte het mogelijk om van die wettelijke regel af te wijken. Desondanks had ik de toestemming nodig van mijn nog in leven zijnde ouder. Jij reageerde niet op schriftelijke verzoeken en weigerde een maatschappelijk werkster die de gemeente Emmen op je af stuurde te woord te staan. Ik kreeg de toestemming uiteindelijk via de rechtbank. Toen de beschikking arriveerde, heb ik een hele dag gekotst.

Het is allemaal jouw schuld en er komt een dag dat ik voor je sta en je confronteer met wat je hebt aangericht. Ga er niet van uit dat ik me laat wegsturen. En wees blij dat ik vandaag niet kom.

40

Astrid schrikt wakker van een enorme knal. Naast haar schiet Charles overeind. 'Wat was dat?'

'Onweer,' zegt ze. 'Ik sluit even de ramen.'

'Ik sta ook op. Zou Jolien al wakker zijn?' Charles moet zich vasthouden aan de linnenkast. 'Jézus, zeg! Ik sta te zwaaien op mijn benen. Wat voor pil hebben ze me gegeven?' Hij gaat weer op het bed zitten.

'Ik kijk even bij Jolien,' zegt Astrid. Ze is kalm. Ze heeft diep geslapen en voelt zich uitgerust.

'Weet je dat het al elf uur is?' roept Charles achter haar.

Ze opent voorzichtig de deur van Joliens kamer en schrikt. Het bed is leeg. Het laken ligt keurig teruggeslagen op het voeteneinde. Ze sluit de deur en stapt in een impuls de kamer van Bjorn binnen. Bjorns bed is onbeslapen. Ze loopt snel naar beneden, haar hart gaat tekeer, haar ademhaling zit hoog.

Een enorme lichtflits explodeert in de keuken op het moment dat ze de deur opent. Jolien zit midden in die flits. Astrid knijpt haar ogen dicht. De knal die erop volgt zou het hele huis kunnen vermorzelen. Het volgende moment staat ze naast haar dochter en grijpt ze haar vast. De stilte na de klap wordt onderbroken door een geluid in de gang. Een deur die in het slot wordt gedrukt, voetstappen. Bjorn verschijnt in de deuropening. Hij moet zich vasthouden om te voorkomen dat hij valt.

'Ga alsjeblieft meteen naar boven,' zegt Astrid. 'En kom pas weer tevoorschijn als je nuchter bent.'

Bjorn zegt niets. Hij kijkt naar Jolien. Ziet ze het goed? Begint hij te lachen? Ze laat haar dochter los en loopt op hem af. Hij draait zich om en zoekt tastend naar houvast zijn weg naar de gang.

'Allemachtig, zeg, wat is er met jou aan de hand?' hoort Astrid Charles roepen. Ze staat doodstil onder aan de trap te wachten tot haar zoon boven is. Er slaat een deur dicht. Charles komt naar beneden.

'Ik wil dat hij verhuist,' zegt hij.

Ook al is Bjorn niet persoonlijk aanwezig, hij zit tussen hen, naast hen, beweegt zich mee met hun gebaren, maakt deel uit van de zinnen die ze uitspreken. Astrid doet krampachtig haar best om zich op Jolien te concentreren en negeert de terloopse opmerkingen die Charles over hun zoon maakt. Ze probeert hem met haar ogen duidelijk te maken dat hun andere kind momenteel aandacht nodig heeft en het lijkt erop dat Charles haar signalen opvangt.

Jolien zegt niet veel. Ze betast steeds haar gezwollen gezicht en het is aan haar te zien dat ze pijn heeft. Er zit een blauwe cirkel rond haar linkeroog. Daar heeft de vuist van Louwrens haar een paar keer goed geraakt. Ze kan het oog niet openhouden. Astrid probeert haar ertoe te bewegen om extra pijnstillers te nemen, maar haar dochter wil zo weinig mogelijk slikken. 'Ik word er te slaperig van,' legt ze uit.

'Je kunt rustig slapen,' stelt Charles haar gerust. 'Wij zijn thuis, hier kan je niets gebeuren. En als dat stuk verdriet zich hier durft te vertonen is hij voor mij, ik zal geen spaan van hem...'

'Die zit vast,' valt Astrid hem in de rede. 'Ze hebben hem gisteren nadat Jolien aangifte had gedaan direct opgehaald.'

'En hoogstwaarschijnlijk nog dezelfde avond weer naar huis gestuurd,' sneert Charles. 'Vergis je niet, die schoft loopt alweer los en hou er rekening mee dat hij nog een keer tevoorschijn kan komen. Jolien had gelijk: die gast spoort niet.'

Jolien begint te huilen. 'Ik ben zo bang,' snikt ze.

Astrid zoekt in een van de keukenladen naar papieren zakdoekjes. Die liggen natuurlijk weer helemaal achter in de la. Haar vingers stoten ergens tegenaan. Ze schuift het opzij. 'Ik moet die la eens opruimen,' mompelt ze.

41

De man begint zich direct te verontschuldigen. 'Ik overval u hiermee, ik had eerst moeten bellen. Neem me niet kwalijk, ik ben een beetje in de war. U hebt toch een zaak voor tweedehands bruidsjurken?'

Astrid ziet dat zijn handen trillen. Ze probeert zich te herinneren waar ze hem eerder heeft gezien, maar er komt geen enkele gedachte in haar op waar ze iets mee kan. 'Kennen wij elkaar?' vraagt ze.

'Nee, en nogmaals sorry. Ik had niet...' Zijn stem breekt. Hij slaat zijn handen voor zijn gezicht.

'Kom even binnen,' zegt Astrid.

Het weer is totaal omgeslagen. Aan de veelbelovende zonnige dagen is een abrupt einde gekomen door het zware onweer van drie dagen geleden. Het lijkt wel herfst. En niet alleen wat het weer betreft. Astrid heeft de afgelopen dagen voortdurend tranen gezien en haar snikkende dochter urenlang vastgehouden. Diep in haar hart moet ze toegeven dat ze blij is dat er iemand aan de deur verschijnt, ook al is het een onbekende, aangeslagen man. Ze nodigt hem uit te gaan zitten en biedt hem koffie aan.

'Ik zal me eerst eens fatsoenlijk voorstellen,' zegt de man, als ze tegenover elkaar zitten. 'Ik ben Benno Manshanden. Mijn vriendin...' Hij slikt een paar keer. 'Misschien hebt u het gehoord of gelezen. Het was op televisie en het stond ook in de krant.'

Hij kijkt haar aan en ze heeft het gevoel dat ze een vraag moet stellen. Maar haar keel is dichtgeknepen en ze zet de koffiemok snel op tafel. Ze wil dat de man weggaat. Benno Manshanden. Ze wil tegen hem zeggen dat hij hier niets te zoeken heeft en dat ze niet geïnteresseerd is in wat hij haar wil gaan vertellen. Dat ze genoeg heeft aan haar eigen sores en niet zit te wachten op het verhaal van een onbekende. Waarom heeft ze hem in vredesnaam binnengelaten?

'Ze heet Evita Fransen. We zouden over drie weken gaan trouwen en volgens mij heeft ze bij u een jurk gekocht. Ze is bijna twee weken geleden vermoord in de snackbar waar ze parttime werkte. Ik vond de jurk een paar dagen geleden op zolder en ook de nota die erbij zat.' Hij haalt iets uit zijn broekzak. 'Deze nota. Uw adres staat erop. Klopt het?'

Evita Fransen. De vrouw die Bjorn meende te herkennen.

Dood. Vermoord.

'Dat klopt. Ze heeft haar jurk hier gekocht. Wat verschrikkelijk dat ze...'

'Ik ben vier dagen lang verhoord. Je weet niet wat je overkomt. Ik heb haar gevonden, ik heb direct het alarmnummer gebeld en haar ouders en ik weet niet wie nog meer. En dan blijk je zomaar een verdachte te kunnen zijn. Ik kan het nog steeds niet geloven, maar het is echt gebeurd. Ze hebben mijn hele leven overhoop gehaald. Maar zou ik zelf de politie gebeld hebben als ik er iets mee te maken had? Zou ik mijn eigen meisje...?'

Hij zit in elkaar gedoken tegenover haar en er komt een idiote gedachte in haar op. Ze vindt hem mooi in zijn verdriet. Opperste misère als schoonheid.

Ze dwingt zichzelf om weer nuchter te denken. 'Kan ik iets voor je doen? Wil je de jurk...' Ze kan de vraag nog net tegenhouden. Het zou een brute vraag zijn, een vraag die niet gesteld mag worden.

'Ik wil hem graag houden. Misschien vindt u dat vreemd, maar de aanwezigheid van die jurk troost me. Ik heb hem veilig opgeborgen en hem aan niemand laten zien. Wie zou hem ook willen zien? Evita's ouders willen geen contact meer met mij. Die hopen waarschijnlijk dat de recherche bewijs vindt waaruit blijkt dat ik schuld heb aan haar dood. Ze hebben er behoefte aan om met me af te rekenen. Ze hebben onze relatie nooit zien zitten.'

'Je... Evita vertelde iets dergelijks. Ze zei dat jullie op een bescheiden manier zouden trouwen.' Astrid heeft direct spijt van deze woorden. Ze zijn zout in de wond. Waarom kraamt ze zulke onzin uit?

'Ik ben naar u toe gekomen om te vragen of ze iets heeft gezegd wat zou kunnen duiden op angst voor iemand. De politie is veel te laks, Evita is duidelijk geen interessante case voor ze. Ze blijven maar vasthouden aan het idee dat het gewoon een overval was. Gewóón een overval! Daarom probeer ik zelf meer te weten te komen. Ze was bij u. Hebt u iets aan haar gemerkt?' De vraag klinkt smekend.

Astrid schudt langzaam haar hoofd. 'Het spijt me, maar ik kan me alleen herinneren dat ze het over een bescheiden bruiloft had. Angst? Dat is mij niet opgevallen. Ze was blij en raakte geëmotioneerd toen ik haar de jurk liet zien die volgens mij op haar hing te wachten. Ja, ze was echt heel blij met die jurk.'

De aanstaande bruid staat opeens voor haar. Evita. Aardige meid. Ze meende Bjorn te herkennen, maar hij zei dat het onzin was. Ze heeft zich vergist. Soit!

'Ik weet niet of ik aan de recherche moet vertellen dat ze hier een bruidsjurk heeft gekocht,' zegt Benno. 'Het heeft ook geen zin en ik zou u maar opzadelen met verhoren waar u waarschijnlijk niet op zit te wachten.'

'Was het erg, die verhoren?' Ze vindt het een onzinnige vraag, maar ze weet niet wat ze moet zeggen.

'Ze waren correct, maar ze wisten niet van ophouden. Evita is eerst neergeslagen met het stuk hout dat achter de toonbank stond en dat bedoeld was om zich te kunnen verdedigen bij een overval. Ik had de dag voordat het gebeurde nog tegen haar gezegd dat ze die knuppel minder in het zicht moest zetten. Dat hebben ze me ontelbaar veel keren opnieuw laten vertellen. En natuurlijk zijn de vingerafdrukken bekeken. Ik heb overal aan meegewerkt. Ik heb dat ding nooit in mijn handen gehad.'

'Het is verschrikkelijk,' zegt Astrid. 'Ik hoop dat ze niet... dat ze er niet veel van heeft gemerkt.'

'Ze is waarschijnlijk direct bewusteloos geslagen en daarna gewurgd.'

'Daar hebben ze op de televisie volgens mij geen mededelingen over gedaan.'

'Dat klopt,' zegt Benno. 'Het heeft ook niet expliciet in de krant gestaan. Ze houden dergelijke informatie achter zolang ze dat noodzakelijk vinden. En blijkbaar is het nog steeds noodzakelijk.'

'Ik zal er met niemand over spreken,' belooft Astrid. Deze woorden klinken nog onzinniger dan die vraag over de verhoren.

Benno steunt met zijn hoofd in zijn handen. 'Ik wil zo graag weten waarom. Je zou denken dat het om geld ging, maar er is niets gestolen. Ze is ook niet...' Zijn stem hapert.

Ze had hem niet binnen moeten laten.

42

Het is eindelijk droog, maar overal staan nog grote plassen water. Benno is na een uur vertrokken; hij verontschuldigde zich voortdurend voor de brutale inval. Ze heeft geprobeerd hem gerust te stellen en er zorgvuldig voor gewaakt dat de woorden 'recherche' en 'verhoren' niet meer vielen.

Jolien is vandaag nog niet uit haar kamer gekomen. Ze wilde slapen, heeft ze afwerend en een beetje chagrijnig gemompeld toen Astrid ging kijken waar ze bleef. Ze hoefde niets te eten of te drinken. Ze is een volwassen vrouw van drieëntwintig jaar, heeft Astrid zichzelf voorgehouden. Je kunt zo'n meisje niet dwingen om uit bed te komen en zich aan te kleden. Ze moet zelf kunnen beslissen wat ze doet, ook al wil haar moeder haar graag pamperen. De blauwe plekken in haar gezicht zijn al wat minder zichtbaar, alleen het hematoom bij haar oog zit er nog. Ze legt er steeds een natte, koude washand tegenaan. Ze is breekbaar en aangeslagen. Een gehavend kind. Een vogel met lamme vleugels. Astrid probeert niet aan de man te denken die dit heeft veroorzaakt. Dat betekent te veel onrust, te veel neigingen om in de auto te stappen en op hem af te gaan. Om los te gaan. Om dingen te doen waar niemand iets mee opschiet. Ze heeft er gisteravond in bed iets over tegen Charles gezegd. Hij schrok en wilde dat ze erover ophield. Hij vroeg wat haar bezielde om zich op een dergelijke kwaadaardige manier uit te laten over Louwrens. Ze werd kwaad en herinnerde hem aan zijn eigen woorden, vlak nadat Jolien was aangevallen. Dat was anders, beweerde hij.

Soms begrijpt ze niets van hem.

De zon probeert nu toch door het wolkendek heen te breken. De poging mislukt. Astrid ergert zich aan de dunne lichtstraal. Ze ergert zich aan de hele wereld.

Als ze in haar auto zit, twijfelt ze direct. Ze kan Bjorn niet te spreken krijgen zonder dat Charles het merkt en die zal naderhand zeker vragen gaan stellen. Maar waarom zou ze iets voor hem verzwijgen? Valt er iets achter te houden? Het antwoord op deze vraag dringt zich onmiddellijk aan haar op in beelden. Ze probeert de witte kindersokken, het slipje met het kanten randje en het roze jurkje niet te zien. Maar ze hebben zich op haar netvlies genesteld en laten zich niet verdrijven. En of dat al niet voldoende is, doemt er ook een beeld voor haar op waar haar maag zich van omdraait. Ze ziet een jonge vrouw voor zich die het ene moment haar zoon herkent en het volgende moment op de grond ligt. Haar ogen staren in de verte. En naast haar ligt een bruidsjurk.

Astrid remt heftig en hoort achter zich een geluid van gierende banden. Ze kijkt snel in haar achteruitkijkspiegel en ziet dat de man die achter haar rijdt op zijn voorhoofd wijst. Ze zet haar auto aan de kant en laat hem passeren. In het voorbijgaan maakt hij woedende gebaren, maar hij rijdt gelukkig door.

Ze moet nu niet rijden, ze moet niet naar de garage gaan, ze moet geen onrust veroorzaken. Toch wil ze met haar zoon praten en hem vragen stellen. Ze zou hem ook kunnen bellen, maar dan ziet ze zijn ogen niet. Ze moet zien hoe hij kijkt, ze moet weten of hij liegt.

Als ze uit de auto stapt, ziet ze Jolien op zich afkomen. Het kan niet waar zijn dat haar dochter er blij uitziet. Het is niet mogelijk dat ze lacht.

'Je kijkt me aan of je een spook ziet,' zegt Jolien. Het klopt. Ze lacht.

'Je lijkt wel vrolijk.' Astrid hoort de argwaan in haar eigen stem.

'Nou, neem me niet kwalijk. Kom op, mam, kijk eens wat minder serieus uit je ogen. Ik ben inderdaad blij. Oma heeft gebeld; ze schrok heel erg van mijn verhaal over wat er gebeurd is. Ik heb ook met opa gesproken en met oom Hans. En wat denk je? Oma en opa hebben me uitgenodigd om een maandje naar Californië te komen om te herstellen. Ze willen mijn ticket betalen. Hoe vind je dat?'

Astrid wil iets aardigs zeggen. Iets wat lijkt op een enthousiaste reactie. Iets positiefs. 'Nou, leuk,' is het enige wat ze kan bedenken.

43

'Wat ben je stil,' zegt Bjorn. 'En wat kijk je ernstig. Je hebt ook bijna niets gegeten.'

'Ik voel me niet lekker.' Astrid probeert zo achteloos mogelijk te antwoorden. Ze moet de kans die zich onverwacht aandiende benutten. Bjorn stelde zelf voor om een wandeling te maken. Hij constateerde dat ze frisse lucht nodig had en zijn conclusie werd gesteund door zijn vader en zijn zus. Charles heeft, toen ze stond te koken, nog geprobeerd om haar iets te laten zeggen over haar stemming. Hij dacht dat haar teruggetrokken houding te maken had met het aanstaande vertrek van hun dochter. Ze heeft hem in die waan gelaten. De anderen hadden het voortdurend over het aanbod van de ouders van Charles om Joliens ticket te betalen. Ook Bjorn was enthousiast. Jolien vroeg op een plagende toon aan hem of hij het soms fijn vond dat ze een tijdje wegging. Hij reageerde vrolijk en speels. Een buitenstaander zou denken dat de sfeer in hun huis goed was.

Astrid weet wel beter. Ze hoorde elke ondertoon in elke zin, ze zag elke leugenachtige oogopslag. Ze stikte tijdens de maaltijd bijna van spanning en ingehouden woede. En ze vroeg zich voortdurend af waar die negativiteit precies vandaan kwam. Haar gedachten zijn een warboel, haar oren suizen, haar hoofd voelt aan alsof het elk moment uit elkaar kan ploffen. Maar de frisse avondlucht is lekker. Ze haalt een paar keer diep adem en merkt dat ze daarvan opknapt.

'Wat is er eigenlijk met je aan de hand?' wil Bjorn weten. 'Ben je echt zo van slag omdat Jolien een maand weggaat?'

'Nee. Ik ben blij voor haar dat ze er even tussenuit kan en dat ze door niemand kan worden lastiggevallen.'

'Dan heeft het vast weer eens met mij te maken.'

'Dat zou kunnen.'

'Nou, brand dan maar los. Wat heb ik nu weer fout gedaan in jouw ogen?'

Astrid staat stil. 'Ik wil je wat vragen en ik verwacht een eerlijk antwoord. De laatste vrouw aan wie ik een bruidsjurk verkocht meende jou te herkennen.'

Bjorn maakt een afwerend gebaar. 'Hou op, mam, daar heb je al vragen over gesteld. Die vrouw vergiste zich. Dat was toch de bruid die mij met een vriendin in een snackbar had gespot?'

'Ze is vermoord. In die snackbar. Haar verloofde is vandaag bij me geweest om te vragen of ze misschien iets had gezegd wat op angst voor iemand kon duiden. Er lijkt namelijk geen enkele reden te bestaan waarom ze vermoord kon worden.'

Bjorn lacht smalend. 'Wat dacht je van de inhoud van de kassa? In de snackbar zal tegen sluitingstijd wel lekker veel cash aanwezig zijn.'

'Hoe weet jij dat het tegen sluitingstijd gebeurde?'

'Dat weet ik niet, ik opper gewoon een idee. Zeg, is dit een verhoor?'

'Ik kan er niets aan doen, Bjorn, maar ik zie dat meisje steeds voor me en ik hoor haar uit volle overtuiging zeggen dat jij in de snackbar bent geweest en met haar flirtte.'

'Flirtte! Toe maar! En mag ik vragen op grond waarvan jij dat gelooft?'

Astrid haalt haar schouders op. 'Ze was er heel sterk van overtuigd. En jij... ik had de indruk dat jij je niet op je gemak voelde toen ik tegen je zei dat ze je herkende.'

'En vervolgens stel je vast dat ik lieg. Lekker, zeg.'

'Ben je in die snackbar geweest, Bjorn?' De vraag is gesteld eer ze er erg in heeft.

Zijn gezicht vertrekt. Hij klemt zijn lippen op elkaar. Dan kijkt hij haar aan. De blik in zijn ogen geeft haar het gevoel dat ze een stomp in haar maag krijgt. 'Zou best kunnen,' zegt hij.

Ze rent. Het maakt niet uit waar ze terechtkomt, als ze maar weg is. Ze drukt haar handen in haar zij, om de pijnlijke steken te bedwingen. Pas als ze bijna geen lucht meer krijgt, staat ze stil. Ze kijkt achterom. Bjorn is nergens meer te bekennen.

Ze buigt diep voorover en probeert haar ademhaling in bedwang te krijgen. En ze knijpt haar ogen dicht om het beeld dat haar lastigvalt te verdrijven.

44

Ik kon aan de blik in je ogen zien of je de waarheid wilde ontwijken.

Je keek vaak op die manier en ik haatte dat. Ik voelde me erdoor verraden en afgewezen. Buitengesloten. Je onderstreepte ermee dat ik niet thuishoorde in jouw wereld.

De vader van Charles zegt vaak dat de waarheid verdoezelen een kunst is en geen eenvoudige. Volgens hem moet je een ijzersterk geheugen bezitten om goed te kunnen fantaseren, omdat je wat je beweert dient te onthouden om te voorkomen dat je jezelf tegenspreekt en door de mand valt. Het gevolg is dat iedereen in de familie van Charles altijd gewoon zegt wat men denkt en je erop kunt rekenen dat je niet belazerd wordt. Ik heb daar erg aan moeten wennen. Het heeft lang geduurd voordat ik het aandurfde hen te vertrouwen. Ik verwachtte ieder moment verrast te worden door tegenstrijdigheden die de waarheid om zeep hielpen. Ik speurde naar de blik in hun ogen die hen zou verraden.

Mijn zoon heeft vaak dezelfde blik in zijn ogen als jij. Er is iets met hem waar ik me ongerust over maak. Waar ik bang voor ben.

Ik zou als moeder dit soort dingen niet moeten zeggen. Ik doe het ook nooit in het openbaar, zelfs niet tegen mijn eigen man. Onze zoon is wel een zorg die we delen, maar die we hooguit fragmentarisch benoemen. En ik ben altijd degene geweest die de opmerkingen afkapte, bagatelliseerde of verbood. Je hoort het goed: verbood. Er zijn grenzen aan wat ik kan verdragen aan kritiek op mijn eerste kind. Ik heb het altijd als een plicht beschouwd om hem te beschermen, zelfs als ik wist dat wat er op hem viel aan te merken klopte. Zelfs als ik het tegendeel niet kon bewijzen. Ik was altijd een niet te nemen vesting, totdat mijn schild vijf jaar geleden werd aangetast.

Ik werd gisteravond gevonden door Charles. Hij reed rond als een gek, doodsbang dat ik mezelf iets had aangedaan. Bjorn schijnt, toen hij thuiskwam zonder mij, beweerd te hebben dat die mogelijkheid bestond. Daarmee heeft hij Charles tot wanhoop gedreven.

Ik wilde alles vertellen, alles bespreken wat me dwarszat. Ik wilde mijn onrust delen en te horen krijgen dat ik me vergiste. Maar ik zei niets, behalve dat de molesterende actie van Louwrens me dieper had geraakt dan ik in de gaten had. Nog even en ik ga hardop zeggen dat ik hem dankbaar ben voor de gelegenheid die hij me bood om mijn man af te leiden van wat me werkelijk bezighoudt.

Ik spoor niet. Totaal niet.

Het is vijf uur in de ochtend en ik zit in mijn nachthemd op zolder mijn moeder toe te spreken terwijl ik weet dat ze me niet hoort en dat ze, als ze me zou kunnen horen, niet naar me zou luisteren. Ik besta niet meer voor jou. Jij om de een of andere duistere reden wel voor mij.

Ik spoor echt niet.

Luister! Bekommer je om mij, ik ben nog altijd je kind. Ik heb recht op je aandacht, ik verlang niets wat onmogelijk is. Mijn knieën trillen, mijn rug trekt krom, mijn hartslag is op hol geslagen. Ik denk het ene moment dat ik gek ga worden en het volgende moment dat ik als enige begrijp wat er gebeurt. Er komen achtentwintig jaren voorbij en ze dringen zich aan me op. Ik zie een baby die maandenlang huilt, tot hij er plotseling mee stopt. Ik zie een impulsieve peuter, die moeilijk te corrigeren valt. Ik zie een kleuter die voortdurend op zoek is naar prikkels en niets begrijpt van risico's. Ik zie een ongevoelig kind dat graag pocht over zijn vaardigheden en zich onttrekt aan het gezinsleven. Ik zie een puber die geen enkele verantwoordelijkheid wil nemen voor zijn eigen gedrag. Ik zie een adolescent met vwo-advies, die niet verder komt dan een opleiding voor automonteur. Ik zie een gemankeerde persoonlijkheid, die voor elke vorm van ongewenst gedrag een excuus heeft en mensen gemakkelijk voor zich inneemt met zijn charme. Ik zie een eenzame jonge man, die de weg zoekt in zijn leven en hulp nodig heeft.

Dit is mijn zoon, jouw kleinzoon. De man met de blik in zijn ogen waar ik niet tegen kan. De man die ik verdenk van...

Ik zeg het niet. Als ik het zeg, zou het iets over ons kunnen afroepen. Dat is een vorm van magisch denken, ik weet het.

Ik moet de angst die me steeds bekruipt niet toelaten. Ik moet helder denken en mezelf niet toestaan om spoken te zien. Ik moet met het slipje en de witte sok die iemand me stuurde hetzelfde doen als met het roze jurkje. Maar wat doe ik met de andere witte sok, die ik in de kamer van Bjorn vond? Wat doe ik met die repeterende vraag over de vrouw die werd vermoord in de snackbar? Wat doe ik met mijn onaangename gevoel over de anderhalve ton spaargeld die mijn zoon beweert te hebben?

Maar vooral: hoe beheers ik mezelf in het bedenken van wensen die te erg zijn om uit te spreken? Het lijkt of er iemand in me is gekropen die niets te maken heeft met wie ik ben. Een meedogenloze satan, een vernielzuchtige geest. Ik las onlangs iets over een voorspelling van het einde der wereld. Dat zou dit jaar werkelijkheid worden. Misschien is dat de oplossing. In één klap verdwijnen met z'n allen en nooit meer terugkomen. Die gedachte is minder erg dan wat ik allemaal bedenk.

Wat ik ook nog aan je zou willen vragen is het volgende. Ben jij toevallig degene die me al jaren begluurt? Zijn dat jouw ogen die ik op de meest onvoorspelbare momenten op me gericht voel? Ook al probeer ik mezelf ervan te overtuigen dat het gevoel niet klopt en neem ik me steeds opnieuw voor om beter te luisteren naar de mensen die het beste met me voorhebben en die tegen me zeggen dat het spookbeelden zijn, de ogen zijn er.

Ze zijn er nog steeds.

Dus, vertel eens... ben jij dat soms?

45

Er is iets aan de hand met de deur van de zolder. Hij zit niet dicht.

Astrid duwt hem verder open en denkt snel na. Ze weet zeker dat ze de deur in het slot heeft getrokken toen ze ruim een halfuur geleden naar binnen ging.

Het is nog stil in huis. Beneden slaat de klok zes keer. Over een halfuur zal Charles wakker worden; hij zal daarna Bjorn wekken en ze zullen samen naar beneden gaan. Ze kan nog een halfuur tegen het warme lijf van haar man aankruipen. Ze verlangt opeens naar die warmte en loopt snel de trap af.

Hij zit op de onderste tree, zijn benen gestrekt voor zich uit, zijn armen wijd gespreid naast zich. Zijn rug is een vijandige barrière.

Astrid blijft halverwege de trap staan. De stilte vliegt haar aan, ze moet zich vasthouden aan de leuning. 'Waarom zit jij hier?' is het enige wat ze kan uitbrengen. Er zitten opeens duizend vragen in haar hoofd. Ze denkt koortsachtig na over wat ze boven precies heeft gezegd.

Bjorn staat op en loopt in de richting van de trap die naar de benedenverdieping leidt. Astrid volgt hem. In de woonkamer wijst hij naar de eettafel en trekt een stoel naar achteren.

'Ik ga thee zetten,' zegt ze. Voordat ze deur van de keuken opent, draait ze zich half om. 'Voor alle duidelijkheid: jij gaat mij niet sommeren waar ik moet zitten. En ik heb dus ook geen zin in zwijgspelletjes.' Ze loopt de keuken in.

'Jij zit blijkbaar nogal met mij in je maag,' hoort ze hem achter zich zeggen.

Haar handen trillen als ze de waterkoker vult. Ze grijpt het handvat stevig vast en klemt haar lippen op elkaar. Misschien wordt Charles vandaag vroeger wakker. Laat hij snel beneden komen.

Bjorn staat achter haar. 'Tegen wie zat je eigenlijk te lullen?'

Ze zet de waterkoker met een klap op het aanrecht. 'Ik lul niet, Bjorn. Hoe haal je het in je hoofd om mij af te luisteren? Wat zijn dat voor stiekeme streken?'

'Ik vond het gelul. Ben je wel goed bij je hoofd? Kun je niemand vinden tegen wie je over mij kunt klagen? Papa zal toch wel beschikbaar zijn?'

'Hoe lang heb je staan luisteren?'

'Lang genoeg om te begrijpen dat je mij beschouwt als een gemankeerde persoonlijkheid, die misbruik maakt van zijn charme. Dat zeg je blijkbaar graag hardop. Helpt het? En waartegen precies?'

'Waarom stond je daar, Bjorn? Waarom besloop je me?'

'Laten we maar snel ter zake komen, voordat de rest van de familie zich vertoont. En voordat je hulp weer voor de deur staat. Die komt toch vandaag?'

'Ter zake? Wat heb je te vertellen?'

Zijn geluidloze lach is niet om aan te zien. Hij komt dichter bij haar staan. 'Mocht ik iets te vertellen hebben, dan ben jij de eerste die het te weten komt. Maar voorlopig zeg ik niets. En jij zwijgt ook. Als je er nog eens behoefte aan hebt om tegen je bruidsjurken te gaan zitten kletsen, zorg er dan voor dat de deur goed dicht zit en fluister. Laat mij met rust. Ik wil niet dat je je met mij bemoeit. Ik zoek het zelf allemaal wel uit.'

'Wat zoek je uit? Wat valt er uit te zoeken?' Haar stem hapert. 'Heb je iets gedaan wat niet door de beugel kan, Bjorn?'

De lach wordt nu grimmig. 'Wat ik gedaan heb is gerechtigheid,' zegt hij. Zijn vinger raakt haar schouder aan. 'Ik ga douchen en me aankleden. We praten later verder.'

Astrid leunt tegen het aanrecht. Ze hoort hem de trap op lopen.

Hij fluit.

Ze moet gaan zitten, omdat de golf van herinneringen haar fysiek lijkt te raken. Ze trekt haar schouders op en klemt haar vuisten tegen haar kin. Het is die zin.

Wat ik gedaan heb is gerechtigheid.

Hij zei dergelijke dingen al toen hij vier was, in meer kinderlijke termen maar met dezelfde lading. Hij sprak een vrijbrief uit over zijn daden, zoals toen hij een neefje hard tegen zijn enkels schopte en ondanks de ontkenning van het jongetje bleef volhouden dat die had geprobeerd hem te laten struikelen. Hij beweerde dat hij een stok tussen de spaken van het fietsje van een schoolvriendje had gestoken, omdat het vriendje had gedreigd hem omver te rijden. Hij vernielde de babypop van Jolien omdat zij volgens hem met opzet een gat in zijn vlieger had gemaakt.

Er komen talloze incidenten voorbij die te maken hadden met Bjorns gevoel voor gerechtigheid. Het waren allemaal incidenten waar het zijn woord tegenover dat van zijn slachtoffers betrof. Het waren vervelende voorvallen, die onrust teweegbrachten en waar ze zich voor schaamde. Het waren stuk voor stuk handelingen in het kader van afrekeningen.

Gerechtigheid.

Bjorns gevoel over de betekenis van dit woord.

Waar sloeg het vandaag op?

46

'Sorry dat ik laat ben,' verontschuldigt Sietske zich direct als Astrid haar binnenlaat. 'Ik wilde nog even de krant lezen en ik vergat de tijd door de reacties op dat artikel over ouders die hun kinderen niet goed opvoeden. Heb je het vorige week gelezen? Het was geschreven door een of andere professor, die zelf geen kinderen had. De beste stuurlui... Nou, de reacties waren stevig, hoor. Er zat een brief tussen van een vrouw die geen spaan heel liet van dat artikel. Zó! Een echte scheldkarbonade!' Ze loopt direct door naar de bijkeuken en pakt de stofzuiger. 'Boven beginnen? Is de hele familie al weg?'

'Jolien slaapt nog. Ze werkt momenteel niet. Ze is... er is iets gebeurd, ik vertel het wel bij de koffie. Begin vandaag maar beneden, dan kan ze nog even doorslapen.'

Astrid voelt zich rot. Ze heeft hoofdpijn en is moe. Haar ogen branden. Ze verlangt naar haar bed, wil diep onder het dekbed kruipen en de wereld buitensluiten.

Charles stelde kritische vragen. Hij keek eerst naar Bjorn, die zwijgend aan de keukentafel een boterham zat te eten, en daarna naar haar. Ze bleef bij het aanrecht staan. Ze kon niet tegenover haar zoon zitten, ze wilde niet naar hem kijken. 'Wat is er met jullie aan de hand?' wilde Charles weten. 'Er hangt hier een sfeer om ongerust over te worden.'

'Er is niets aan de hand,' zei Astrid. Ze probeerde hem met haar ogen duidelijk te maken dat hij geen vragen meer moest stellen.

'Wel eens gehoord van een gasbel die het hele huis zou kunnen opblazen?' ging hij gewoon verder. 'Zo voelt het hier. Even afwachten wie het vuur levert en de hele boel ontploft. Probeer mij niet wijs te maken dat er niets aan de hand is. Jij,' wees hij op Astrid, 'was al vroeg uit bed. En ik hoorde Bjorn al fluiten voordat de wekker was gegaan. Dus wat hebben jullie uitgespookt?'

'We hebben een goed gesprek gehad,' antwoordde Bjorn. 'Maar we verschillen een beetje van mening. Zo is het toch, mama?'

Toen is ze de keuken uit gelopen en naar boven gegaan. Tien minuten later kwam Charles haar gedag zeggen. 'Ik geloof dat hij weer een van zijn treiterbuien heeft,' zei hij. 'Je moet je daar niet zo veel van aantrekken.'

Het is een goed advies en ze zou het moeten opvolgen. Zich nergens iets van aantrekken, niet uitgebreid stilstaan bij wat haar zoon allemaal uitkraamt en zeker niet gaan nadenken over wat hij gedaan zou kunnen hebben. Waarom zou ze het willen weten? Weten verschaft moeilijkheden, zou consequenties kunnen hebben. Weten maakt verantwoordelijk.

Ze wil niets weten.

Ze schrikt als iemand haar aanraakt.

'Slecht geweten?' grijnst Jolien. Haar gezicht vertrekt meteen. 'Au. Lachen doet nog steeds pijn. Is het al tijd voor koffie?'

Ze zitten aan de eettafel en Sietske luistert naar het verhaal dat Jolien vertelt. 'Begrijp ik het goed? Is die ex van je tandarts? Je zou toch een andere houding verwachten van een interlectueel.'

Jolien verslikt zich in haar koffie en barst uit in een benauwde hoestbui. Ze haalt piepend adem, gaat staan en spreidt haar armen.

'Zei ik iets niet goed?' wil Sietske weten.

Jolien hikt.

Sietske staat op en brengt haar kopje naar de keuken. 'Ik ga boven verder,' meldt ze kortaf.

Astrid weet niet wat ze moet doen.

Jolien heeft haar stem nog niet helemaal terug, maar het lukt haar wel om haar moeder duidelijk te maken dat ze tegen Sietske wil zeggen dat het niet haar bedoeling was om de vrouw uit te lachen. 'Interlectueel,' hijgt ze. 'Hoe komt ze erop?'

Astrid loopt naar boven en treft Sietske aan in de badkamer. Met een verbeten gezicht schrobt de vrouw de toiletpot. 'Het was niet haar bedoeling om je uit te lachen,' zegt ze.

Sietske komt overeind. 'Ik heb alleen lagere school, ik kan nauwelijks lezen en schrijven. Sommige mensen hebben nu eenmaal niet veel hersens en daar kunnen ze niets aan doen. Ik werk met mijn handen en dat doe ik goed. Als ik woorden verkeerd uitspreek, zeg het dan gewoon tegen me. Daar kan ik iets van leren.'

'Je zei interlectueel en het is intellectueel,' gehoorzaamt Astrid. 'En toen je vanmorgen kwam, had je het over een scheldkarbonade. Een karbonade is een stuk vlees. Het moet zijn: scheldkanonnade.'

'O. Intellectueel en scheldkanonnade. Dat probeer ik te onthouden.'

'Heb je nooit...' Astrid aarzelt. 'Heb je nooit geprobeerd om les te nemen? Er zijn cursussen voor mensen die een taalachterstand hebben. Had je nooit...'

'Ik had wel meer willen leren, maar ik trof een vent met losse handjes die te lui was om overeind te komen. Ik heb me jarenlang een bult gewerkt om mijn kinderen te eten kunnen geven. Cursus? Ik was blij dat ik het leven had.'

'Dat spijt me voor je. Ik zal het eerlijk tegen je zeggen als je een taalfout maakt. Goed?'

Sietske knikt. Ze draait zich om en schrobt verder.

Deze dag mag snel voorbijgaan. Astrid heeft het gevoel dat niets zal lukken, alles verkeerd zal uitpakken en iedereen tegen haar is.

Jolien zit achter de computer om uit te zoeken wanneer ze kan vliegen en wat het kost. Ze heeft al een lang telefoongesprek gevoerd met haar werkgever en afgesproken dat ze twee weken ziekteverlof zal nemen en twee weken vakantie met een mogelijke uitloop naar vier weken. Daarna heeft ze Astrid nog even verrast met de mededeling dat ze erover nadenkt om zich in te schrijven voor de studie tandheelkunde. Astrid vindt haar dochter minder vermoeiend als ze aan de lopende band vragen stelt.

Ze zit doelloos voor zich uit te staren aan de keukentafel. De krant ligt voor haar. Er staat een interview in met Richard Dawkins, die de profeet van het ongeloof wordt genoemd. Ze zou het artikel goed willen lezen, maar de woorden weigeren tot haar door te dringen.

Later dan maar.

Haar oog valt op de datum die in de rechterbovenhoek van de krant staat. Ze slaat haar handen voor haar mond. Hoe is het mogelijk dat ze er vandaag nog geen moment aan heeft gedacht? Waarom heeft niemand er iets over gezegd? Zouden ze allemaal vergeten zijn welke dag het is?

Ze sluit haar ogen en probeert de tranen tegen te houden, maar ze rollen al over haar wangen. Er komt een wanhopig geluid uit haar keel. Het verlangen overmant haar, wurgt haar bijna, veroorzaakt een stekende pijn in haar borst. Dit gevoel was er ook toen ze het hoorde, toen de politie kwam vertellen dat er een ongeluk was gebeurd, toen het huis volstroomde met mensen en ze alleen het schreeuwen van haar eigen gedachten hoorde. Vandaag is het vijf jaar geleden dat ze haar kleine meisje voor het laatst levend zag. Al vijf jaar.

Pas vijf jaar.

Ze neemt het zichzelf kwalijk dat ze er niet eerder aan dacht.

Ze moet iets gaan doen, misschien is het goed om weg te gaan. Zomaar een eind rijden, aan Meike denken. Ze wil niet naar het graf, niet vandaag. Maar Sietske loopt hier nog rond en Jolien heeft misschien advies nodig bij het boeken van haar vlucht. Ze kan later gaan, vanmiddag. Desnoods vanavond. Op dit moment zou ze iets nuttigs moeten doen.

Haar oog valt op de keukenla. Toen ze daar een paar dagen geleden papieren zakdoekjes in zocht, stootte ze tegen iets hards aan. Ze staat op en opent de la.

Rommel. Veel te veel rommel. Opruimen zou geen overbodige luxe zijn. De plastic boterhamzakjes liggen overal verspreid. Ze schuift ze opzij en kijkt snel om zich heen. Er is niemand anders in de keuken. Sietske werkt nu in de woonkamer. Ze heeft de radio harder gezet.

De keuken is een eiland geworden dat zich van het huis heeft verwijderd. Een niemandsland. De keuken is opeens een vijandig gebied.

Ze wil verdwijnen. Voorgoed. Ze wil Meike zien, in plaats van wat er nu voor haar ligt.

Haar hand trekt zich terug op het moment dat ze het voorwerp bijna aanraakt. Haar vingers trillen. Niet alleen haar vingers. Ook haar benen, haar buik, haar hele lijf.

Ze hoort de zus van Gina praten over de gouden zegelring die Gina van hun opa had geërfd en die ze altijd droeg. De ring was verdwenen toen ze haar vonden. Later zei Charles dat de moordenaar hem kon hebben meegenomen als trofee.

Ze staart naar de ring die in de hoek van de la ligt.

Ze strompelt naar een stoel.

47

'Waar is iedereen? Heb je toevallig al croissants gehaald? Zal ik sinaasappels persen? Wat een heerlijk weer is het, hè?'

Astrid glimlacht naar haar dochter. 'Zo ken ik je weer. Ja, we kunnen het hele weekend weer buiten ontbijten. Buiten wonen, wat mij betreft. Je vader is met zijn vriendenclub naar Antwerpen. Hij werd om halfacht al opgehaald en ik heb tegen hem gezegd dat hij er vanavond niet in komt als hij geen Belgische bonbons bij zich heeft.'

'En zo ken ik jou weer. Je ziet er beter uit dan gisteren. Voel je je ook weer beter?'

'Ja, ik heb voor de verandering eens goed geslapen.'

'Gelukkig! Bjorn ligt zeker nog in bed?'

'Volgens mij is Bjorn vannacht niet thuisgekomen.'

'Zou hij een vriendin hebben?'

'Ik vermoed van wel. We komen er vanzelf achter.'

'Dat zou goed voor hem zijn.'

Jolien gaat weer naar binnen en even later hoort Astrid het geluid van de sinaasappelpers. Ze merkt dat haar ademhaling te hoog zit en ademt een paar keer diep in en uit. Charles vertelde gisteravond dat Bjorn een paar uur vrij had gevraagd, omdat hij naar een receptie wilde. Een of andere kroegvriend was getrouwd en had hem uitgenodigd. Toen ze hem vroeg of hij dat geloofde, reageerde hij geïrriteerd en antwoordde dat ze in zijn beleving doorschoot in haar achterdocht. Ze hebben het verder niet meer over Bjorn gehad en toen ze tegen elf uur naar bed gingen, was hij nog niet thuis. Ze hield er rekening mee dat ze de halve nacht wakker zou liggen, maar ze sliep zodra ze lag en werd om klokslag zeven uur voor de eerste keer wakker. Charles was net opgestaan, maar hij wilde dat zij bleef liggen en verder sliep. Nadat hij was opgehaald, is ze toch naar het raam gelopen om te kijken of Bjorns auto er stond. Toen ze ontdekte dat hij blijkbaar niet thuis was gekomen, voelde ze zich ongekend opgelucht en sliep ze nog drie uur verder.

Hij moet hier weg. Hij moet verhuizen, zijn plannen om een huis te kopen uitvoeren en desnoods iets huren. Als ze hem niet iedere dag ziet, kan ze ook niet voortdurend ongerust zijn.

Zou het op die manier werken?

'Ik kan me nog niet voorstellen dat ik vandaag over een week in Californië zit,' zegt Jolien. Ze zet voorzichtig twee glazen sinaasappelsap op de tafel. 'Kun je niet met me mee, mam? Volgens mij zou het voor jou ook goed zijn om er eens helemaal uit te zijn.'

'Ga jij maar lekker alleen naar de familie, dat is voor iedereen het beste. Je vader en ik gaan later in het jaar wel met vakantie.'

'Ik wil straks wat nieuwe kleren gaan kopen en een nieuwe bikini. Zullen we samen gaan?'

'Vind je het heel erg als ik thuisblijf? Ik heb toch niet veel energie en ik wil vanmiddag lekker in de zon liggen.'

'Ik vind het jammer, maar niet heel erg. Hoe zie ik eruit? Kan ik de straat al op met dit gezicht?'

'Je ziet eruit als iemand die niet lang geleden gewond is geraakt, maar niet meer echt in elkaar geslagen. Ik zou mijn ogen nog even bedekken met een zonnebril, als ik jou was.'

Jolien beweegt haar vingers op een nerveuze manier over de tafel. 'Heb je er gisteren nog aan gedacht?' Haar woorden zijn nauwelijks te verstaan. 'Ik had er iets over willen zeggen, maar ik wist niet wat en op welke manier. Dat spijt me.'

Astrid grijpt de hand van haar dochter vast. 'Het is goed. Het was voor ons allemaal een zware dag en natuurlijk heb ik eraan gedacht. Maar ik heb toch ook geprobeerd om afstand te nemen. En ik weet best dat jij...' Ze wil zich beheersen, maar als Jolien opstaat, naar haar toe komt en haar armen om haar heen slaat, lukt dat toch niet.

'Goed hè, samen huilen,' snikt Jolien.

Astrid glimlacht door haar tranen heen. 'Dank je, lieverd.'

Ze merkt dat het huilen haar heeft opgelucht en haar dochter maakt dezelfde indruk. Ze drinken nog een glas verse jus en bespreken de reis die Jolien gaat maken. Astrid voelt zich lichter en overweegt om toch met haar mee te gaan om kleren te kopen. Ze is totaal niet voorbereid op de vraag die Jolien aan haar stelt, terwijl ze in de richting van de keuken loopt. 'Heeft Sietske tegen jou nog iets gezegd over Bjorn?'

'Sietske? Over Bjorn? Wat zou ze dan gezegd moeten hebben?'

'Ik heb nog even met haar gepraat toen ze boven aan het werk was. Ik vroeg of ze nog contact had met de zus van Gina en toen vertelde ze dat die zus zich volgens haar idiote dingen in haar hoofd haalde.'

'Daar heeft ze het met mij niet over gehad.'

'Ik vond het een vreemd verhaal. Het kwam erop neer dat die zus het vermoeden had dat Gina wel eens contact had met Bjorn. Gina schijnt daar in bedekte termen toespelingen op te hebben gemaakt. Sietske heeft haar aangeraden dat aan de politie te vertellen, maar daar zag ze de noodzaak niet van in. Sietske vroeg aan mij of ik iets wist van contact tussen die twee. Ik kan me dat eerlijk gezegd niet voorstellen.'

'Ik ook niet en het lijkt me ook nergens op slaan. Gina was

veel ouder dan Bjorn; volgens mij hebben ze elkaar sporadisch gezien.'

'Dat heb ik dus ook tegen haar gezegd. Misschien moet jij het er nog eens met haar over hebben.'

'Ja, misschien.' Astrid zou wel de laatste slok willen nemen van het sinaasappelsap, maar ze is bang dat ze het glas niet vast kan houden.

48

Ze heeft hem uit de auto zien stappen en is daarna naar zijn kamer gegaan. De voordeur slaat dicht, er zijn voetstappen op de trap. De deur gaat open.

Hij schrikt als hij haar op zijn bed ziet zitten. 'Wat doe jij hier?'

Ze is kalm. Ze heeft voldoende tijd gehad om de paniek terug te dringen en haar gedachten te ordenen. Gelukkig had ze ook nog een paar rode valeriaantabletten in huis, waarvan ze altijd goed ontspant en waar ze niet slaperig van wordt. 'Ik zit hier op jou te wachten,' zegt ze.

'Waarom hier? Dit is mijn kamer. Je hebt hier niets te zoeken.'

'Wij gaan praten,' kondigt ze aan. 'En dat doen we hier, omdat het beslist een gesprek onder vier ogen moet zijn en ik niet het risico wil lopen dat we gestoord worden.'

Bjorn leunt tegen de ladekast aan en bekijkt haar op een geringschattende manier. 'Nou, kom maar op. En hou het kort.'

Astrid opent haar hand en let goed op hoe hij reageert als hij de gouden zegelring ziet.

Hij vertrekt geen spier.

'Deze ring vond ik in een van de keukenladen.'

'Fijn voor jou.'

'Hij is niet van mij, niet van je vader en niet van Jolien.'

'En niet van mij.' Bjorn kijkt haar strak aan.

Ze legt de ring op de vensterbank. 'Is het mogelijk dat jij mij iets probeert duidelijk te maken?'

'Ik? Hoezo? Waarmee?'

'Met deze ring ergens neer te leggen waar iemand hem moet vinden. Met mij eerst een lege envelop te sturen en daarna een met een witte kindersok en nog een met een meisjesonderbroekje?'

Hij kijkt uit het raam. 'Is het wel eens in jou opgekomen, mama, om je te laten onderzoeken door een psychiater?'

'Nee, Bjorn.'

'Zou ik toch eens doen.'

'Waarom?'

'Omdat je volgens mij behoorlijk geschift bent.'

'Bedoel je dat jij niets te maken hebt met de dingen die ik ontving en ook niet met deze ring?'

Hij opent de deur van zijn kamer. 'Ga alsjeblieft naar beneden en zoek iemand anders om je op uit te leven. Of kruip weer lekker op je bruidsjurkenzolder en ga een potje in jezelf zitten lullen.'

'Je geeft geen antwoord op mijn vraag.'

Hij komt op haar af en ze voelt de neiging om weg te kruipen. 'Ik denk dat jij het antwoord helemaal niet wil weten. Jij hebt namelijk nog nooit willen weten wie ik ben en hoe ik in elkaar zit. Dat kwam jou niet uit. Dat was jou veel te ingewikkeld.' Zijn stem daalt. 'Véél te gevaarlijk.' Hij buigt zich over haar heen. 'Maak me niet kwaad, mama.' Hij gaat weer rechtop staan. 'En maak nu dat je wegkomt.'

Astrid probeert te voorkomen dat ze hem aanraakt als ze overeind komt. Ze wijst naar de ring. 'Is dat de zegelring van Gina?'

'Heb je niet gehoord wat ik zei?'

Ze deinst een kort moment terug van zijn harde stem, maar herstelt zich onmiddellijk. 'Ik wil weten of dat de ring van Gina is en zo ja, hoe jij eraan komt. Jo… ik hoorde van Sietske dat de zus van Gina vermoedt dat zij contact had met jou. Toen Gina gevonden werd, ontbrak aan haar vinger de gouden zegelring die ze altijd droeg. Als jij nu opeens die ring in je bezit hebt, kan dat het bewijs zijn dat je met haar omging.'

'Ik ging met haar om. Korte tijd, een maand of vijf. Ik heb haar vanaf het begin op het hart gedrukt om er met niemand over te praten. Wat ga je nu doen? Mij aangeven? De politie anoniem tippen?'

'Waarom heb je die ring in de keukenla gelegd?'

'Ik ben bang dat ik weer eens met mijn dronken kop een stomme streek heb uitgehaald waar ik me niets meer van herinner.'

'Stuurde je dan ook met een dronken kop die sok en dat slipje? En hoe zit het met dat roze jurkje dat eerst in een van de laden van jouw eigen kast lag en later in de sokkenla van Jolien?' De vraag is gesteld zonder dat ze er goed over nadacht en ze ziet direct in dat ze een fout heeft gemaakt.

Zijn ogen worden donker, zijn neusgaten staan wijd open, zijn mond is vertrokken tot een streep vol haat.

Ze wil zich omdraaien en de kamer uit vluchten, maar hij heeft haar al vastgegrepen. Ze probeert zich los te maken uit de ijzeren greep van zijn handen.

'Luister heel goed,' zegt hij met een lage stem. 'Heb niet het lef om nog één keer in mijn kasten te neuzen, want dan gebeuren er ongelukken.'

'Laat me los, Bjorn.'

Hij laat haar los. 'En nog iets anders: als je hierover iets met wie dan ook bespreekt, sta ik niet in voor de gevolgen.'

Ze loopt de kamer uit, maar draait zich om zodra ze op de overloop staat. De schrik en de angst hebben plaatsgemaakt voor woede en ze denkt snel na. Ze weet dat ze op dit moment beter niets meer kan zeggen. Maar ze weet ook dat ze zich moet wapenen. Ze haalt diep adem. 'Luister heel goed naar mij, Bjorn. Ik laat mij door niemand, maar dan ook werkelijk door níémand, de wet voorschrijven en zeker niet bedreigen! Begrepen?!' Nu schreeuwt ze toch en dat was wat ze wilde voorkomen.

'Ik heb twee nieuwe raamhorren nodig en je hebt me vorig jaar zomer al beloofd die aan te schaffen,' zegt hij koel. Daarna slaat hij de deur van zijn kamer voor haar gezicht dicht.

Ze grijpt zich vast aan de trapleuning.

49

Ik hou van mijn zoon.

Ondanks alles.

Vanaf het moment dat hij op mijn buik werd gelegd, wist ik dat ik was overgeleverd aan een onvoorwaardelijk gevoel voor hem. Mijn lijf voelde aan alsof het in tweeën was gescheurd, ik kon nauwelijks ademhalen, ik voelde me een zieltogend wrak. En het enige wat ik op dat moment wilde, was het wijd open gesperde krijsende mondje kussen. Ik wilde hem geruststellen, bedekken met mijn warmte, koesteren, van mijn kruin tot mijn tenen liefhebben. Het was een overweldigende ervaring.

Ik ken niemand op de wereld die in staat is mij op dezelfde manier emotioneel te raken. Zelfs de twee kinderen die ik na hem heb gekregen is dat niet gelukt. Maar ze zijn ook niet met hem te vergelijken en dat is goed. Meer dan één Bjorn zou ik niet trekken.

Hij haalt grenzen in mij naar boven die ik niet kende. Hij polariseert alles wat ik kan voelen. Liefde versus haat en omgekeerd. Maar op welk niveau mijn gevoel zich ook beweegt, hij is mijn kind.

Vandaag haat ik hem.

Door alles.

Toen hij twaalf was, zijn we hem bijna kwijt geweest. We waren een weekend op een camping in Zuid-Limburg, samen met mijn schoonouders. Het was augustus en bloedheet. Te heet naar mijn zin. Ik verlangde vanaf het moment dat we op vrijdag aankwamen naar de zon-

dagavond. Ik stelde me voor hoe heerlijk het zou zijn om de warmte in de tuin te ontvluchten en in onze koele keuken te kunnen zitten. Of in de kelder, het maakte me niet uit. Als ik maar kon ontsnappen aan die droge lucht en die verzengende hitte.

Jolien was loom en sliep veel. Bjorn was niet weg te slaan bij het grote zwembad en luisterde niet naar raadgevingen dan wel opdrachten over het gebruik van beschermende zonnebrandcrème als hij het water uitkwam. Hij was ook niet te porren om veel te drinken. Ik ergerde me aan de manier waarop hij zijn eigen gang ging en ons gezag negeerde.

We werden gealarmeerd door een meisje dat schreeuwend op ons afkwam en aanvankelijk niet te verstaan was. Charles had als eerste in de gaten dat er iets met Bjorn aan de hand was.

Hij zat bij een tent en zag er angstaanjagend uit. Zijn hele lijf was bedenkt met rode bultjes, zijn ogen en lippen waren gezwollen en hij krabde zich als een bezetene. Hij snakte naar lucht. Op het moment dat wij aankwamen op de plek waar hij was, arriveerde er ook een man die arts bleek te zijn en hem onmiddellijk twee injecties toediende. Een halfuur later zaten we op de eerste hulp van het dichtstbijzijnde ziekenhuis en hoorden we dat het acute gevaar geweken was. Het enige woord dat hij uitsprak was 'wesp'.

Bjorn bleek ernstig allergisch te zijn voor wespensteken en als er op die camping niet zo snel was ingegrepen, had hij kunnen overlijden.

Ik vraag me nu opeens af of jij, als dit met mij zou zijn gebeurd, had toegestaan dat ik voor een dergelijke allergie zou zijn behandeld. Dat is namelijk mogelijk; zo'n behandeling heet hyposensibilisatie en bestaat uit een injectiekuur waardoor iemand blijvend ongevoelig wordt gemaakt voor het insectengif waarvoor men allergisch is. Ik vrees dat ik met een moeder die een fanatieke Jehova's getuige was, veroordeeld zou zijn tot het permanent bij me dragen van een EpiPen. Dat is een kant-en-klare injectiespuit die de verschijnselen van een shockreactie vertraagt, waarna verdere behandeling kan plaatsvinden in een ziekenhuis. Jij zou waar-

schijnlijk niet hebben opengestaan voor het feit dat een behandeling voor de allergie mij een aanmerkelijk betere kwaliteit van leven zou opleveren. Als je in die zin ergens voor had opengestaan zou je je tweede kind wel behoed hebben voor de ziekte die hem noodlottig werd.

Ik ben vandaag weer lekker op dreef.

Was het die laatste opmerking van hem, voordat hij de deur voor mijn neus dichtsloeg? Die koele opmerking over de belofte van nieuwe raamhorren? Komt daardoor de herinnering aan de beklemmende angst die zich van mij meester maakte op die camping tevoorschijn? Het was een angst die ik nooit eerder had gevoeld. Angst om een kind kwijt te raken.

Het leven zit vaak toch vreemd in elkaar. Ik heb het niet in mijn hoofd gehaald mijn zoon te weerhouden van een immunotherapie en behalve ik hebben zijn vader, zijn grootouders en zijn ooms en tantes alle mogelijke moeite gedaan om hem ervan te overtuigen dat een therapie niet belastend was en voor hem een heel positief effect zou hebben.

Hij weigerde. Dat was echt de omgekeerde wereld. Een Jehova's getuige-achtig standpunt, waar jij trots op zou zijn geweest. Mij maakte het machteloos.

Is het normaal dat een kind bij zijn moeder teweegbrengt wat Bjorn bij mij naar boven haalt? Is dit een risico van het moederschap? Een logisch gevolg? Valt er niet aan te ontkomen?

Ik hou van hem en ik haat hem. Volgens mij staat dit los van mijn moederschap. De tegenstrijdige emoties hebben met hem als man te maken. En met mij als vrouw.

Zou het lukken hem aan het praten te krijgen door snel nieuwe raamhorren te plaatsen? Zou een dergelijk onbeduidend gebaar het enige zijn wat nodig is om tot hem door te dringen?

Er moet iets gebeuren, ik moet iets doen. Het is in ieder geval nodig om los te komen van de gekmakende kronkels in mijn gedachten. Ik moet me minder aantrekken van de dreigende woorden die me blijven lastig-

vallen. Woorden die duidelijk maakten dat ik het niet in mijn hoofd moest halen om nog een keer in zijn kasten te neuzen, omdat er anders ongelukken zouden gebeuren. Woorden die waarschuwden dat eventuele loslippigheid van mijn kant onverkwikkelijke gevolgen kon hebben. Woorden die niet thuishoren in een gezonde relatie tussen een moeder en een zoon.

Jij kunt me niet helpen, je zou er niet eens moeite voor doen. Voor jou staat trouw aan je sekte boven trouw aan je kind. Zou het mij ooit lukken daar iets van te begrijpen?

50

Onkruid met blote handen uit de aarde trekken maakt haar ook vandaag weer rustig. Ze is bijna klaar als ze achter zich een geluid hoort. Jolien?

Astrid kijkt op haar horloge en ziet dat ze twee uur bezig is geweest. Ze wrijft het zwarte zand van haar handen en draait de buitenkraan open. Het koele water voelt lekker aan. 'Ik ben in de tuin,' roept ze.

Hij staat zwijgend in de deuropening.

Ze dwingt zichzelf kalm te blijven en spoelt haar handen nog een keer af. Daarna loopt ze in de richting van de deur.

Bjorn doet een stap opzij en laat haar door. 'Kunnen we praten?' vraagt hij.

Ze was ervan overtuigd dat hij was weggegaan. Heeft hij naar haar zitten gluren terwijl ze bezig was in de tuin? Of heeft hij weer voor luistervink gespeeld toen zij op haar zolder zat?

Hij biedt aan om thee te zetten.

Astrid weigert met een stug gebaar. 'We gaan naar de woonkamer,' zegt ze.

'Kunnen we niet naar mijn kamer gaan? Ik heb liever niet dat Jolien iets in de gaten krijgt als ze thuiskomt.'

Ze wijst naar de zithoek. 'Als jij iets te zeggen hebt, doe je het hier.'

Hij gaat zitten.

Hij kijkt haar niet aan en maakt een nerveuze indruk. Dat geeft Astrid de gelegenheid hem te observeren. Ze kent dit gedrag en weet dat hij ergens mee zit. Maar zal hij over wat hij blijkbaar aan haar kwijt wil de waarheid vertellen?

'Ik wil geen leugens horen,' kondigt ze aan.

'Goed. Die zegelring... daar zat ik nogal mee in mijn maag. En opeens was ik hem kwijt en wist ik niet meer waar ik hem had gelaten. Ik moet minder drinken. Dat ga ik doen, ik beloof het.' Hij wacht.

Astrid zwijgt.

'We gingen vijf maanden met elkaar om. Gina en ik. Toen jij een keer op een dag dat ze hier werkte boodschappen ging doen en ik thuis was gebleven omdat ik me niet lekker voelde, raakten we in gesprek. Een paar dagen later ging ik bij haar langs.' Hij plukt aan de kraag van zijn shirt. 'Ik wilde niet dat iemand ervan wist. Ze kon qua leeftijd bijna mijn moeder zijn. Dus we maakten daar afspraken over. Ze heeft steeds tegen me gezegd dat ze zich aan die afspraken hield.'

Astrid merkt dat hij iets van haar verwacht. Een vraag, misschien. Een opmerking. Maar ze is niet van plan om iets te zeggen. Hij zoekt het maar even lekker zelf uit.

'Op een avond stond er opeens een vent voor de deur en ik had de indruk dat ze nogal schrok. Ik moest naar boven en mocht me nergens mee bemoeien. Beneden was herrie, ruzie denk ik. Waar het precies over ging was niet te verstaan. De man ging weer weg en Gina zette mij snel de deur uit. Ze wilde er niets over zeggen. Twee weken later gebeurde het opnieuw. Toen vertelde ze me dat ze bang was dat ze haar iets zouden aandoen als ze het geld niet teruggaf. Het kostte me veel moeite om erachter te komen waar ze het over had.' Hij staat op. 'Even wat te drinken halen, wil jij echt niets?'

Ze zwijgt.

Hij komt terug met een glas frisdrank in zijn hand. 'Ik kan er slecht tegen als je helemaal niets zegt.'

'Ga verder, Bjorn.'

'Ik ben nooit te weten gekomen wat er precies aan de hand was, maar ik heb wel begrepen dat Gina geld had verdiend aan zaken die het daglicht niet verdroegen en dat ze met de mensen met wie ze samenwerkte ruzie had gekregen. Die mensen eisten het geld terug dat ze had verdiend. Honderdvijftigduizend euro. Een paar weken voordat ze werd vermoord vroeg ze mij of ik dat geld in bewaring wilde nemen. Ze haalde het hele bedrag van de bank en gaf het aan me mee. Ik heb het daarna op mijn eigen rekening gezet.'

'Jij gokt dus niet.'

'Ik gok wel degelijk en ook regelmatig, maar ik heb nog nooit een groot bedrag gewonnen. Tot nu toe speel ik meestal quitte.' Hij drinkt in één teug zijn glas leeg. 'Een week later zei ze dat ik voorlopig niet moest komen, omdat ze eerst een paar dingen moest oplossen. Toen gaf ze me de gouden zegelring mee.' Hij probeert haar aan te kijken, maar zijn ogen houden dat niet vol. 'Ik heb haar niet vermoord. Ik denk dat de moord op Gina iets te maken had met een afrekening en dat ze dit bij de politie allang weten.'

'Waarom heb jij je niet gemeld?'

'Dat kun je toch niet serieus menen? En dan dat tuig met wie ze omging achter me aan krijgen? Dank je feestelijk, zeg.'

'En de rest? Die ring heb je dus in de la gelegd tijdens een alcoholische verstandsverbijstering. Maar hoe zit het met de lege envelop die ik kreeg? En met de witte kindersok? En met het slipje?'

'Ik weet niet waar je het over hebt. Wat zijn dat nu weer voor bezopen vragen?' Hij staat op.

Dit ging te snel; misschien moet ze even geen vragen meer

stellen. 'Gina was zwanger.' Nu doet ze het tóch. 'Was dat kind van jou?'

Hij opent de deur van de gang. 'Van wie anders?'

Een minuut later hoort Astrid dat zijn auto gestart wordt en ziet ze hem van het erf af rijden.

Ze kijkt hem na tot hij uit haar zicht verdwenen is.

51

'Woont Bjorn hier nog? Ik heb hem al drie dagen niet gezien.' Jolien richt zich tot Charles. 'Werkt hij nog in de garage?'

'Voor zover ik weet wel, maar hij heeft een week vrij genomen. Waar hij uithangt? God mag het weten. Ik denk dat hij een vriendin heeft.'

'Dat denk ik ook,' zegt Astrid.

Jolien legt haar bestek neer. 'Dat zou ik eens moeten proberen, zomaar een week wegblijven zonder iets van me te laten horen.'

Astrid ontploft. 'Wat is dat voor rotopmerking? Heb je kritiek? Zeg het dan rechtstreeks en hou anders je mond.'

Er valt een diepe stilte in de kamer.

'Nou zeg, je hoeft toch niet kwaad te worden? Vind jij het dan normaal dat je zoon zomaar verdwijnt en niemand weet waar hij uithangt? Maak je je daar helemaal niet druk om? Ben je niet eens bezorgd?'

'Bjorn is oud en wijs genoeg om op zichzelf te kunnen passen,' sust Charles.

Jolien schuift de stoel waar ze op zit naar achteren en staat op. 'Ik ben blij dat ik hier een tijdje weg kan,' snauwt ze.

Astrid zegt niets als haar dochter de kamer uit loopt.

'Ik vind je ook wel erg snel aangebrand,' moppert Charles.

Er hebben twee vrouwen een afspraak gemaakt om een bruidsjurk uit te zoeken. De eerste komt om halfzeven, de tweede om acht uur. Astrid maakt liever 's avonds geen afspraken, maar beide aanstaande bruiden maakten een aardige indruk toen ze belden en ze voelde zich niet sterk genoeg om hun verzoek te weigeren. Ze vraagt zich af wanneer ze zich weer wat beter gaat voelen, ze niet meer het gevoel zal hebben dat de hele wereld tegen haar is en ze kan ophouden met zich verschuilen achter afwijzende antwoorden en lichtgeraaktheid. Ze kan het niet uitstaan dat ze zo zwak en kwetsbaar is.

Ze wil weten waar Bjorn uithangt.

Als ze de vuile borden in de afwasmachine zet, staat Charles opeens achter haar. Hij grijpt haar arm en duwt haar naar de stoel die het dichtstbij staat. 'Vertel mij eens wat er aan de hand is. Je bent totaal jezelf niet. Het lijkt wel of je ergens bang voor bent. Komt het door Bjorn? Denk je dat er iets met hem aan de hand is?'

Ze haalt haar schouders op. 'Ik ben het zicht op Bjorn momenteel kwijt. Toen hij vertrok zei hij duidelijk dat hij een paar dagen weg zou blijven. Had ik moeten vragen waar hij naartoe ging? Ja, waarschijnlijk wel. Maar ik heb het niet gedaan.'

'Waarom niet?'

'Omdat ik geen eerlijk antwoord verwachtte.'

'Hoezo dat? Was er iets gebeurd? Hadden jullie ruzie?'

'We hadden ruzie gehad, maar het uitgepraat. Je kent Bjorn. Als hij iets niet wil zeggen...'

'Dan heeft het geen nut om vragen te stellen. Ik weet het. Was het een ernstige ruzie?'

'Nee, het gebruikelijke gekibbel. Ik denk dat hij er toch echt tegen opziet om zelfstandig te gaan wonen.'

'En hoe komt dat, Astrid? Waarom ziet hij daar volgens jou tegen op?'

'Omdat hij dan niet meer op ons kan terugvallen.'

'Niet meer op jou kan terugvallen, bedoel je. En omdat hij weet dat hij zich niet meer kan verschuilen achter iemand die alles wat hij uitvreet met de mantel der liefde bedekt en alles sust. Omdat hij dan zelf de verantwoordelijkheid voor zijn daden moet nemen.'

'Ik sus niet alles, Charles.'

'Misschien niet alles. Maar wel veel.'

'Het gaat niet goed met hem.'

'Het gaat nooit goed met hem. Daarom is het zo belangrijk dat hij het zelf allemaal eens gaat uitzoeken. Maar misschien is hij dat momenteel wel aan het doen. Hij werd de afgelopen twee weken vaak gebeld in de garage. En Nol en ik mochten beslist niet horen wat hij zei. Nou, dan weet je wel genoeg.'

'Ik hoop dat het om een meisje gaat.'

'Nu er nog een beetje overtuigd van raken.' Charles kust haar op haar mond.

Ze kruipt tegen hem aan. 'Er komen vanavond twee klanten.'

'Die gaan ook weer weg.' Zijn armen trekken haar nog dichter naar zich toe. 'Ik weet iets wat we daarna zouden kunnen doen.'

'Jolien is ook thuis.'

'Die gaat een keer naar bed. Maar misschien heb ik het alleen over een potje scrabbelen.'

Ze lacht.

'Je zou meer moeten lachen,' stelt hij vast.

52

Het is al halftwee in de nacht en ik heb nog niet geslapen. Ik was niet van plan om al zo snel weer naar de zolder te gaan om tegen je te praten. Het moet wat mij betreft geen verslaving worden.

Ik heb vanavond even met mijn dochter gesproken en mijn excuses aangeboden voor de manier waarop ik tegen haar uitviel. Natuurlijk accepteerde ze dat direct. Het past niet bij haar om te mokken. Ze zei dat ze zelf ook wel wat milder had kunnen zijn.

Je zou verwachten dat het me heeft opgelucht, maar ik kan momenteel niets verzinnen wat mij zou opluchten. Zelfs het vrijen met Charles, nog geen twee uur geleden, heeft me dat niet opgeleverd. Het was fijn, het was goed. Meer dan goed, als ik eerlijk ben. Maar over zulke intimiteiten praat je natuurlijk niet met je moeder en zeker niet met een moeder als jij. Je zou waarschijnlijk niet eens begrijpen waar ik het over heb.

Hoewel…

Ik vond dat buurman Vanboven opvallend vaak bij ons was na de dood van papa. Jij beweerde dat hij je hielp met alle formaliteiten die je moest afhandelen. Ik vroeg me af of dat meer dan een jaar moest duren. Als ik daar nu aan denk, realiseer ik me dat dit een vreemde gedachte was voor een kind van mijn leeftijd. Toch wantrouwde ik zijn aanwezigheid, hoewel ik in die periode nooit iets heb waargenomen tussen jullie wat leek op meer dan vriendschap. Later ook niet, maar desondanks was ik er later wel van overtuigd dat hij meer voor je deed dan de belastingpapieren invullen.

Ik zou nu in bed moeten liggen, mijn ogen moeten sluiten en gaan slapen. In plaats daarvan wacht ik op een teken van leven van mijn zoon.

Is hij bij een vrouw, zoals zijn vader denkt? Stort hij zich in een liefdesavontuur? Vrijt hij met iemand om de herinnering aan Gina kwijt te raken?

Valt er iets kwijt te raken? Te ontvluchten?

Zijn verhaal klonk zo aannemelijk. Zo legaal. Maar hij bezit nu toch een geldbedrag dat hem niet toekomt, net als de zegelring. Hij zou alles aan de zus van Gina moeten geven. Daar heb ik hem niet over gehoord.

Is het nu mijn taak om dat te regelen? Kan er van mij verwacht worden dat ik hem aanspreek en hem duidelijk maak dat de honderdvijftigduizend euro op zijn spaarrekening aan de erfgenaam van Gina toebehoort? Hij zal protesteren en me erop wijzen dat hij, als hij het geld aan haar overmaakt, zal moeten vertellen dat hij iets met Gina had. Ik heb weinig gelezen over het onderzoek naar haar moordenaar, maar ik kan me voorstellen dat de politie iedere tip zal natrekken en dat Bjorn dan uitgebreid in beeld komt.

Wil ik hem dit aandoen?

Ik weet dat het niet verstandig is om mijn zorgen niet met Charles te delen. Het maakt me kwetsbaar, mogelijk medeplichtig.

Medeplichtig.

Ik schrik van dit woord. Maar ik schrik vooral van het idee dat het woord in mij opkomt.

Er kunnen dingen gebeuren die je intuïtief wantrouwt. Zoals de vriendschap tussen jou en buurman Vanboven. En zoals het verhaal dat Bjorn vertelde over de relatie tussen hem en Gina. Zoals het feit dat ze zwanger was en Bjorn griezelig nonchalant reageerde op mijn vraag over zijn mogelijke vaderschap.

Het klopte niet.

Niets klopt meer.

53

Astrid besluit om toch een bericht in te spreken bij Bjorn. Ze krijgt tot nu toe steeds de voicemail. Opeens heeft ze er genoeg van en direct na de pieptoon steekt ze van wal. 'Bjorn, met mama. We hebben nu al vier dagen niets van je gehoord en ik begin me zorgen te maken. Ik weet niet waar je bent en of je eventueel hulp nodig hebt. Ik heb met niemand gesproken over wat je me hebt verteld. Maar ik wil nu weten waar je bent. Jolien vertrekt morgen naar Californië; ze zou je graag even gedag zeggen. Laat alsjeblieft iets van je horen. Stuur desnoods een sms'je. Dag.'

Was dit de juiste toon? Het moet maar. Ze hoort Jolien de trap afkomen en zet de telefoon snel weer in de oplader.

'Ik ga naar de stad om nieuwe teenslippers te kopen,' meldt haar dochter. 'Heb jij nog iets nodig? Ik neem iets lekkers mee voor bij de koffie vanavond. Goed?' Ze wacht het antwoord niet af en het volgende moment hoort Astrid de voordeur dichtgaan.

Over een halfuur wordt een van de bruidsjurken opgehaald die ze twee weken geleden heeft verkocht. De bruid wilde de japon pas op de dag voor de bruiloft ophalen. Toen ze dat vertelde, heeft Astrid zich niet afgevraagd waarom. Nu wel. Ook al gaat het haar niet aan, alles is beter dan aan haar zoon denken, dan scherp in de gaten houden of de telefoon gaat, dan om de drie seconden naar het raam lopen om te kijken of hij er toevallig aankomt. Ze kan beter allerlei wilde fantasieën loslaten op de reden om je bruidsjurk pas de dag voordat je trouwt te willen ophalen.

Maar ze kan niets verzinnen. Het enige wat lukt is rondlopen door het huis, de tijdschriften op de onderste plank van de salontafel voor de tienduizendste keer recht leggen, naar de zolder lopen om nog een keer te controleren of de jurk goed is ingepakt en weer checken of ze toch niet een ingesproken bericht heeft gemist. Dit is om stapeldol van te worden.

De bruid komt gelukkig op tijd. Astrid regelt de overdracht zo snel mogelijk en haalt opgelucht adem als de vrouw weer is vertrokken.

Het geluid van de rinkelende telefoon bezorgt haar bijna een hartverlamming. Ze grist het ding uit de oplader en drukt op de groene toets.

Het is Charles. 'Kun je naar de zaak komen? Er is hier een meisje...'

Ze klemt haar handen om het toestel.

'We moeten iets met haar regelen.'

'Ik kom eraan,' zegt ze.

Nol zwaait vanuit de garage. Hij wijst naar het kantoor. Ze loopt snel naar binnen.

Charles stelt haar voor aan een jonge vrouw, die schuchter haar hand uitsteekt. 'Dit is Merlijn Belt. Ze is... was bevriend met Bjorn. Ga even zitten.'

Ze ziet aan de blik in zijn ogen dat hij woedend is.

Ze luistert naar het verhaal en probeert nu en dan op een geruststellende manier naar Merlijn te kijken. Het meisje zit in elkaar gedoken op haar stoel en bijt voortdurend op haar nagels. Haar schouders zitten bijna tegen haar oren aan.

Dit is dus het meisje dat regelmatig belde en waar Bjorn mee had afgesproken in Amsterdam, op de zaterdag dat Jolien werd aangevallen door Louwrens. Ze heeft Bjorn leren kennen in een café in Emmen, waar ze op de vrijgezellenavond van een van haar vriendinnen terechtkwam. Ze hebben elkaar daarna zes keer ontmoet en tijdens een van die ontmoetingen zijn ze in haar auto naar Scheveningen geweest en zat Bjorn achter het stuur. Ze heeft hem verschillende keren gemaand om niet zo hard te rijden, maar hij lachte haar adviezen weg en vond dat ze zich aanstelde. Vorige week viel er een vette bekeuring in de bus van honderdvijfentwintig euro. Die heeft ze aan hem laten zien en gezegd dat hij die moest betalen. Dat weigerde hij en sindsdien heeft ze hem niet meer gezien. Ze is pas verhuisd en heeft geen cent spaargeld meer. Die honderdvijfentwintig euro ligt als een steen op haar maag. Daarom is ze naar de zaak gekomen om te vragen of zijn vader zou willen bemiddelen. Ze durft Bjorn zelf niet meer te bellen, omdat hij de laatste keer dat ze hem telefonisch sprak heel dreigend was. Ze is doodsbang voor hem geworden.

Charles is niet alleen kwaad, hij is vooral aangeslagen. Als hij het verhaal verteld heeft, maakt hij een hulpeloos gebaar. 'Dit moeten we even samen regelen,' zegt hij.

Astrid wendt zich tot het meisje. 'Heb je de bekeuring bij je?'

Het meisje opent haar tas en reikt haar een envelop aan.

'Goed. Je hoeft je verder niet druk te maken, wij zorgen ervoor dat dit wordt betaald.' Astrid denkt even na. 'Heeft Bjorn een sleutel van je huis?'

'De man van mijn zus heeft een ander slot voor me op de voordeur gezet,' antwoordt Merlijn. 'Maar ik slaap voorlopig even bij hen.'

'Wij zullen er ook voor zorgen dat Bjorn je niet lastigvalt,' belooft Astrid.

Ze zou op dit moment het grote raam dat uitzicht biedt op de garage aan gruzelementen willen slaan.

54

Ze hebben met elkaar afgesproken om niets tegen Jolien te zeggen. Die moet onbekommerd op het vliegtuig kunnen stappen en ook niet hoeven zwijgen over wat er thuis is voorgevallen. Zodra ze thuiskwam, heeft Astrid de computer gestart en de bekeuring betaald.

Het kost haar veel moeite om het gebak dat Jolien heeft gekocht naar binnen te werken en ze ziet dat Charles er ook mee worstelt. Deze avond mag voor haar snel voorbij zijn.

Charles kondigt aan dat hij vroeg gaat slapen; Jolien meldt hetzelfde.

'Ik kom ook zo,' zegt Astrid. Ze wil nog even in de tuin zitten en een glas koude rosé drinken. Of twee. Of nog liever drie. Het is een aantrekkelijk idee om in een benevelde staat in bed te kruipen.

De stilte van het eindeloze landschap maakt haar rustig. Ze kan eindelijk eens goed nadenken en alles wat gezegd is tot zich laten doordringen. Ergens links in de tuin fladdert iets voorbij. Ze volgt met haar ogen de twee merels die elkaar achterna lijken te zitten. Waarom slapen die vogels nog niet? Ze verdwijnen gelukkig snel uit haar zicht en het geluid dat ze veroorzaken eindigt als een langgerekte fluittoon die traag verzwakt en daarna de stilte weer ruimte geeft.

Dit was niet de eerste keer dat een actie van Bjorn financiële consequenties had. Astrid laat zich onderuitzakken in de tuinstoel en denkt na over de incidenten die eerder plaatsvonden. Ze gingen allemaal om onzorgvuldig omgaan met andermans bezittingen en veroorzaakten spanning en paniek. En straf. Huisarrest, inhouden van zakgeld, verbod om naar een favoriet televisieprogramma te kijken. Meestal was het daarna een tijdje rustig, tot de volgende gedupeerde zich meldde. Soms had ze de indruk dat Bjorn begreep dat zijn manier van handelen niet door de beugel kon. Soms had ze een gesprek met hem dat ergens toe leek te leiden. Dan toonde hij oprecht berouw en beloofde hij het nooit meer te doen. En iedere keer geloofde ze hem. Een paar maanden voordat Bjorn naar het middelbaar onderwijs zou gaan, adviseerde zijn klassendocent hen om hem psychologisch te laten testen. Als reden noemde hij de antisociale kant van zijn gedrag. Hun huisarts verwees hen naar een centrum voor jongeren met gedragsproblemen. Op de dag dat het eerste gesprek zou plaatsvinden weigerde Bjorn te gaan. Toen hadden ze hem in zijn kladden moeten grijpen en mee moeten nemen.

De hand die plotseling op haar schouder wordt gelegd laat haar zo erg schrikken dat haar glas rosé uit elkaar spat op de terrastegels.

'Ik dacht dat je me hoorde aankomen,' zegt Bjorn.

Astrid probeert normaal adem te halen.

'Sorry, mam. Zal ik het even opruimen en een nieuw glas voor je pakken? Nee, blijf zitten. Ik doe het wel.'

Hij zet het glas rosé voor haar op de tafel en ze ziet dat hij voor zichzelf een biertje heeft ingeschonken. Zijn gezicht staat ernstig. Ze ziet geen sporen van dronkenschap, zelfs niet van aangeschoten zijn. Hij heft zijn glas in haar richting.

Ze laat hem begaan.

'Ik heb mezelf een paar dagen geïsoleerd,' meldt hij. 'Dat was nodig. Ik hoorde vanavond je voicemailbericht. Je weet toch dat ik altijd weer terugkom?'

'Ik krijg honderdvijfentwintig euro van je,' zegt Astrid.

Ze vraagt zich af of ze werkelijk had verwacht dat hij het verhaal van het meisje zou hebben bevestigd. Zijn ogen staan donker als hij zijn schuld ontkent en haar afschildert als een leugenachtig secreet dat het doodschoppen niet waard is.

Astrid heft haar hand op. 'Zo is het wel genoeg. Doe me een plezier, Bjorn, en ga naar bed. We moeten morgen al vroeg opstaan om Jolien naar Schiphol te brengen.'

'Ik ga niet mee.'

'Je bent ook niet uitgenodigd. Ga slapen en hou je gedeisd, want je vader zit behoorlijk aan zijn taks met jou. Morgen praten wij verder. Zorg ervoor dat je thuis bent als ik terugkom. En ga nu alsjeblieft naar boven.'

Ze is moe. Eindeloos, hopeloos moe.

Haar lippen voelen aan of ze verlamd zijn. Toch formuleren ze een zin, die haar misschien meer overvalt dan hem. 'Dat meisje vertelde dat ze je had leren kennen in een café in Emmen.'

Er valt een onheilspellende stilte.

'Hoe kwam jij in Emmen terecht?'

'Ik ken daar mensen,' zegt hij.

55

Charles wijst naar de auto van Bjorn. 'Is hij thuisgekomen? Wanneer dan?'

'Vannacht, jij sliep al. Ik praat vandaag met hem. Daar komt Jolien aan, dus hou er nu over op.'

De stemming is geforceerd vrolijk. Astrid voelt zich schuldig ten opzichte van haar dochter, maar ze weet op dit moment niet hoe ze dit kan veranderen.

Jolien maakt een nerveuze indruk. Ze praat net iets te snel en herhaalt te vaak dat ze gelukkig geen vliegangst heeft.

Astrid voelt dat Charles naar haar kijkt. Ze houdt haar blik strak op het asfalt gericht.

'Jij hebt toch in juli ook je vakantie gepland?' vraagt Jolien aan Charles. 'Waarom komen jullie niet een paar weken naar de familie in Californië? Plaats genoeg, volgens mij. Ik denk dat iedereen het fantastisch zou vinden. Of hebben jullie inmiddels al iets geboekt?'

'Daar zeg je wat. We hebben niets geboekt, we dachten eigenlijk aan een lastminutereis.' Charles stoot Astrid aan. 'Hoor je wat ze zegt? Dat zou niet eens een slecht idee zijn.'

'Ik zou het leuk vinden, mam, als jullie ook kwamen. Dan zijn jullie er allebei even helemaal uit.'

'We hebben het er nog wel over,' antwoordt Astrid.

'Zal ik jou bij de garage afzetten en je om een uur of zes weer komen halen?' Het idee kwam in haar op toen ze Jolien langs de douane zag lopen.

'Je bedoelt dat je mij er liever niet bij hebt als je met hem praat.' Charles wijst naar de meter van de benzinetank. 'We moeten binnenkort tanken. Het is goed. Zet mij maar af.'

Hij begint weer over Californië. 'Laten we er eens goed over nadenken,' stelt hij voor. 'Ik heb daar eerlijk gezegd wel zin in.' Bij de garage parkeert hij de auto naast het kantoor en zet de motor af. Hij draait zich naar haar toe en kijkt haar aan. 'Is er iets wat ik moet weten, As?'

Ze grijpt zijn hand. 'Nu nog niet. Misschien later.'

'Weet je dat zeker?'

Ze kust hem op zijn mond. 'Heel zeker. Een uur of zes?'

'Goed. Als ik eerder weg kan bel ik je.'

Zodra ze het terrein van de garage verlaten heeft, toetst ze het mobiele nummer van Bjorn in. Hij neemt vrijwel direct op.

'Ik kom eraan. Niet weggaan,' zegt ze.

56

Hij zit aan de eettafel in de woonkamer en er ligt een aantal witte bladen voor hem. 'Ik heb drie appartementen gevonden op Funda en ik heb voor twee huizen een afspraak gemaakt voor vandaag. Je gaat toch wel mee?'

Dit had ze niet verwacht. Natuurlijk had ze dit niet verwacht. Ze merkt dat dit haar irriteert. 'Dat ligt eraan, ik wil eerst een aantal dingen met je bespreken.'

Hij schuift de bladen opzij. 'Dat is goed. Maar laat mij beginnen. Ik beloof je met de hand op mijn hart dat ik je niets meer zal sturen. Ik weet niet wat me bezielde om je zo van streek te willen maken. Jij bent nota bene de enige persoon op de wereld die echt van me houdt. Nee, niet tegenspreken. Ik weet best dat papa om me geeft en dat Jolien me niets kwaads toewenst. Maar dat is anders dan wat jij voor mij voelt.'

De laatste vier zinnen verdwijnen direct uit haar geheugen. Er is geen ruimte voor, omdat twee andere zinnen zich in haar hoofd blijven herhalen.

Ik beloof je met de hand op mijn hart dat ik je niets meer zal sturen. Ik weet niet wat me bezielde om je zo van streek te willen maken.

'Voel je je wel goed?' De stem van Bjorn is heel ver weg. Er wordt iets tegen haar gezicht gedrukt. Koud. Nat.

'Ik schrok me wild.' De stem is nu dichterbij. 'Ik zet de ventilator aan, dan krijg je wat frisse lucht.'

Ze kan weer praten. 'Je zei dat je niet wist wat ik bedoelde en dat je mijn vraag over de lege envelop, de witte sok en het onderbroekje bezopen vond. En nu beweer je opeens dat je me niets meer zult sturen.'

'Dat klopt. Ik weet niet hoe ik het moet uitleggen. De dag van het ongeluk kwam weer naderbij en ik was steeds bezig met kleine kleren voor kleine meisjes. Het leek of ik ze overal zag liggen en hangen en het lukte niet om ze te negeren. Ik kocht eerst dat jurkje en later de sokken en het slipje. Ik kon het niet uitstaan dat ik met die dag in mijn maag zat en er aan jou niets te merken was. Soms doe ik dan dingen die buiten mijn wil om lijken plaats te vinden.'

Hij maakt smoothies en roostert boterhammen en eet ook de porties op die voor haar waren bestemd.

Astrids keel zit dicht, ze kan zelfs niet drinken. Ze hoort dat hij tegen haar praat en ziet dat hij de appartementen aanwijst die hij wil bezichtigen. Toch lijkt het of ze in een stomme film terecht is gekomen. Een horrorfilm.

Haar gedachten maken sprongen in de tijd. Ze ziet een kleine jongen voorzichtig in de wieg kijken waar zijn zusje ligt. Hij weigert haar een kusje te geven. Ze hoort een knul van bijna achttien nors zeggen dat hij niet begrijpt waarom er nog een kind moet komen. Ze voelt weer de pijn in haar borst.

Ze probeert de volgende gedachtesprong van zich af te houden en wil zich concentreren op wat Bjorn zegt. Maar de herinnering dringt zich genadeloos aan haar op. Ze zit tegen Charles aangeleund op de rand van hun bed en huilt. Charles vraagt of ze de baby wil houden of laten weghalen. Ze hoort zichzelf het verkeerde antwoord geven.

Met een schok keert ze terug naar de plek waar ze zit.
'Volgens mij luister je niet,' zegt Bjorn.
'En volgens mij lieg jij weer eens alles aan elkaar,' antwoordt Astrid.

57

Hij ligt bijna op zijn knieën en smeekt haar hem te geloven.

Waar heeft ze dit eerder gezien?

Ze maakt een ongeduldig gebaar met haar handen. 'Kom eens ter zake, Bjorn en hou op met dat theater. Die act heeft een baard.' Het voelt goed om de regie in handen te hebben.

Zijn mond vertrekt. 'Ik speel geen theater. Ik heb het je uitgelegd. Waarom moet je mijn woorden altijd in twijfel trekken? Als Jolien iets tegen je zegt, geloof je het altijd onmiddellijk.'

Nu niet happen. Er niet intrappen. Een discussie kan haar volledig onderuithalen. 'Ik heb nog nooit aan jou gemerkt dat je met de sterfdag van Meike bezig was.' Ze hoort dat ze snauwt. 'Dus hou daar mee op. Je stuurde me die dingen om een andere reden.'

'En welke reden had je bedacht?'

'Ik heb niets bedacht, ik wil een antwoord op mijn vraag. Je gedraagt je de laatste tijd steeds grilliger, je bent regelmatig slecht gestemd, je liegt en lijkt eerder achttien dan achtentwintig.'

'Hoe dat zo?' Dit is weer die treitertoon.

Ze negeert het. 'Wat dacht je van dat onverantwoordelijke gedrag ten opzichte van dat meisje? Het past niet bij een vent van achtentwintig om een bekeuring voor te hard rijden op een dergelijke manier af te handelen.'

'Ik reed niet.'

'Natuurlijk reed jij, jij rijdt altijd. Het maakt jou niet uit of je straalbezopen bent, of je je medepassagier of je medeweggebruikers in gevaar brengt, jij voelt je nu eenmaal boven alles en iedereen verheven. Zo is het toch? We hebben het toch over Bjorn de almachtige die maling heeft aan anderen?' Ze hijgt.

'Je maakt je te druk, mama. Dat had je eerder moeten doen. Daar had je mee moeten beginnen toen ik een kind was en nog te plooien viel. Toen er nog iets van mij terecht kon komen.' Nu hijgt hij ook.

'Het ligt dus weer aan iedereen, behalve aan jou? Dat antwoord ken ik al, Bjorn, verzin toch eens wat anders. Iets waar ik werkelijk van onder de indruk ben, wat iets toevoegt. Wat iets oplost.'

Hij buigt zijn hoofd. 'Het is waar. Ik was met Meike bezig en ik zocht een manier om het aan jou duidelijk te maken. Een vreemde manier, dat klopt. Ik kan niet anders dan reageren op vreemde manieren. Zo zit ik in elkaar. Ik zou wel anders willen zijn. Of er niet willen zijn. Dat weet je.'

'Je bent er, daar valt weinig aan te veranderen.' Haar woede ebt weg.

Komt het door zijn gebogen hoofd? Door de kwetsbaarheid die opeens om hem heen is? Door het feit dat hij de laatste woorden bijna fluisterend uitsprak? Ze weet het, hij zou er soms liever niet willen zijn. Dat heeft hij haar al eerder duidelijk gemaakt.

Ze wil er niet aan denken.

'Je moet niet zo boos op me worden,' zegt hij.

58

Het appartement ligt in de Groetstraat in Amsterdam-Noord.

'De bovenste verdieping en op de hoek,' glundert Bjorn. 'Dus niemand boven je en ook geen woonkamer naast je. De vraagprijs was oorspronkelijk honderdveertigduizend, maar ze zijn nu al twintigduizend gedaald. Ik denk dat ik er nog wel tienduizend af krijg.' Hij lijkt zich weer hersteld te hebben.

Nu zij nog.

Het is een driekamerappartement met een groot balkon op het zuidwesten en een berging op de begane grond. Een ruim appartement dat strak in de verf zit en voorzien is van een mooie laminaatvloer.

'Ik heb genoeg geld over om het in te richten,' zegt Bjorn als de makelaar even naar de gang is gelopen om zijn telefoon aan te nemen.

'Dat geld is niet van jou. Je kunt het niet houden.'

'Hou daar nu eens over op, mama.'

Ze had niet met hem mee moeten gaan. De hele missie staat haar tegen, maar ergens in haar achterhoofd ontwaart ze ook iets wat haar geruststelt. Als Bjorn dit appartement koopt, gaat hij eindelijk het huis uit en verdwijnt er een hoop onrust. Niemand behalve hij en zij weet hoe hij werkelijk aan zijn kapitaal is gekomen. Dat is in ieder geval een veilige gedachte. Maar toch...

Ze zou hier met Charles over moeten praten, maar ze weet

zeker dat die dit niet zal accepteren. Hij is in staat om persoonlijk de zus van Gina in te lichten. Charles zou niet met de gedachte kunnen leven dat zijn zoon zich geld heeft toegeëigend dat bij een ander thuishoort, ongeacht het feit dat dit geld mogelijk met kwalijke praktijken is verdiend. Maar klopt dat wel? Had Gina werkelijk foute vrienden? Heeft ze echt dingen gedaan die met criminaliteit te maken hadden?

Astrid wil er in ieder geval niets mee te maken hebben.

De makelaar komt terug. 'Ik wil u graag nog even de badkamer laten zien. Dat vind ik namelijk zelf een plaatje. Je zou toch in een appartement in Amsterdam-Noord niet gauw een badkamer met een luxe ligbad en een zwevend toilet verwachten?'

Bjorn geeft haar een duwtje. 'Ga jij maar als eerste naar binnen, mam.'

Hij is door het dolle heen en hoeft de andere huizen die hij heeft geselecteerd niet meer te zien. 'Waarom zou ik? Vanaf het moment dat ik binnenkwam voelde het goed. Het was direct mijn huis. Ik ga snel een bod uitbrengen. Ik zet bloembakken op het balkon en dan neem ik planten die ook in de winter groen blijven. Een tuin in de lucht, *why not*?'

Ze staan weer buiten en kijken naar het appartement. 'Je zult hier alleen zijn,' zegt Astrid. 'Denk je daar wel over na? We zien thuis nooit vrienden van jou. Heb je wel vrienden?'

'Ik heb genoeg aan de kroegtijgers met wie ik ga stappen. Die zullen me zeker helpen als er gesjouwd moet worden, het zijn beren van kerels. Ik heb geen behoefte aan vrienden. Ik heb mijn handen vol aan mijn eigen leven.'

Nu doorvragen, denkt Astrid. Nu uitnodigen, dichterbij komen. Nu de goede dingen zeggen.

'Over kroegtijgers gesproken: ik breng jou naar huis, bel de makelaar en ga een pilsje kopen.' Hij slaat zijn armen om haar heen. 'Ik ben gewoon verliefd op dat huis. Wat kijk je bedenkelijk. Jij gaat toch geen last krijgen van zoiets burgerlijks als het legenestsyndroom? Ik beloof plechtig dat ik minstens twee keer per week kom eten. En ik zal ook mijn best gaan doen om een leuk meisje te vinden dat geen gore praatjes over me rondstrooit. Wat kan ik nog meer beloven? O ja, ik zal me zeker niet meer vergrijpen aan vrouwen die veel te oud voor me zijn.'

'Maar stel je nu eens voor, Bjorn, dat die Rita toch echt gaat praten over haar vermoeden dat jij met Gina omging?'

'Onzin. Rita praat niet.' Hij raakt met de top van zijn vinger even haar wang aan. 'En jij zwijgt ook. Daar sta ik op.'

Nu zou ze hem kunnen vragen om wat meer te vertellen over de mensen die hij in Emmen kent. Hun namen, bijvoorbeeld. Ze zou het idiote vermoeden dat hij met haar moeder omgaat dan misschien kwijt kunnen raken. Ze durft het niet. Ze durft wel een andere vraag te stellen. 'Hoe weet je dat de zus van Gina niet praat?'

'Daar zorg ik wel voor,' zegt hij.

59

Toen ik begon met mijn tweedehands bruidsjurkenzaak, verwachtte ik alleen blije mensen te ontmoeten. Tot nu toe waren de vrouwen die een jurk kwamen uitzoeken vooral nerveus, maar altijd wel met een blije ondertoon. De aanstaande bruid van vanmiddag was alleen maar blij en maakte mij nerveus.

Ik was de afspraak totaal vergeten en moest even omschakelen toen ze opeens voor de deur stond. Ze had haar moeder en haar schoonmoeder meegebracht. Dat waren ook al van die blije types. Ik begrijp niet dat ik niet direct in de gaten kreeg met wie ik te maken had.

Ze wilde een witte jurk. Geen roomkleur of iets anders in die richting, het moest een spierwit exemplaar zijn. Toen ze dat vertelde, bloosde ze. Ik schonk er geen aandacht aan, want ik zat nog vast in het verkrampte onderbuikgevoel dat Bjorn veroorzaakt had. Vooral zijn opmerking dat hij erop stond dat ik zou zwijgen had er ingehakt. Ik kon niet ontdekken of ik dat moest opvatten als een brutaliteit of als een bedreiging.

Ik had één hagelwitte jurk in de collectie en die jurk was twee weken geleden aangeboden door een jonge vrouw met een plat Amsterdams accent die voor de verandering eens blij was dat ze haar trouwjapon kon verkopen. Ze vertelde dat de jurk haar was opgedrongen door haar schoonzus en dat ze zich er op haar trouwdag geen moment lekker in had gevoeld. Toen ze naar buiten liep, struikelde ze en vloekte ze hartgrondig. Ik schrok ervan. Ik vond de vrouw opeens gruwelijk ordinair en had er spijt van dat ik haar jurk had aangenomen.

De blije bruid was verrukt van de jurk en ze liet zich door de beide moeders helpen met kleden. Ik stond als een standbeeld te wachten en probeerde te ontdekken wat me zo tegenstond in die vrouwen in de paskamer. Ik vroeg me af wat me stoorde aan de stralende lach die op hun gezichten gebeiteld leek te zijn.

De jurk paste perfect, maar daar was dan ook alles mee gezegd. De bleke bruid zag er in het witte gewaad uit als een vaatdoek. Ik probeerde mijn kritiek te verpakken in suggesties over een mooie make-up en mogelijk een speels kleurtje door het haar. Ik zag direct dat het niet goed viel. De schoonmoeder zei dat de bruid op haar trouwdag puur moest zijn, omdat ze net als de wederzijdse familie leefde in de Here Jezus.

Ik stond daar maar en keek van de een naar de ander. Het geglimlach deed pijn aan mijn ogen. De moeder van de bruid vond het nog even nodig om uit te leggen hoe trots ze was dat haar dochter zonder zich ergens voor te hoeven schamen in een spierwitte jurk kon trouwen.

Ik probeerde ergens aan te denken waar ik me wat beter door kon voelen. Er verschenen beelden voor mijn ogen die ik juist niet wilde zien. Een roze jurkje, witte sokken, een onderbroekje met een kanten randje. Kleine meisjes in een park. Dode, naakte kinderen.

Mijn adem stokte.

Toen vroeg de moeder van de bruid of ik nog wist wie deze jurk had gebracht. De bruid voegde eraan toe dat ze het liefst in een japon wilde trouwen die al eerder door een gelovige vrouw gedragen was.

Toen had ik kunnen zeggen dat de eerste bruid vloekte als een ketter en voor mijn gevoel niet bepaald uit een godsdienstig milieu kwam.

Ik zei dat de eerste bruid een heel beschaafde en ingetogen indruk maakte. De dames riepen nog net geen halleluja en ze verdwenen weer in de paskamer.

Het arme kind dat hier vanmiddag een trouwjurk kocht die haar verschrikkelijk slecht stond, is – als ik het goed begrepen heb – nog maagd. Ik schatte haar hooguit twintig. Ze leeft in een tijd van seksuele vrijheid, maar gaat pas ontdekken wat seks betekent in haar eerste huwelijksnacht.

En als het tegenvalt is dat jammer. Wat God verbonden heeft, dat scheide geen mens.

Ik heb me heel erg moeten beheersen om niet uit te barsten in blasfemische teksten die de drie babbelende kwezels in de gordijnen hadden gejaagd. Ik popelde om de twee moeders op een ondubbelzinnige manier duidelijk te maken wat ze aanrichtten met hun indoctrinerende gezwam. Ik wilde ze allebei diep onder de gordel treffen en ze opzadelen met een maagzweer veroorzakend schuldgevoel. In plaats daarvan pakte ik de jurk netjes in en begeleidde ik het hele stel solidair glimlachend naar de voordeur. Daarna heb ik het servies dat we altijd op feestdagen gebruiken tot het laatste bordje op de keukenvloer aan barrels gesmeten.

Vloekend. Snikkend. Schreeuwend.

Het hielp niet, ik bleef me rot voelen. Ik probeerde de maagdelijke bruid en vooral de moeders die ze meebracht voor dat rotgevoel verantwoordelijk te stellen. Maar ik wist dat de oorzaak ergens anders vandaan kwam. Ik kon de inhoud van de enveloppen die ik had ontvangen niet van me afzetten. Ik bleef kleine, halfnaakte, dode meisjes zien.

Voor de eerste keer sinds ik tegen jou praat, voelt het goed. Voor het eerst begrijp ik waarom ik jou hiervoor heb uitgekozen. Voor het eerst weet ik zeker dat ik je nog een keer zal spreken. Dan moeten we het hebben over de dag dat je me wegstuurde.

60

Ze neemt het zichzelf kwalijk dat ze alles wat haar eigen kind doet en zegt associeert met misdaad en ze probeert erachter te komen wanneer ze daarmee is begonnen. Waarom ze dat deed en waarom ze krampachtig probeert voor alles een logische verklaring te vinden. Een verklaring die hem onschuldig maakt en die haar geruststelt.

Het is begonnen op de ochtend dat ze het roze jurkje vond.

Charles komt vandaag pas laat thuis. Hij belde tegen vijf uur om te zeggen dat ze een spoedreparatie hadden die nog moest worden afgemaakt en hij daar zeker tot een uur of negen mee bezig zou zijn.

Bjorn is nog niet komen opdagen. Die zit natuurlijk te proosten met de kroegtijgers die straks moeten sjouwen. Bestaan die kerels wel?

Ze vraagt zich af hoe ze orde kan scheppen in de chaos in haar hoofd. Ze kan niet de hele dag hardop gaan zitten praten, maar toch heeft ze iets nodig wat houvast kan bieden. Ze strijkt het lijstje dat ze in haar portemonnee had opgeborgen glad.

Roze jurkje.

Witte sok.

Slipje met kanten randje.

Anderhalve ton.

Gouden zegelring.

De pen die ze in haar hand heeft, zweeft boven het papier. Hij nadert de blauwe lijntjes, maar trekt zich weer terug.

Ze moet het opschrijven. Ze móét. Ook al lijken het alleen kreten, ook al slaan de woorden nergens op, ook al voelen ze aan als onlogisch, vergezocht en beschuldigend. Ze moet ze opschrijven.

Evita. Herkende Bjorn. Is dood.

Gina. Ging met Bjorn om. Is dood.

Twee meisjes in een park, gedeeltelijk ontkleed. Nee, die horen hier niet bij. Nu gaat ze te ver.

Hoe komen die meisjes toch steeds in haar gedachten terecht? Ze denkt diep na en opeens herinnert ze zich dat Jolien een paar dagen geleden naar de televisie zat te kijken en luidkeels haar afschuw uitsprak over een programma. Astrid had de zolder opgeruimd en kwam binnen toen de aftiteling net begon. Jolien zei dat ze zich niet kon voorstellen dat de politie niet in staat was om dat zieke gedrocht te pakken. Ze bleek het over de twee onopgeloste parkmoorden te hebben, die binnen zes maanden waren gepleegd. Nog geen spoor van een dader? Hoe is dat mogelijk?

Die uitzending was dinsdag. Astrid loopt naar boven en start de computer. Ze zoekt Uitzending Gemist op. Welk programma was het? Ze scrolt langs de programma's die dinsdag tussen negen en tien uur 's avonds zijn uitgezonden en tuurt naar het scherm.

Opsporing verzocht.

Ze klikt de titel aan.

Er komen twee politiefunctionarissen aan het woord die nauw betrokken zijn bij het onderzoek in hun eigen district. Ze benadrukken dat de moorden opvallend veel op elkaar lijken en dat vooral het feit dat de jonge slachtoffers niet zijn misbruikt de aandacht trekt. Het betreft hier waarschijnlijk dus geen lustmoordenaar. Maar waarom vermoordt deze persoon ze dan? Het is in ieder geval iemand die op zoek lijkt te zijn naar meisjes van een bepaalde leeftijd die dezelfde kleur kleding dragen. Het waren allebei kinderen van vijf jaar en ze droegen allebei een roze kledingstuk.

Astrid voelt haar hart een paar slagen overslaan. Ze klemt haar handen vast om de leuning van haar stoel en tuurt naar het beeldscherm. Het geluid van de stemmen ebt weg en komt weer dichterbij. Het zwermt om haar oren, maar ze kan een paar seconden niets verstaan door het woord dat in haar gehoorgang blijft galmen.

Roze.

Ze heeft het vast niet goed verstaan.

Er komen twee foto's in beeld van prachtige meisjes. Een van de kinderen mist een voortand; dat is goed te zien door haar brede lach. Een lach naar de toekomst die verloren is gegaan. Een innemende, aanstekelijke lach.

Een onschuldige lach.

Ze dwingt zichzelf verder te kijken en te luisteren. De vrouw die het interview leidt, vraagt of de politie denkt dat de moordenaar ook een vrouw kan zijn. Dat is mogelijk, volgens beide mannen, maar bij de meest recente moord heeft een vriendinnetje van het vermoorde meisje, dat een eindje verderop in een bosje was gaan plassen, een man hard zien weglopen met een bundeltje kleren in zijn armen. Die kleren zijn, op het onderbroekje na, vlak bij de ingang van het park teruggevonden. Het vriendinnetje kon de man niet beschrijven. Ze wist alleen dat hij een spijkerbroek droeg en een blauw-wit geruit overhemd.

Astrid sluit haar ogen. Goddank! Bjorn draagt nooit geruite overhemden, ook geen gestreepte. Alleen effen blauwe en witte.

Ze fluistert de woorden, terwijl ze naar de aftiteling van het programma kijkt. 'Alleen blauwe en witte. Alleen blauwe en witte.'

'Is er iemand thuis?' hoort ze haar zoon beneden roepen.

61

'Nu ben ik een beetje vroeg,' zegt Sietske. 'Ik moest even iets afgeven bij mijn dochter en ik ben eerder van huis gegaan. Maar je bent gelukkig al wakker.'

'Al ruim twee uur,' antwoordt Astrid. Ze vertelt er maar niet bij dat ze vanochtend al twee keer opnieuw naar de uitzending van *Opsporing verzocht* heeft gekeken.

Ze begrijpt niets van zichzelf. Ze probeert voortdurend te achterhalen waarom ze verbanden zoekt tussen de dode meisjes en haar zoon. Wat er in het verleden gebeurd kan zijn om haar die richting uit te sturen. Welke reden ze heeft om dat idee niet rigoureus uit haar hoofd te verwijderen.

Hij was vernielzuchtig, hardhandig, achterbaks. Hij loog. Hij dook weg voor verantwoordelijkheid. Meer niet. Ze denkt het werkelijk: meer niet. Moord is niet aan de orde. Ze moet zich schamen voor haar gedachten.

'Heb je slecht geslapen?' informeert Sietske. 'Ik zie het aan je. Ga anders nog lekker een paar uur naar bed, ik red me hier wel.'

'Ik ga koffiezetten en Charles wakker maken. Die was gisteravond erg laat thuis en begint vandaag wat later. Misschien ga ik vanmiddag een uurtje naar bed.'

Astrid sleept haar benen naar de keuken. Ze heeft het gevoel dat ze drie dagen zou kunnen slapen en zou op dit moment niets liever willen dan dat. Maar ze kan niet slapen; ze moet alert blijven en haar zoon in de gaten houden. En ze moet voorkomen dat de situatie tussen hem en zijn vader escaleert. Bjorn is gisteravond vrijwel direct naar bed gegaan; hij was moe en had gedronken. Toen Charles thuiskwam, informeerde hij direct naar hun zoon. Hij wilde met hem praten over zijn houding ten opzichte van zijn ex-vriendin. Astrid heeft hem verteld over het appartement dat Bjorn op het oog heeft en ervoor gepleit dat zij de komende tijd even het contact met hun zoon zou onderhouden. Ze heeft gezegd dat hun doel nu moest zijn dat Bjorn zo spoedig mogelijk zelfstandig gaat wonen en dat ze wat haar betrof iedere aanleiding tot ruzie moesten vermijden. Charles sputterde gelukkig niet tegen en ging op een ander gespreksonderwerp over. Daar heeft zij vervolgens nog wakker van gelegen. Hij wil echt naar zijn familie in Californië en hij heeft het liefst dat zij meegaat. Nol neemt de hele maand september vakantie, dus zij zouden in juli of augustus weg kunnen. Bjorn werkt dan ook. Er is volgens hem niets wat hen tegenhoudt. Hij raakte geïrriteerd toen zij niet direct enthousiast reageerde.

Ze hoort Sietske praten in de gang en schakelt het koffiezetapparaat in. 'Ik dacht al dat je wakker was,' zegt ze tegen Charles als hij de keuken in komt.

'Wist jij dat Rita opeens spoorloos verdwenen is?' vraagt Charles. 'Dat vertelde Sietske me net. Ze heeft al vijf dagen geen contact met haar kunnen krijgen. Ze is steeds niet thuis en beantwoordt haar telefoon niet. Ze reageert ook niet op mails.'

'Spoorloos, omdat er vijf dagen geen contact is geweest? Misschien is ze gewoon met vakantie. Ik denk dat Sietske overdrijft.'

'Ze vertelde anders dat ze Rita minstens drie keer per week spreekt. Ik vraag me af of ze overdrijft. Er zal toch niets met die vrouw gebeurd zijn?'

'Waarom vertelde Sietske dat eigenlijk aan jou? Zoekt ze sensatie?'

'Ik vroeg haar of ze wist hoe het nu met Rita ging. Waarom reageer je zo geïrriteerd?'

'Laat maar. Ik heb te kort geslapen.'

'Dat denk ik ook. Volgens mij was je er om zes uur al uit. Wat is er allemaal aan de hand, As? Wordt het niet eens tijd dat ik ook van het een en ander op de hoogte word gebracht?'

'Er is niets aan de hand, ik moet er gewoon even aan wennen dat Jolien weg is en ik kan er slecht tegen dat ik blijkbaar als enige in dit gezin last heb gehad van de sterfdag van Meike.'

'Je bedoelt dat ik niet met mijn vrienden naar Antwerpen had mogen gaan.'

'Ik bedoel dat we er samen over hadden moeten praten.'

'Dan doen we dat alsnog. Ik dacht dat het juist beter was om het er niet over te hebben. Voor mij werkte het goed: die dag op stap gaan met een stel gezellige kerels en lol trappen. Het verdreef dat weeë gevoel op mijn borst.' Hij probeert haar vast te pakken, maar ze duikt weg. 'Dan niet,' zucht hij.

'Ik ga voorlopig niet naar Californië,' zegt Astrid. 'Maar ik denk dat jij wel moet gaan.'

Hij gaat bij de keukentafel zitten en schuift ook een stoel voor haar onder de tafel vandaan. 'Kom even zitten, As. Ik kan niet tegen deze sfeer tussen ons. We moeten niet opnieuw van elkaar wegdrijven. Vertel me toch wat er gaande is. Het gaat om Bjorn, is het niet? Heb je met hem gepraat over die bekeuring?'

Astrid gaat zitten. 'Hij ontkent dat hij reed en noemt dat meisje... nou ja, laat maar. Je weet hoe hij zich kan uitdrukken als iets hem niet zint.'

'Beweert hij dat zij reed? Bedoelt hij dat zij liegt? En geloof jij dat?'

Ze haalt haar schouders op.

'Waarom zou dat meisje liegen?' Aan de stem van Charles is te horen dat hij boos is. 'Waar hebben wij dit eerder gehoord?'

'Laat maar. Je weet dat hij toch niet zal toegeven dat hij fout zat. Ik heb de bekeuring direct betaald en ieder woord dat wij hier nu nog aan wijden is te veel. Hij gaat vandaag een bod uitbrengen op het appartement dat we samen hebben bezichtigd. Het staat al maanden te koop; ik denk dat de eigenaar gemakkelijk akkoord gaat met een bedrag dat toch nog beneden de vraagprijs ligt. Als het een beetje meezit, is hij over een paar weken vertrokken.'

'Het lijkt of die gedachte je oplucht.'

'Dat klopt. Ik wil dat hij vertrekt, Charles. Ik wil rust in ons huis, tussen jou en mij.'

Hij streelt haar hand. 'En verder? Wat heb je nog meer op je lever?'

'Ik ben alleen heel erg moe.'

'Dan is die vakantie naar Californië toch een geweldig idee?'

Ze trekt haar hand terug. 'Ga jij maar, zodra je het kunt regelen. Als Bjorn vertrokken is, kom ik wel aan de beurt.'

Ze staat snel op. Waarom denkt ze nu in vredesnaam opeens aan haar lijstje? Waar komt die bijna niet te stuiten drang vandaan om eraan toe te voegen dat Rita verdwenen lijkt te zijn? En waarom zou dat ene woord erop moeten staan?

Emmen.

'Ik vind het helemaal geen prettig idee om jou hier met Bjorn samen achter te laten,' zegt Charles.

62

'Ik heb me ingeschreven voor een cursus Nederlandse taal,' glundert Sietske. 'Liever gezegd: mijn dochter heeft dat gedaan. Bij de basisschool waar mijn kleindochter op zit. Het is een cursus die speciaal gericht is op mensen die slecht kunnen lezen en schrijven. Ik kon er nog net bij, ze zitten nu vol. Ik ben blijkbaar geen uitzondering.'

'Wat goed van je. Echt heel goed. Heb je aan je dochter verteld dat Jolien moest lachen om iets wat je zei?'

Sietske grinnikt. 'Ja, maar pas nadat mijn dochter zelf bijna in een lachstuip terechtkwam toen ik bloedserieus beweerde dat de tante van een andere vrouw waar ik schoonmaak een pantyhouse had gekocht. Daar schrok ik van, ik bedoel: dat ze lachte. Meestal zegt ze gewoon dat ik een fout maak. Maar ze was moe en ik had een halfuur eerder gezegd dat ik haar gezin zo harrimonieus vond en daar had ze niet op gereageerd, omdat ze zich toen al bijna niet had kunnen beheersen. Ik krijg zelf ook altijd overal de slappe lach van als ik moe ben. Nou ja, toen zei ze dat het echt hoog tijd werd dat ik mijn taalachterstand eens ging aanpakken. Ze heeft gelijk. Ik ga dus in september weer naar school. Iedere dinsdagavond. En weet je, ik heb er zin in. Hoewel...' Haar gezicht betrekt. 'Ik had het er straks al met je man over. Ik begrijp niet waar Rita uithangt. Ze gaat nooit ergens naartoe zonder het me te vertellen. Ik maak me ongerust. Als ik hier vandaan kom, ga ik nog een keer bij haar langs en als ze er dan weer niet is, bel ik de politie.'

'Heb je een sleutel van haar huis?'

'Ja, maar ik ben nog niet naar binnen gegaan. Denk je dat ik dat moet doen? Zou ze...?' Sietske slaat haar hand voor haar mond. 'Ik ben ervan uitgegaan dat ze niet thuis was. Ze zal toch niet...'

'Zitten jullie buiten? Is er nog koffie?' Bjorn staat in de deuropening en knijpt zijn ogen dicht. 'Wat is die zon scherp, zeg. Waarom heb je de parasol niet opengezet, mam?' Hij draait zich om en loopt naar binnen.

'Ik doe die parasol wel even,' zegt Sietske. 'En dan ga ik gauw verder, kun jij even lekker rustig met je zoon zitten.'

'Sietske is nogal bezorgd om Rita.' Astrid probeert het zo achteloos mogelijk te zeggen.

'Wat valt er bezorgd te zijn?'

'Ze kan al bijna een week geen contact met haar krijgen.'

'Dan zal ze wel op vakantie zijn. Zou ik me kunnen voorstellen na wat er is gebeurd.'

'Misschien is er iets anders aan de hand,' oppert Astrid.

'Zoals?'

Astrid dempt haar stem. 'Jij vertelde dat Gina zich volgens jou bezighield met duistere zaakjes. Je had het zelfs over de mogelijkheid van een afrekening. Zou Rita daar ook iets mee te maken kunnen hebben gehad? Dat geld dat jij in bewaring moest nemen...'

'Dat was het geld van Gina.'

'Maar ze wilde toch dat niemand het van haar kon afpakken? Jij vertelde aan mij dat de mensen met wie ze zaken deed het terug wilden hebben. Kunnen die mensen dan later niet naar Rita zijn gegaan? Ze kunnen toch gedacht hebben dat zij die honderdvijftigduizend euro ergens had liggen?'

'Ik heb geen idee wie er nog achter dat geld aan zitten. En wat die zus betreft, misschien deed zij ook zaken met de gasten die Gina hebben vermoord. Dan zou het met haar ook wel eens slecht kunnen aflopen.'

Astrid zou de vraag die op haar lippen brandt nu ook willen stellen, maar ze aarzelt.

'Ik zie aan je gezicht dat je nog iets wil vragen,' zegt Bjorn.

'Ja... Ik vraag me af of Rita echt iets wist van wat er gaande was tussen Gina en jou. En of ze daar met nog andere mensen dan Sietske over heeft gesproken.'

'Heeft Sietske er dan nog iets over gezegd?'

'Nee, maar ik heb het gevoel dat ze er... ach, laat maar. Ik ga het er ook niet meer met haar over hebben, anders denkt ze nog dat het belangrijk voor ons is.'

'Heel verstandig. Laat Sietske zich verder maar bezighouden met Rita bellen. Die neemt vanzelf wel weer een keer de telefoon op.'

'Sietske heeft een sleutel van haar huis. Ik denk dat ze een dezer dagen naar binnen gaat.'

'Ze kan volgens mij beter de politie bellen.'

'Wat denk je dan dat ze daar vindt?'

Hij drinkt zijn kopje leeg. 'Ik denk niets. Ik heb een afspraak met de makelaar en ik ben van plan een bod uit te brengen. En daarna ga ik eens een paar meubelzaken af om me te oriënteren op mijn toekomstige inboedel. Hoe klinkt dat?'

'Doe je dat alleen? Kun je niemand bellen om mee te gaan?'

'Ik ben eraan gewend om dingen alleen te doen,' zegt Bjorn.

'Bjorn raadde je af om zomaar bij Rita naar binnen te gaan. Je weet toch niet wat er is gebeurd. Misschien kun je dat beter aan de politie overlaten,' adviseert ze Sietske als die op het punt staat om te vertrekken.

'Dat had ik zelf ook al besloten, maar toch bedankt voor de goede raad. Dat associeer ik.'

Astrid aarzelt. 'Ik denk dat je bedoelt dat je het apprecieert.'

'Ik moet me ook niet wagen aan moeilijke woorden,' lacht Sietske.

Ze staat nog steeds in de deuropening, terwijl Sietske allang uit beeld is. Ze leunt met haar hoofd tegen de deurpost en probeert een reden te bedenken waarom Bjorn niet gewoon naar de politie zou stappen om te vertellen wat hij weet over Gina. Waarom is hij bang dat hij mensen achter zich aan krijgt als hij praat? Dat wordt toch niet openbaar gemaakt? Zijn uitleg over zijn relatie met Gina klonk heel aannemelijk. Ze vindt het wel onverstandig dat hij zich zo gemakkelijk liet gebruiken om Gina's geld weg te sluizen. Dergelijke transacties zijn aan te tonen en dan komen er alsnog vragen. Heeft hij daar niet aan gedacht? Of denkt hij daar juist heel sterk aan en is hij nu bang dat hij een verdachte wordt als hij ergens over praat?

Benno Manshanden werd ook van het ene op het andere moment een verdachte. Ze rilt bij het idee dat Bjorn urenlang verhoord wordt en iets in zijn schoenen geschoven krijgt waar hij niets mee te maken heeft.

Maar heeft hij er werkelijk niets mee te maken? Was die relatie écht zo onschuldig?

Hij deed heel luchtig over de mogelijkheid dat Rita iets afwist van zijn relatie met haar zus. Te luchtig. En zij had dóór moeten vragen. Ze was zelf nog een graadje erger. Hij deed ook alsof hij niet geïnteresseerd was in wat er nu met Rita aan de hand zou kunnen zijn.

Ze moet meer vragen aan hem stellen, ze kan niet eindeloos blijven toezien. Ze weet dat zijn verhaal niet klopt. Maar wat kan ze doen? Ze kan toch moeilijk zelf naar de politie stappen en hun aandacht op haar zoon vestigen? Dat nooit.

Ze heeft weer hoofdpijn. Dat heeft ze tegenwoordig veel te vaak naar haar zin. Haar nek voelt ook stijf aan. Ze masseert met haar vingertoppen de pijnlijke plekken.

Ze moet iets doen.

63

Ze is al drie keer naar boven gelopen, maar iedere keer weer de trap afgerend. Nu staat ze voor de vierde keer voor de deur van Bjorns kamer. Ze voelt voorzichtig aan de klink. Hij is niet op slot.

De witte sokjes en het slipje met het kanten randje zitten in de envelop. Ze wil ervan af. Hij gaat die dingen zelf maar verwijderen. Binnenkort moet hij zijn eigen huishouden regelen, daar hoort tenslotte ook opruimen bij. Zou ze zich dan eindelijk weer kunnen ontspannen?

Hij heeft de oude raamhorren weer bevestigd. Nu hij toch binnenkort vertrekt hoeft zij zich niet meer druk te maken om nieuwe. Met deze is volgens haar niets mis. Ze bekijkt het gaas en speurt naar eventuele gaatjes. Het gaas is ongeschonden. Toch wilde Bjorn nieuwe horren en zij heeft ze aan hem beloofd. Toegeven was weer eens eenvoudiger dan tegenspreken.

Ze legt de envelop op het bed en kijkt om zich heen. De bovenste lade van de ladekast staat een klein stukje open. Zou hij daar de zegelring in hebben opgeborgen? Of zou hij het ding ergens in het water hebben gegooid? Ze hoopt het.

Ze duwt de lade dicht.

Ze kijkt naar de prullenbak en grijnst als ze de lege wikkels ziet van Marsen, Bounty's en Nutsen. 'Het is een onverbeterlijke snoepkont,' zegt ze tegen de kamer. Ze loopt naar de deur en staat dan plotseling stil. Heel langzaam draait ze zich om en ze laat haar ogen door de kamer dwalen. Haar hart klopt wild.

Opeens staat ze voor de kledingkast.

Nu weggaan, denkt ze. Nu gewoon naar beneden gaan en iets leuks bedenken. Patricia bellen, bijvoorbeeld. Je schoonzus zal niet weten wat haar overkomt. Het is de hoogste tijd om je weer eens sociaal te gaan gedragen.

Ze opent de deur van de kledingkast.

Rechts hangen de jeansbroeken, links de overhemden. Effen hemden, blauw en wit. Ze bekijkt ze een voor een, raakt ze aan. Geen twijfel mogelijk, alleen effen hemden, alleen blauw en wit. Ze klemt de vingers van haar rechterhand om die van de linker en probeert het trillen te bedwingen. De kleren hebben een sinistere uitstraling. Alles in deze kamer heeft iets sinisters. Of verbeeldt ze zich dit alleen? Geeft ze haar achterdocht te veel voorrang op haar gezonde verstand? Sinds wanneer zijn gewone kleren sinister? Wat heeft ze hier eigenlijk te zoeken?

Op de vloer van de kast staan schoenen. En laarzen. Ze bekijkt de zolen een voor een. Het zijn schone zolen, zonder modder.

Nu houdt ze op. Nog even en ze kruipt onder het bed, of gluurt tussen de lakens. Ze moet zich echt beter leren beheersen.

Achter de schoenen lijkt iets te liggen. Dieper in de kast, het is zwart. Ze bukt zich en steekt haar hand uit. Glad, plastic. Er komt een zwarte plastic vuilniszak tevoorschijn. Ze gaat weer op het bed zitten en opent de zak.

Het is goed dat ze zit.

De kleuren dansen voor haar ogen. Blauw en wit, wit en blauw. Zijn het strepen?

Het zijn ruiten.

Er zit een blauw-wit geruit overhemd in de zak.

64

Wat moet ik doen?

Ik zit hier maar naar buiten te staren, auto's te tellen en vogels na te kijken tot ik ze niet meer kan zien. Mijn benen zijn lam, in mijn armen zit lood, mijn hoofd voelt aan alsof het elk moment uit elkaar kan barsten.

Ik wist het.

Er waren signalen die ik herkende. Ze stamden uit een ver verleden en ik heb ze in de loop der jaren leren negeren. Dat moest ik, omdat in de familie waar ik terechtkwam geen plaats is voor intuïtieve gevoelens. Alleen mijn schoonmoeder staat daar een beetje voor open, maar niet meer dan een beetje. In de familie Van Velzen houden we ons bezig met feiten en bewijzen. Met wat er is in het heden en met wat we van het verleden kunnen leren. Met wat realistisch is als het gaat om toekomstplannen. Dat klinkt hard en gevoelloos, maar dat is het niet. Gevoel is er genoeg, dat heb ik al die jaren ondervonden. Gevoel dat echt is en klopt, niet in de steek laat en steunt. Het soort gevoel dat een feit is.

Wat zouden mijn aangetrouwde familieleden doen als ze het overhemd hadden gevonden en de rest van het verhaal hoorden? Er is geen twijfel mogelijk, ze zouden reageren. Vragen stellen, de waarheid eisen en handelen. Als Charles hierachter komt, handelt hij. Ik weet het zeker. Hij zal Bjorn dwingen om uitleg te geven en hem voor de keuze stellen: zelf met de politie praten of het zijn vader laten doen.

Mijn zoon heeft geen geweten.

Charles en ik bespraken dit al toen hij amper uit de luiers was. Toen noemden we het nog dwarsheid en eigenzinnigheid. Toen lukte het ons nog wel eens erom te glimlachen. Toen plaagden we elkaar nog met toespelingen op de mogelijkheid dat ze hem vlak na zijn geboorte in het ziekenhuis met een andere baby hadden verwisseld.

Soms betrap ik mezelf op een wens die ik niet hardop durf uit te spreken.

Is het mogelijk dat iemand geboren wordt zonder geweten? Kan het te maken hebben met het ontbreken van een bepaald gen? Zoiets als het gen dat je in staat stelt in God te geloven? Ik stel mezelf de meest idiote vragen, tegenwoordig.

Sommige vragen blijven me bezighouden, ook al ontwijk ik ze. Ik spreek ze nooit uit, ze zitten diep in mijn brein. Ze geven me het gevoel dat ik dom ben.

Jij had er geen moeite mee om dom te zijn. Jij keerde je als echte Jehova's getuige af van kennis en ontwikkeling die verder ging dan het opdreunen van voorgeschreven teksten. Jij gaf er de voorkeur aan je te richten op het naleven van regels die regelmatig veranderden en de leden van het genootschap dwongen om zich voortdurend aan te passen, waardoor ze slaafse volgelingen werden. Ik heb die regels gewantrouwd vanuit een diepe afkeer en vooral vanuit een sterk intuïtief gevoel. Het gevoel dat er niets van klopte. En dat er ook niets klopte van jou. Je was een overtuigd lid van het Wachttorengenootschap, maar je was een mislukte ouder. Je weigerde je bewust te zijn van je plichten als moeder om bescherming te bieden, warmte te garanderen, liefde te geven. Je negeerde de taak om je kind ruimte te gunnen om op te groeien tot een evenwichtig mens.

Op welke manier heb jij eigenlijk je geweten gesust? Wat heb je jezelf wijsgemaakt?

Ik stel je vragen waarop ik het antwoord al jaren ken, want dat antwoord heeft te maken met de verbondenheid waar jij deel van uitmaakt.

De grote familie waar je lid van bent, de gesloten rijen, de enorme verzameling zwakke personen die zich nergens in verdiepen omdat alleen hersenloos volgen de bedoeling is. Nadat je mij verstoten had, ben je gewoon doorgegaan met je laten voeden door angsten voor kwade krachten zoals demonen. Je bent misschien zelfs nog fanatieker aan de gang gegaan om er zeker van te zijn dat je het Armageddon, die gevreesde vergeldingsdag, zou kunnen overleven. Op grond waarvan zou jij je hebben bekommerd om mij?

Ik heb voor een andere familie gekozen. Nee, dat zeg ik niet goed. Een andere familie koos voor mij. Ze verwelkomden me, namen me op in hun midden en boden me een plek waar ik me thuis kon voelen. Ik hoor bij hen, al bijna dertig jaar. Ik draag hun naam, net als mijn kinderen. Ik ben een volwaardig lid van de groep. Waarom koester ik die conclusie niet zodanig dat jij en de kliek bij wie jij wil horen uit mijn systeem verdwijnen? Ik neem mezelf kwalijk dat het me niet lukt jou te wissen. Misschien is het toch nodig om het plan dat sinds begin juni in me opkwam uit te voeren. Om in de auto te stappen, naar Emmen te rijden en je te bezoeken. Om het verleden definitief op te ruimen. Om je de vraag te stellen die me momenteel voortdurend opzoekt.

Ken jij mijn zoon? Heb je hem op slinkse wijze naar je toe gelokt? Heeft zijn besluit om toch zelfstandig te gaan wonen te maken met iets wat ik beter niet kan weten? Heb je soms de mogelijkheid geroken om van hem een Jehova's getuige te maken?

Over mijn lijk, hoor je me? Absoluut over mijn lijk.

Ik word kwaad om iets wat alleen in mijn bange hoofd bestaat. Intussen weet ik nog steeds niet wat ik precies moet doen.

65

'Bjorn heeft het appartement in de Groetstraat gekocht. Hij belde net om te vertellen dat zijn bod is geaccepteerd. Hij tekent maandag het koopcontract en de overdracht is waarschijnlijk volgende week vrijdag.'

Charles spreidt zijn armen en drukt haar stevig tegen zich aan. 'Zo, dat is goed geregeld. Ben je opgelucht?'

'Ik geloof van wel.'

'Nou, ik weet het wel zeker. Dit moeten we vieren. Zullen we lekker uit eten gaan?'

Astrid aarzelt. 'Het zal de anticlimax zijn, maar mijn maag zit voor mijn gevoel op slot. Zullen we morgen gaan en Don en Patricia meevragen?'

'Dat is een goed idee, ik bel ze straks. Ik neem aan dat onze zoon er een borrel op aan het nemen is?'

'Ik ben bang van wel.'

'Daar hoeven we ons binnenkort niet druk meer om te maken. Er zijn regelmatig alcoholcontroles in Amsterdam en hij kon wel eens heel erg snel na zijn verhuizing tegen de lamp lopen.'

'Als dat dan maar gebeurt voordat hij iemand doodrijdt,' zegt Astrid. Ze slaat een hand voor haar mond. 'Wat een rotopmerking.'

'Hij gedraagt zich rot, As. En wij voelen ons rot omdat we er niets tegen kunnen doen. Hij zal alleen iets leren van een harde confrontatie. En je hebt gelijk: als daar maar niet een onschuldig iemand de dupe van wordt. Wat mij betreft mag hij snel zijn rijbewijs kwijtraken.'

'We zijn wel heel negatief,' zegt Astrid zacht.

'We hadden hem strakker moeten aanpakken,' meent Charles. 'Daar waren we ook best goed mee bezig toen hij net zijn rijbewijs had. Maar door het ongeluk met Meike...' Zijn stem hapert.

'Dat heeft ons leven verschrikkelijk op zijn kop gezet,' vult Astrid aan. 'En ons veel energie gekost.'

'Ontnomen.' Charles heeft zijn stem weer terug. 'Het heeft ons veel energie ontnomen. Zullen we afspreken dat Bjorn zelf verantwoordelijk moet zijn voor zijn leven? Zijn daden?'

Ze zou willen zeggen dat ze niets liever wil dan dat.

Ze zitten net naar het achtuurjournaal te kijken als de telefoon gaat. Charles neemt op en geeft het toestel direct aan Astrid.

Het is Sietske. Ze wil even vertellen dat ze vanmiddag op advies van Bjorn de neef van Rita en Gina heeft gebeld.

Op advies van Bjorn?

Voordat Astrid daar een vraag over kan stellen, gaat Sietske al verder met haar verhaal. De neef blijkt een soort familieoudste te zijn en hij heeft direct actie ondernomen. Hij is naar Rita's huis gegaan en trof een stapel post op de deurmat aan en kranten vanaf zes dagen geleden. De koelkast was gevuld en er zat schoon wasgoed in de droger. Haar auto stond gewoon in de garage en haar mobiele telefoon lag op de trap. Maar van Rita zelf ontbrak elk spoor. De neef heeft de politie gewaarschuwd.

'Dat klinkt niet goed,' zegt Astrid. 'En wat bedoel je met "advies van Bjorn"?' Ze probeert haar stem zo neutraal mogelijk te laten klinken.

'Hij reed achter me toen ik op weg was naar huis en we hebben even gepraat. Hij kende die neef toevallig, ik weet niet precies waarvan. Maar wat maakt het uit? Ik maak me heel veel zorgen om Rita. Sorry dat ik je hiermee lastigval, maar ik moest het even kwijt. Ik vroeg me af of jij eigenlijk nog iets van haar hebt gehoord na de begrafenis van Gina.'

'Ik heb toen een paar keer contact met haar gehad, ze belde mij. Maar na die paar keer niet meer. Het is niet erg dat je belde; ik kan me je ongerustheid goed voorstellen. Laat het nu verder maar aan de politie over.'

'Ik ben zo bang dat zij ook...'

'Bel me even als je meer weet, maar probeer rustig te blijven,' adviseert Astrid.

'Rita, de zus van Gina, lijkt toch spoorloos verdwenen te zijn,' meldt ze als ze de verbinding heeft verbroken.

'Ik dacht al zoiets te begrijpen. Maar wat had Bjorn daarmee te maken?'

'Niets. Hij heeft geprobeerd Sietske goede raad te geven toen ze aan hem vertelde dat ze zo bezorgd was.'

'Hij leert het nog wel eens,' zegt Charles.

66

'Je hebt weer in mijn kast gesnuffeld.' Bjorn staat in de deuropening. Hij is kwaad. En nerveus, dat ziet ze aan de ongecontroleerde bewegingen van zijn mondhoeken.

Charles is een kwartier geleden naar zijn broer gegaan, die hem belde omdat hij hulp nodig had bij het repareren van de buitenkraan in zijn tuin. Ze kan dus vrijuit met haar zoon praten.

'Wat bedoel je met "gesnuffeld"?' Dit is de goede toon. Koel, kalm. Onaangedaan. Híj moet in paniek raken, niet zij. 'Wij gaan eens even een televisieprogramma bekijken. Boven, op de computer. Loop maar voor me uit.'

Hij gehoorzaamt, maar duidelijk niet van harte. Zijn voetstappen dreunen op de trap. Hij trapt de deur open van de kamer waar de computer staat.

Ze doet of ze het niet ziet en zoekt het programma op. 'Zitten!' Ze wijst naar de kruk die naast de tafel staat.

Hij zit stijf als een plank naast haar en beweegt zich niet. Zwijgend bekijken ze samen de uitzending over de parkmoorden. Het moment van de mededeling over het blauw-wit geruite overhemd komt naderbij.

De aftiteling van het programma is begonnen. Ze richt zich op haar zoon en merkt dat hij niet naar het scherm maar naar háár zit te kijken en op een manier waar ze het benauwd van krijgt. Hij staat op en sluit de deur, die op een kier stond. 'Ik denk dat wij eens een goed gesprek moeten hebben,' zegt hij.

Dit is de Bjorn waar mensen snel van terugdeinzen. Zij ook, dat weet ze goed. Het is de provocerende, kille, geladen man die bijna geniaal te noemen is in de manier waarop hij degene die hij als zijn tegenstander ziet taxeert en manipuleert. Het is haar eigen zoon en in dit soort situaties is hij in staat haar te degraderen tot een klein, kwetsbaar meisje.

Ze moet iets doen. Opstaan, zich groter maken, haar voeten stevig op de grond plaatsen. Niet toegeven aan het beklemmende gevoel dat haar gezichtsspieren straktrekt en haar handen laat beven. Ze moet de leiding terugpakken.

'Waar heb je het overhemd gelaten?' fluistert hij.

Ze loopt voor hem uit naar de kelder en schuift de twee grote koffers die onder de trap staan opzij. Ze wijst op de weekendtas die tevoorschijn komt.

'Maak open,' gebiedt hij.

Ze ritst de tas open.

Hij steekt zijn hand uit. 'Geef op.'

Ze kan niet naar hem kijken.

Ze graaft een kuil ergens achter in de tuin. Staat ze hier echt? Het zou zomaar een droom kunnen zijn. Als Charles nu maar niet plotseling thuiskomt. Of zou dat juist moeten gebeuren? Haar gedachten lopen door elkaar heen en vliegen alle kanten op.

Bjorn duwt haar zo hard opzij dat ze haar evenwicht verliest en valt. Ze voelt een pijnlijke steek in haar knie en klemt haar handen eromheen. Ze probeert overeind te komen, maar dat lukt nog niet. Even wachten tot de pijn wat wegtrekt. Beter ademhalen. Geen paniek!

Hij smijt het overhemd in de kuil en strijkt een lucifer af. Daarna nog een. En nog een. Een minuut later staat het hele hemd in brand. Hij trekt haar overeind. 'Kun je weer staan? Niks gebroken? Misschien zijn je botten nog niet poreus. Hoe laat komt papa weer thuis?'

Het is verbijsterend. De luchtige toon die hij aanslaat staat volkomen haaks op de grimmigheid en woede van nog geen halfuur geleden. De manier waarop hij haar ondersteunt zou je zelfs galant kunnen noemen. Ze kijkt naar hem en weet weer eens niet wie hij is.

Nu geen stilte laten vallen, nu echt het heft weer in handen zien te krijgen. 'Wat heb je met die kinderen gedaan, Bjorn? En waarom in godsnaam?' Die vraag verandert alles.

67

'Hij is slim genoeg om de leerstof te kunnen bevatten, maar het lijkt of hij zich afsluit voor kennis.' Dat zei de klassendocent van Bjorn tijdens het laatste gesprek dat Charles en Astrid met hem hadden. Ze kregen het advies hem na de vakantie van de havo naar de mavo te laten gaan. Bjorn lachte hun bezorgdheid weg en zei dat alle havoleraren domme klootzakken waren.

Ze praatte eindeloos op hem in en benadrukte hoe belangrijk het was om een goede schoolopleiding te hebben. Ze nam haar eigen situatie als voorbeeld en probeerde hem duidelijk te maken dat zij zo ontzettend graag naar de havo wilde, maar dat haar moeder de mavo genoeg vond omdat Jehova's getuigen zich tevreden stelden met lage maatschappelijke posities. Ze werd emotioneel toen ze hem voorhield dat ze daardoor pas als moeder van twee kinderen in de avonduren de opleiding kon volgen die ze zo graag wilde doen en dat het haar nooit gelukt zou zijn om haar havodiploma te halen als hun vader en hun oma niet vier jaar lang waren bijgesprongen.

Bjorn lachte haar betoog van tafel.

'Het lijkt of hij nooit tevreden is.' Dat was de regelmatig terugkerende kritiek van Charles. Als hij erg boos op hem was, noemde hij hun zoon een bodemloze put. Ze wist dat het klopte, maar wilde het niet toegeven. Ze probeerde aan de hele wereld te bewijzen dat liefde en aandacht, warmte en veiligheid tot ieder kind zouden doordringen en zeker tot een kind van haar. Zij wist immers zelf het beste wat ze in haar jeugd had gemist. Zij ging het beter doen dan haar moeder; zij had oneindig veel geduld en dat zou uiteindelijk zijn vruchten afwerpen.

Bjorn gaf zelden iets voor haar inspanningen terug.

Er waren talloze incidenten die spanning, afkeer en bezorgdheid opriepen. Vernielingen van speelgoed van de meisjes, lek gestoken banden van de fiets van Astrid, kinderen die opeens niet meer bij hen wilden komen spelen, blauwe plekken op de armen van Meike waar ze geen mededelingen over wilde doen.

Op het moment dat deze herinnering haar bereikt, hapt ze naar lucht. Ze weet een paar seconden niet waar ze is en wie er voor haar staat.

Hij heeft de aarde weer goed aangestampt en houdt haar arm stevig vast.

'Je doet me pijn, Bjorn. Laat me los.' Haar schoonzus vertelde haar eens dat ze altijd een lage stem opzette als ze de kinderen wilde corrigeren. Dat had volgens haar het beste effect. Astrid probeert haar stem een donkere kleur te geven. Het resultaat is een vreemd gebrom, waardoor ze zich belachelijk voelt.

'Praat gewóón,' snauwt hij.

Zijn neus raakt bijna die van haar, ze ruikt zijn adem. De harde blik in zijn ogen is niet om aan te zien. Ze kijkt weg.

Er vliegt een reiger laag over het perk achter in de tuin. Zijn vleugels bewegen zich traag en sierlijk. De manier waarop hij vliegt heeft iets weg van dansen.

'Kijk me aan.'

Ziet ze het goed? Is hij minder zeker van zichzelf dan ze aanvankelijk dacht?

Hij duwt haar een stukje van zich af en laat haar los. 'Ik weet niet wat er is gebeurd. Er zit een gat in mijn geheugen en dat wil ik zo houden. Het heeft geen enkel nut om te proberen erachter te komen. Hoor je me? Geen enkele zin. Er valt niets meer aan te veranderen.'

'Je was daar, in die parken. Eerst in Zaandam, daarna in Amsterdam-West. Zo is het toch?'

'Jij zegt het. Ik weet het niet meer.'

'Je weet anders wel dat je je overhemd moet laten verdwijnen.'

'Ik weet dat jij daarbij was en me niet hebt tegengehouden.'

Astrid staat opeens niet meer stevig op haar benen. Ze wankelt naar het terras en gaat op een van de tuinstoelen zitten.

Hij komt haar achterna en gaat voor haar staan. 'Ik wil niet meer worden tegengesproken, tegengewerkt en zeker niet worden gedwarsboomd. Ik ga in mijn eigen huis wonen en leef mijn eigen leven. Wat ik doe is mijn zaak en van niemand anders. Mijn verantwoordelijkheid en eventueel mijn lol.'

Ze zou willen vragen of kinderen vermoorden lol voor hem is, maar de mogelijkheid dat hij dit werkelijk heeft gedaan vervult haar met afschuw en schakelt haar stem uit. Ze probeert helder na te denken. Dit ziet ze verkeerd, ze trekt foute conclusies. Het zou een goed idee zijn om tegen Charles te zeggen dat ze toch mee wil naar Californië. Ver weg zijn, tot rust komen, orde scheppen in haar verwarde gedachtegang.

Hij buigt zich over haar heen en leunt met zijn handen op de leuning van haar stoel. 'Ik heb besloten niet meer naar een park te gaan. Laat dat een geruststelling voor je zijn.'

De woorden komen uit haar tenen. 'Je hebt hulp nodig. Je moet zorgen dat je hulp krijgt.'

'Ik moet niets,' zegt hij.

Binnen rinkelt ergens een telefoon.

68

Ik las een tijd geleden iets in de krant waar ik nu steeds aan moet denken. Ik herinner me de letterlijke tekst. 'De mensheid is een massa tobbers die uit pure radeloosheid allemaal in een verschillend sprookje geloven. En het komt nooit meer goed.' Dat ging over geloven, maar op dit moment gaat het alleen over mij. Het lijkt of iemand die woorden heeft uitgesproken omdat ze door mij gelezen moesten worden. Ik ben een tobber, al jaren. Ik ben radeloos, al eeuwen. En ik geloof al zolang ik leef in het sprookje van gerechtigheid en vrede. Met mij komt het nooit meer goed.

We hebben niet opgelet. Er waren signalen, waarschuwingen, interventies, irritaties. De uitspraken die betrekking hadden op het gedrag van Bjorn waren straight *genoeg.*

We hebben niet goed geluisterd. Ik zeg het verkeerd. Ik heb niet goed geluisterd. Ik koos ervoor hem altijd te verdedigen, bondjes met hem te sluiten, de mantel der liefde wijd uit te spreiden. Ik slikte mijn irritatie in, stopte mijn woede diep weg, hield me doof en blind voor ontegenzeggelijke feiten. Ik was de kloek, de veilige haven, de rots in de branding die overal een draai aan gaf.

Ik wilde de onvoorwaardelijke tegenstelling zijn van mijn eigen moeder en vandaag kom ik tot de conclusie dat ik goed beschouwd precies hetzelfde ben. Ik heb door mijn nooit aflatende trouw aan mijn oudste kind dat kind volledig in de steek gelaten, en de gevolgen zijn niet te overzien.

Het was een opluchting voor me dat de telefoon ging en Charles zich meldde. Hij was vrolijk en vertelde gierend van de lach dat ze de familie in Californië uit bed hadden gebeld. Even niet aan het enorme tijdverschil gedacht. Foutje. Wat een lol.

Ik probeerde ook te lachen.

Ik probeer altijd te lachen als het erop lijkt dat dit van me wordt verwacht.

Don en Patricia willen ook naar Californië. Ze hebben met Jolien gesproken, waar ik natuurlijk de hartelijke groeten van moest hebben. En of ik even mijn mail wilde lezen en antwoord wilde geven.

Ik kan me niet voorstellen dat ik het zeg, maar het is werkelijk waar dat Jolien sinds ze vertrok uit mijn gedachten is verdwenen. Alle ruimte is door haar broer in beslag genomen. Ik lijk wel door hem behekst.

Is hij werkelijk een moordenaar? Ik durf de vraag nauwelijks hardop uit te spreken en kan mijn eigen woorden niet goed verstaan. Het klopt niet, het mag niet.

Het kan niet.

Stel me gerust. Zorg voor een gedachte, een teken, desnoods een nieuwe tekst in een krant en verlos me van die treiterige maagpijn en die hartkloppingen. Doe iets! Doe eindelijk eens iets voor mij, word eens een keer de moeder die je had moeten zijn. Verzwijg het voor je Jehovakliek en wees gerust: ik zal er nooit over praten.

Ze hebben al geboekt via internet en vertrekken over vijf dagen. Charles, zijn broer en schoonzus. Ik ga niet mee. Ik heb tegen Charles gezegd dat ik echt in de buurt wil blijven als Bjorn de koopakte tekent en voorbereidingen treft voor zijn verhuizing. Hij probeerde me niet eens over te halen en stelde ook geen vragen. Misschien zou ik hém juist vragen moeten stellen.

Mijn zoon is geen moordenaar. Hij was toevallig op het verkeerde tijdstip in de buurt van de verkeerde plek. Hij had ook toevallig het ver-

keerde overhemd aan. Waarom zou ik precies weten wat hij koopt? Ik was zijn kleren en hang ze in zijn kast. Ik heb nooit de voorraad geïnspecteerd, totdat ik toevallig een roze jurkje vond. Toen was ik toevallig op het verkeerde tijdstip op de verkeerde plek.

Zulke dingen gebeuren.

Wat is er met me aan de hand? Wie wil ik overtuigen en waarom?

Hij zei dat hij besloten had niet meer naar een park te gaan, ter geruststelling van mij. Met die woorden heeft hij me doodsbang gemaakt.

Hij is een zwakke man met een wispelturig karaker die zich snel bedreigd voelt en geen vriendschappen kan aangaan. Hij is een eenzame ziel die bescherming nodig heeft.

Van mij.

Van wie anders?

69

De stemming is uitgelaten en het lukt haar vrolijk te doen. Charles heeft al twee keer gevraagd of ze het niet erg vindt dat hij haar drie weken in de steek laat en ze heeft al twee keer geantwoord dat ze nu eens ongestoord haar gang kan gaan.

'Met wie?' wil Don weten.

'Don toch,' berispt Patricia hem. 'Van wie je ook illegale escapades kunt verwachten, toch niet van Astrid?'

'Je kent haar niet,' grapt Charles.

Ze naderen de afslag Schiphol. Astrid is opgelucht. Deze komedie is moeilijk vol te houden en ze verlangt naar een stille auto en een snelle terugrit. Het kan haar niet snel genoeg avond worden. De vragen die ze aan Bjorn wil stellen heeft ze opgeschreven. Dat leek haar een goed idee, omdat haar hersenen steeds leeglopen als ze hem ziet. Hij heeft zich de afgelopen tijd van zijn positieve kant laten zien en vooral ten opzichte van zijn vader. Charles stelde vanmorgen nog met een tevreden klank in zijn stem vast dat Bjorns besluit om toch dat appartement in de Groetstraat te kopen wel eens een ommekeer zou kunnen betekenen.

Charles is net zo'n radeloze, in sprookjes gelovende tobber als zij. Hij heeft het alleen zelf niet in de gaten.

Ze heeft niets tegen hem gezegd. Ze zou ook niet weten wat ze precies had moeten vertellen en vooral niet hoe ze het had moeten formuleren. Hoe vertel je aan een goudeerlijke, hard werkende en door en door fatsoenlijke man dat zijn zoon iets te maken schijnt te hebben met moorden die iedere vader persoonlijk moordzuchtig zouden maken? Hoe leg je uit dat hij zijn kapitaal illegaal heeft verkregen? Hoe verklaar je dat je daarover zelf hebt gezwegen?

Ze had ervoor kunnen zorgen dat hij het geld teruggaf aan de vrouw die er recht op had. Maar waar is die vrouw?

'Je rijdt te ver,' waarschuwt Charles. 'Waar zit je met je gedachten? Wel opletten, hoor.' Hij raakt haar arm aan.

Ze wil niet worden aangeraakt en ze probeert zijn hand te ontwijken.

'Volgens mij rij je nu ook een parkeerplaats voorbij,' zucht hij.

Ze heeft verschillende keren herhaald dat ze goed op zichzelf zal passen en beloofd dat ze zal bellen als daar ook maar de geringste aanleiding toe is. Vlak voordat ze afscheid namen was ze even bang dat Charles zich had bedacht en mee terug zou gaan naar huis. De ongeruste blik in zijn ogen kwam in de buurt van ernstige twijfel, maar gelukkig sleepte zijn broer hem mee en doorbrak op die manier de penibele situatie.

Als ze wegrijdt, geeft ze direct stevig gas. Ze wil Schiphol zo snel mogelijk achter zich laten. Over drie weken zien ze haar hier wel terug, eerder niet. Ze heeft drie weken de tijd, maar ze weet niet waarvoor. De opluchting die zich aandiende toen ze terugliep naar haar auto, verdwijnt even snel als hij gekomen is. Ze is weer even onzeker als voorheen.

Heeft ze werkelijk gedacht dat een tijdelijke afwezigheid van Charles het eenvoudiger zal maken om oplossingen te bedenken? Ze ziet op de snelheidsmeter dat ze veel te hard rijdt en denkt aan het meisje dat over de bekeuring kwam praten. Zou dat meisje nog leven? De vraag beneemt haar bijna de adem. Ze haalt haar voet van het gaspedaal en klemt haar handen om het stuur. 'Help me,' smeekt ze en ze schrikt van haar eigen stem. Ze gaat snel op de rechterbaan rijden.

De envelop zit in haar tas. Vanmorgen heeft ze besloten hem mee te nemen. Hij lag twee dagen geleden 's morgens opeens op het aanrecht, nadat Charles en Bjorn vertrokken waren naar de garage. Er zat een klein briefje op, dat was vastgezet met een rode paperclip. Er stond maar één zin op het briefje.

Zorg jij ervoor dat dit verdwijnt?

Het leek een verzoek, maar het voelde aan als een opdracht.

Hoewel ze natuurlijk heel goed wist wat erin zat, heeft ze de envelop toch opengemaakt. Haar hart klopte wild toen ze de inhoud inspecteerde. Ze voelde een vreemd soort opluchting toen ze zag dat er niets anders in zat dan de witte sokjes en het slipje en ze realiseerde zich dat ze bang was geweest voor nog meer kledingstukken, nog meer sporen van kleine meisjes die niet meer leefden.

Toen Bjorn vanmorgen afscheid nam van zijn vader, negeerde hij haar. Het was een afscheid zoals mannen dat doen. Onbeholpen omhelzingen, op elkaars schouder slaan en een por in de maag geven.

Stoer, zogenaamd zonder emotie. Hij floot schel toen hij naar zijn auto liep en op dat moment heeft zij besloten dat ze niet gaat doen wat hij van haar verwacht. Ze ruimt niets op, ze maakt geen bewijzen zoek, ze laat zich niet verder medeplichtig maken.

Het besluit overviel haar en ze begrijpt er niets van. Het lijkt of iets buiten haar eigen wil haar stuurt, of ze tegen zichzelf beschermd moet worden. En in plaats van zich daar goed bij te voelen, is ze bevangen door twijfel. Ze kijkt naar haar tas, die op de passagiersstoel staat. Ze zou willen dat er nooit sprake was geweest van een envelop die moet worden opgeruimd.

Nol wijst naar een plek achter in de garage en ze ziet dat Bjorn onder een brug staat te werken. Hij heeft haar niet zien aankomen en zal ook weinig horen, want het geluid van de radio vult de hele ruimte. Pas als ze vlak naast hem staat, krijgt hij haar in de gaten. Hij maakt een onwillige beweging met zijn hoofd, die kan betekenen dat hij niet weet wat ze komt doen, maar ook dat hij wil dat ze weer weggaat. Ze maakt een uitnodigend gebaar in de richting van de deur. Hij weigert. Ze ziet dat Nol naar hen kijkt en ze wijst naar haar oor. Hij heft zijn hand op en loopt naar binnen. Het geluid van de radio verstomt.

Nol is in het kantoor. Ze moet snel handelen.

'Wat kom je doen?' wil Bjorn weten.

Ze opent haar tas en haalt de envelop tevoorschijn. 'Ik vind dat je dit zelf moet opruimen en mij er niet bij mag betrekken. Je hebt beloofd dat je niet meer...' Ze kan geen woord meer uitbrengen. Ze had willen zeggen dat hij beloofd heeft niet meer in een park te komen, maar ze weet zeker dat ze gezegd zou hebben dat hij beloofd heeft geen meisjes meer van het leven te beroven. Terwijl ze zich bewust wordt van die tekst, overvalt haar een verschrikkelijk gevoel. Het is een mix van woede, onmacht, verdriet, afkeer, medelijden en veroordeling. Van liefde en haat. Het is een gevoel dat ze niet wil hebben.

Ze reikt hem de envelop aan.

Hij maakt geen aanstalten hem aan te nemen. 'Ik had er een briefje bij gedaan met een vraag.'

'Het leek mij eerder een opdracht, Bjorn. Pak aan, ik meen het. Regel je eigen zaken.'

'Nee. En ja.'

'Wat bedoel je?'

'Ik bedoel: nee, ik pak hem niet aan. En ja, het was een opdracht.' Hij buigt zich naar haar toe. 'Zorg dat dit verdwijnt.'

Nu volhouden, prent ze zichzelf in. Laat je nu niet gebruiken.

Hij gaat te ver, je kunt de situatie niet meer in de hand houden. Ga op de rem staan, al is het alleen je eigen rem. Zak niet dieper het moeras in.

Ze laat de envelop op de grond vallen, draait zich om en loopt naar buiten. Op het moment dat ze in haar auto stapt, staat hij naast haar. Hij smijt de envelop langs haar, op de passagiersstoel.

'Ik zei: zorg dat dit verdwijnt, en ik meen het. Werk me niet tegen. Anders...'

Ze gespt de autogordel vast en concentreert zich op de bewegingen van haar handen. Die zouden wel wat minder mogen trillen. Ze probeert direct te vergeten wat hij net heeft gezegd. Maar de dreiging die hij opwekt maakt dat ze de vraag die in haar opkomt toch stelt. 'Anders wat?'

Hij is al weg.

70

Ze zou de auto even aan de kant kunnen zetten en de envelop in de afvalbak gooien die rechts van de parkeerplaats staat. Het ding puilt uit, maar er valt vast nog wel iets tussen te proppen.

Ze rijdt door.

Haar mobiele telefoon begint te rinkelen en het geluid gaat direct over op de microfoon van de carkit. Het is Charles. Hij wil weten waar ze is en even zeggen dat hij haar nu al mist. 'Je had mee moeten gaan. Waarom heb ik daar niet meer op aangedrongen? Bjorn regelt de koop van dat appartement ook wel zonder jou. Toch? As, ik zou het echt heerlijk vinden als je ook komt, al is het maar voor twee weken.'

'Ik kijk wat ik kan doen,' belooft ze. 'Maar ga jij nu eens lekker genieten en maak je geen zorgen om mij.'

Op de achtergrond hoort ze Don iets roepen.

'Don zit nu aan de kaassoufflés,' meldt Charles. 'Hij eet zijn vliegangst weg. Ik bel je zodra we er zijn. Goed?'

De envelop gaapt haar aan.

'Ben je er nog? Kus.'

'Kus,' zegt ze gehoorzaam.

Opeens weet ze wat ze met de envelop gaat doen.

Er zit een bumperklever achter haar. Ze tuurt in de achteruitkijkspiegel en probeert te ontdekken of het een man of een vrouw is. Het lijkt iemand met een pet op. Waarschijnlijk een man.

Ze richt haar blik weer op de weg. Laat die gek zijn gang maar gaan, ze let gewoon niet op hem. Als hij op haar auto botst, is het zijn schuld.

Dit is al de derde keer in korte tijd dat het gevoel haar overvalt. Nu komen de ogen die naar haar gluren uit de auto achter haar. Ze priemen in haar achterhoofd, ze dwingen haar om steeds weer in de spiegel te kijken. Hij draagt opeens een zonnebril.

Wie is dit?

Niets, niemand. Geen bekende. Een hinderlijke gek, meer niet.

Ophouden met deze opwinding!

De auto achter haar geeft richting aan naar rechts en verdwijnt op de afslag naar Haarlem.

Ze wil de gezichten niet zien, maar ze blijven voor haar opdoemen. Het zijn vrouwen, onbekende vrouwen. Toch heeft ze het gevoel dat ze ze kent. Ze kijken verwijtend naar haar. Hun ogen staan boos. Nu huilen ze ook nog. 'Verdwijn,' sist ze.

Ze nemen de voorruit in beslag.

Astrid zet de ruitenwissers op hun hoogste stand. Het rubber bonkt tegen het glas. Dit slaat echt nergens op.

De vrouwen zitten naast haar, dringen zich aan haar op. Opeens begrijpt ze wie het zijn. Ze herkent de gezichten van de kleine meisjes die op de televisie werden getoond.

Nu huilt ze zelf ook. 'Ik weet heus wel wat het betekent om een kind te verliezen,' snikt ze. 'Ik ken de pijn, ik kan de woede en de onmacht beter dan wie ook beschrijven. Ik kan ook niet ophouden met wanhopig zijn. Het gaat nooit over; het gemis is een tweede huid geworden.'

De vrouwen zijn weg, de kinderen ook.
Ze weet dat ze moet handelen.
Ze weet het.

71

Ze heeft gewoon gekookt en dekt de tafel voor twee personen. Ze verwacht dat hij niet buiten zal willen eten, omdat het risico van een wesp in de buurt al vanaf juli altijd een halszaak wordt. Vandaag geen discussies over dit onderwerp, heeft ze besloten. Ook geen discussie over welk ander onderwerp dan ook. Er gaat gepraat worden.

Ze hoort hem klokslag halfzes het erf oprijden en luistert scherp naar de manier waarop hij de deur van de auto dichtdoet.

Geen klap.

Nu de voordeur.

Die sluit hij bijna geruisloos.

Hij komt de kamer in en heeft een grote platte doos bij zich. 'Voor jou,' zegt hij. 'Omdat je me steunt en om alvast te vieren dat ik morgen een appartement heb. Of was je vergeten dat morgen de overdracht bij de notaris is?'

Ze kijkt naar hem en ziet momenten als nu aan zich voorbijgaan. Momenten die ze koestert en die haar altijd overtuigd hebben van het feit dat hij ook goede kanten heeft. En dat hij kwetsbaar is.

Hij duwt de doos in haar handen. 'Chocolade. Merci, die vind je toch lekker? Sorry dat ik zo lullig deed in de garage. Geef de envelop maar terug, ik zal hem zelf opruimen.'

'Hij is al weg.' Ze probeert te bedenken wat ze zal antwoorden als hij vraagt waar ze hem heeft gelaten.

'Wat eten we?' wil hij weten.

'Nol vertelde vandaag iets over een van zijn neven, die ook zwaar allergisch is voor wespen. Hij heeft zich laten behandelen en dat scheen toch erg mee te vallen. Zodra ik in de Groetstraat woon, ga ik op zoek naar een huisarts en dan regel ik het.'

Leve Nol, denkt Astrid.

De gezichten van de moeders en de meisjes komen weer tevoorschijn. Astrid knijpt haar ogen dicht en dwingt zichzelf te denken aan de vragenlijst die ze heeft opgesteld.

Bjorn raakt haar hand aan. 'Je luistert niet, ik vroeg je wat.'

Ze legt haar bestek neer. 'Het gaat nu even niet over wat jij mij te vragen hebt, het gaat juist om de vragen die mij bezighouden. Je vader zit in het vliegtuig, je zus is ook buiten bereik en nu zijn het jij en ik. Wij hebben het een en ander te bespreken, Bjorn.'

Hij rijgt een paar slablaadjes aan zijn vork.

Het liefst zou ze direct ter zake komen en de aanval openen. Maar het gaat nu om Bjorn en die is gespecialiseerd in defensief gedrag. Ze moet voorkomen dat hij zich verschanst achter nietszeggende antwoorden of boos wegloopt. Ze moet hem juist zover zien te krijgen dat hij zich veilig waant en onvoorzichtig wordt.

Ze denkt snel na. Hij zat net met zijn eten te spelen. Dat betekent dat hij zich onzeker voelt. Ze kent dit gedrag en ze weet ook op welke manier ze het kan beantwoorden. 'Wil je een vlaflip?' vraagt ze.

Haar volwassen zoon van achtentwintig jaar begint te stralen.

Haar schoonmoeder heeft in een nostalgische bui wel eens tegen haar gezegd dat kinderen eigenlijk nooit groot zouden moeten worden. Als Bjorn naast haar staat en aanwijzingen geeft over hoeveel siroop, vla en yoghurt er precies in het glas moet, overvalt haar een soort heimwee naar de tijd toen hij nog haar enige kind was. Geen gemakkelijk kind, maar toch...

'Ik maak er een voor jou,' beslist hij. 'Niet tegenspreken en niet zeuren dat je er dik van wordt. Jij wordt niet dik, dat zit niet in je genen.' Hij heft zijn hand op. 'Hoor je dat? De telefoon. Ik neem wel even op.'

Ze hoort hem enthousiast roepen dat het eens tijd werd dat ze iets van haar hoorden en constateert dat het Jolien is die belt. Hij lacht.

De aanblik van de vlaflip maakt haar misselijk.

Hij roept haar; Jolien wil met haar praten.

Er is alweer een uur voorbij en ze komen niet verder dan napraten over het gesprek met Jolien. Ze was helemaal enthousiast over Californië en heeft voor de verandering eens geen enkele vraag gesteld. Dit schiet niet op. Ze zal het gesprek toch echt een andere wending moeten geven, anders verdwijnt hij dadelijk naar zijn kamer.

Als er even een stilte valt, grijpt ze haar kans en begint ze over het meisje dat vermoord werd in de snackbar.

'Nee toch?' zucht Bjorn. 'Moeten we het daar nu nog een keer over hebben? Wat hebben wij nou te maken met die griet? Houdt ze je bezig omdat ze een trouwjurk bij je heeft gekocht? Hou er toch eens over op. Dat mens is dood en begraven. Dat komt ervan als je je eerst de hersens laat inslaan en je daarna ook nog even laat wurgen.' Hij staat op. 'Ik sterf van de dorst en neem een pilsje. Jij zeker iets fris?'

Ze werpt hem een ijzige blik toe en ziet dat hij daar onzeker van wordt.

'Zeg, kijk niet zo eng. Wat is er? Heb ik weer iets verkeerds gezegd?'

'Hoe weet jij dat ze eerst bewusteloos is geslagen en daarna gewurgd?'

'Dat stond in de krant.'

'Nee, dat stond niet in de krant. Dat is juist met opzet niet naar buiten gebracht.'

'Hoe weet jij dat dan? Heb je soms geheime connecties met de politie? Weet papa daarvan?'

'Ik heb een gesprek gehad met de verloofde van die vrouw en hij heeft me in strikt vertrouwen verteld op welke manier ze is vermoord. Het heeft niet in de krant gestaan. Dus nogmaals: hoe weet jij dat?'

Zijn gezicht vertrekt. 'En het was zo gezellig.'

72

De messen worden geslepen. Astrid vraagt zich af wie van hen het grimmigst is en constateert dat ze niet voor elkaar onderdoen. De sfeer heeft een draai van honderdtachtig graden gemaakt. De kamer is veranderd in een hol. Ze zitten met gekromde ruggen tegenover elkaar.

Nu is gebeurd wat ze wilde dat zou gebeuren. Hij heeft zich versproken en haar duidelijk gemaakt dat hij iets te maken heeft met de dood van Evita Fransen. Zijn bijna achteloze mededeling over de onbekende details was te overtuigend om het nog langer te kunnen ontkennen. Er is geen weg meer terug, ze zal moeten handelen.

'Wat drijft jou om alles wat ik doe te willen uitpluizen?' Hij spuugt de vraag bijna uit. 'Waarom ben je zo veranderd? Hoe komt het dat je opeens mijn vijand bent?'

Ze zou hem bijna gaan tegenspreken, maar ze bedenkt op tijd dat een discussie het enige is wat hij wil en dat zij daar vrijwel zeker als verliezer uit zal komen. 'Je bent zelf begonnen,' zegt ze. 'Met uitdagen. Enveloppen sturen, een ring laten vinden. Je hebt me zelf op een spoor gezet en nu wil ik alles weten. Zo simpel is het. Dus nogmaals: hoe weet jij op welke manier Evita Fransen is vermoord?'

'Je vergeet het roze jurkje,' schampert hij.

Ze haalt zo geruisloos mogelijk diep adem. Het jurkje ligt

voor haar op tafel. Ergens in de kamer is Meike. Die moeders duiken ook alweer op. Astrid sluit haar ogen en smeekt in gedachten om hulp.

Bjorn staat op. 'Ik haal nu eerst iets te drinken.'

Ze hoort de deur van de koelkast open en dicht gaan. Gerinkel van glazen. Het sissende geluid van een fles die geopend wordt. Gewone geluiden die in een normaal gezin thuishoren. Ze zijn geen normaal gezin.

Hij gaat weer tegenover haar zitten. 'Jij had mij nooit moeten vertellen dat die vrouw mij herkende. Als ik dat niet had geweten, zou ik natuurlijk niet achter haar aan zijn gegaan. Dan was ze hooguit een risico gebleven, maar wel een risico waar ik geen last van zou hebben gehad. Nu begon ze te spoken in mijn hoofd. Ik kan niet tegen spoken in mijn hoofd, ik word daar onrustig van. Dat weet jij. Dus het is jouw schuld.'

'Wat is mijn schuld?' Hij moet het zeggen. Hij zál het zeggen.

'Alles is jouw schuld. Over welke dode zullen we het nu eens hebben? Wat dacht je van Gina? In die zaak vertrouw je mij toch ook niet? Of wil je liever weten wat er met haar zus is gebeurd? Je kunt ook naar de politie lopen en ze achter me aan sturen. Waarom doe je dát niet? Hoef jij je verder niet bezig te houden met vragen waar je toch geen antwoord op krijgt.' Hij staat op.

'We zijn nog niet klaar,' zegt Astrid.

'We? Spreek voor jezelf. Ik ben klaar met dit gesprek. Helemaal klaar zelfs. Je moet me met rust laten.'

'Ik kan ook je advies opvolgen en de politie inschakelen.' Dit wilde ze niet zeggen. Ze wil niet dreigen, niet ruziemaken, zijn woede niet opwekken. Toch doet ze niets anders. 'Luister, Bjorn. Jij weet net zo goed als ik dat er dingen gebeuren die niet kunnen. Je hebt jezelf totaal niet meer in de hand. Laten we proberen hier samen uit te komen.' Misschien is dit de beste strategie. Een voorstel, een handreiking.

‘Wij samen? Kom nou, zeg. Hoe dan? Ik vertrouw je niet.’

‘Je kunt me vertrouwen. Door een streep te zetten en opnieuw te beginnen.’ Zegt ze dit echt? Wat is er met haar gebeurd?

‘Dat wordt dan een erg dikke streep.’ Hij lacht. Onaangedaan.

Sluw.

‘Er valt niets te lachen. Er valt alleen te praten en afspraken te maken.’

‘Laat me met rust en dwing me niet om jou ook...’

Er valt een beklemmende stilte.

Ze kan niet meer naar hem kijken.

73

Toen deze zolder nog alleen zolder was en de dakkapellen net waren geplaatst, zat ik hier al regelmatig. Hier kon ik de stilte het beste horen, haar proeven, er deel van uitmaken. Hier kon ik mijn gedachten volledig hun gang laten gaan. Sinds de bruidsjurken er hangen, is hier iets gebeurd. De stilte is veranderd. Aangetast. Desondanks is het nog steeds de enige plek in huis waar ik wil zijn als ik tot rust moet komen.

Ik ben pas naar boven gegaan toen ik zeker wist dat Bjorn was vertrokken. Toch heb ik de deur van de zolder wel zes keer gecontroleerd en fluister ik. Praten en alles wat ik vertel vastleggen is een optie geworden die te maken heeft met verzamelen van bewijslast. Die gedachte kwam in me op toen hij de woorden uitsprak die ik nooit uit zijn mond had verwacht. Hij maakte zijn zin niet af, maar hij zei voldoende om me te laten beseffen dat niemand veilig is voor hem. Ook ik niet.

Zelfs ik niet.

Ik kan niet eindeloos doorgaan met toekijken. Ik kan niet ongestraft weten wat ik weet en zwijgen. Ik kan het ongeleide projectiel dat mijn zoon blijkt te zijn geworden niet langer zijn gang laten gaan.

Tot nu toe heb ik steeds getwijfeld aan zijn schuld; ik had nergens bewijs voor, ik verweet mezelf te veel achterdocht en schaamde me voor de verdachtmakingen die ik verzon.

Ik worstelde met mijn loyaliteit en wilde vertrouwen in plaats van wantrouwen. Ik trok me terug op deze zolder om jou aan de schandpaal te nagelen en op die manier mijn gram te halen. Ik concentreerde me vooral op het feit dat je naliet om mijn welzijn boven de trouw aan je sekte te stellen. Maar dat is slechts een deel van het verhaal en niet het belangrijkste deel.

Het belangrijkste deel krijg ik nog steeds niet uit mijn strot.

De vader van Charles was de eerste die openlijk tegen ons zei dat er volgens hem iets niet goed zat met dit kind. Ik weet nog wanneer dat gebeurde en waar. Het was op de verjaardag van mijn schoonmoeder en we zaten in de tuin. Het was hartje zomer, een warme dag. Bjorn was vier en ik was net zwanger van Jolien. We wilden hem dit nog niet vertellen, omdat we niet goed konden inschatten hoe hij zou reageren. Mijn schoonvader was van mening dat we te veel rekening hielden met de kuren van onze zoon. Hij was daar heel duidelijk over en waarschuwde ons voor de onberekenbaarheid van Bjorn. Hij zei dat Bjorn een gevoelsbodem miste. Ik heb dat woord vaak in gedachten herhaald.

Gevoelsbodem.

Welke bodem? Van welk gevoel?

Toen hij na die eerste verschrikkelijke maanden eenmaal was opgehouden met huilen, hield hij soms urenlang een van mijn vingers vast, tot hij in slaap viel. Hij wilde dagen achter elkaar niets anders dan bij mij op schoot zitten. Hij kroop dicht tegen me aan als ik hem in de box wilde leggen. Ik voelde me schuldig als ik hem iets weigerde, ik voelde me schuldig als ik hem zijn zin gaf, ik voelde me schuldig als ik aanstuurde op een compromis. Ik voelde me altijd schuldig en machteloos.

Toen Jolien eenmaal geboren was, ging Bjorn zijn eigen gang. Hij was niet afwerend tegenover zijn zusje maar ook niet in haar geïnteresseerd. Charles zei dat de baby te klein was om een bedreiging voor hem te zijn. Hij ging op vrije dagen met hem midgetgolfen en bouwde op zolder hele Legosteden met hem. Steden met vreemd gevormde huizen, want Bjorn wilde altijd afwijken van de voorbeelden.

Op de basisschool was hij lid van een vriendengroep, maar hij had nooit een boezemvriend. Op de middelbare school was er zelfs geen sprake meer van vriendengroepen. Persoonlijke vriendschappen vond hij ballast. Toen hij een jaar of veertien was, waagde ik het te proberen hem ervan te overtuigen dat een vriend iets kon toevoegen aan zijn leven. Hij vroeg waarom ik dan zelf geen vriendinnen had.

Hij wist precies op welke manier en met welke teksten hij me raken kon. Hoe hij me onderuit kon halen. Ik ken niemand die me zo woedend kan maken als Bjorn. Niemand die me zo heftig kan laten reageren. Als het tussen ons escaleerde, was ik altijd degene die het goedmaakte. Als het tussen Bjorn en Charles stevig botste, was ik altijd de enige die Bjorn ertoe kon brengen zijn excuus aan te bieden. Daarna ging voor hem het leven gewoon verder en had ik een paar dagen last van mijn maag.

Waarom zeg ik dit allemaal? Jij bent geen vertrouwenspersoon voor mij. Bij jou valt helemaal niets te halen. Zelfs al zouden wij nu nog contact met elkaar hebben, dan zou dat niet betekenen dat we iets konden delen, tenzij het betrekking had op het bezoeken van vergaderingen en het navolgen van alle belachelijke geboden. Onze gespreksonderwerpen zouden alleen in het teken staan van taken die we als kanaal van God moesten uitvoeren.

Kanaal van God.

Hoe is het mogelijk dat ik het nog uit mijn strot krijg?

Ik kreeg eergisteren een mailbericht met een foto. Het kwam van de vrouw die ruim een maand geleden een bruidsjurk kwam kopen met haar dochter. De vrouw van de wandelclub. Ze mailde dat het een fantastische dag was geweest en de jurk een succes. Ze had mijn bedrijfje bij iedereen aanbevolen. Ik kreeg vele groeten van de andere leden van de wandelclub. Ze zouden me allemaal graag weer eens willen zien.

Het zijn trouwe meiden, dat kun je wel zeggen. Ze vergeten me niet, ook al ben ik al vijf jaar niet verschenen.

Vijf jaar, het lijken er honderd. Een eeuw van afwezigheid, van wegduiken voor de werkelijkheid, van onderduiken in ontkenning.

Dit ex-kanaal van God heeft vijf jaar niet opgelet en de gevolgen zijn desastreus.

74

De albums staan op de onderste plank van de boekenkast. Een album per kind. Astrid bladert in dat van Bjorn en probeert een foto te vinden waarop hij recht in de camera kijkt. Als ze bij de laatste bladzijde is, begint ze opnieuw. Ze moet er een gemist hebben.

Ze slaat het album dicht en staart voor zich uit. Op een van de laatste foto's keek hij bijna in de camera, maar hij wist dat gevreesde oog toch te ontwijken. Hij verzette zich vaak als ze foto's wilden maken, want dat vond hij eng. Hij dacht dat er vanuit het fototoestel iemand naar hem keek.

De albums van Jolien en Meike zijn van de eerste tot de laatste bladzijde gevuld. Er liggen zelfs losse foto's in, waar geen plaats voor was maar die ze toch wilde bewaren.

Ze zet de albums terug in de kast en ziet dat het al middernacht is. Ze moet gaan slapen; om acht uur staat Sietske voor de deur. Ze brengt de kussens van de tuinstoelen naar de schuur en zet de stoelen recht. Daarna sluit ze de tuindeuren en controleert ze of de keukendeur op slot zit. Ze overweegt of ze de voordeur op het nachtslot zal doen. Dan kan Bjorn er niet in en moet hij haar wakker bellen. Dat moet dan maar. Ze weet niet eens of hij thuiskomt en ze laat haar slaapkamerdeur openstaan, dan kan ze de bel horen. Haar vingers trillen als ze de sleutel van het nachtslot omdraait. Ze doucht zich snel en gaat op de plek van Charles liggen.

Het geluid is eerst nog heel ver weg, maar het komt snel dichterbij. 'Wat een verschrikkelijk geluid is dit,' zegt ze tegen Charles.

Hij leest de krant en kijkt niet op.

'Hoor je het niet? Het lijkt wel een ambulance. Of de brandweer? Politie? Wat een rotgeluid.'

'Ik hoor niets,' zegt Charles. 'Je hebt het je verbeeld. Je kijkt te veel naar politieseries.'

Het geluid is nu op hun erf. Ze vliegt overeind, maar het lukt haar niet om een stap te verzetten. Er zijn buiten voetstappen te horen. Snelle voetstappen. Lichte voetstappen.

'Meike komt eraan,' bromt Charles. 'Dat hoorde je, het was Meike.'

Ze grijpt het voorwerp dat het dichtstbij staat. Het is een glazen vaas. Ze smijt hem in zijn richting en ziet hem uit elkaar spatten tegen de muur. 'Klootzak!' schreeuwt ze. 'Verdomde klootzak dat je bent! Je weet dat het Meike niet kan zijn! Ik haat je!'

'Doe de deur eens open, ik word gek van die bel.' Hij duikt weer achter zijn krant.

Ze strompelt naar de gang en opent de voordeur. Er staat een man op de stoep.

'Wie is het?' roept Charles vanuit de kamer.

'Jij bent net als ik een kanaal van God,' zegt de man.

Ze wordt wakker van haar eigen gehijg. Ze gaat rechtop zitten, grijpt het laken vast en veegt de zweetdruppels van haar voorhoofd. Daarna laat ze zich terugvallen op haar kussen. Het was maar een droom, gelukkig was het maar een droom. Ze voelt zich alleen en kijkt op de wekkerradio. Het is tien over drie. Hoe laat is het dan in Californië? Negen uur vroeger, maar hoe reken je dat uit als in je hoofd de stem die je nooit meer dacht te zullen horen, nagalmt? Ze haalt een paar keer diep adem en probeert te rekenen. Tien over drie, tien over twaalf, tien over zes. Het is daar nu tien over zes in de avond. Dan kan ze dus bellen.

Haar oogleden voelen zwaar aan. Ze wil slapen. Niet meer dromen, lekker wegzakken in een toestand van rust en ontspanning.

Hoort ze een auto?

De nacht is stil. Er komt een lekkere frisse bries door het openstaande raam de kamer in. De gordijnen maken daardoor ruisende geluiden en bewegen. Maar hoe komen ze zo dicht in de buurt van haar bed?

Ze houdt haar adem in.

Het zijn niet de gordijnen die bewegen. Er is iemand in de kamer.

Er gaat iemand op de rand van het bed zitten.

Ze moet om hulp roepen. Hard schreeuwen en de insluiper laten schrikken. Of kan ze beter doen of ze slaapt?

Hoe is hij binnengekomen? Het raam staat open. De enige manier om door dat raam naar binnen te stappen is naar boven klimmen langs de regenpijp.

Bjorn en Jolien klommen vroeger vaak naar boven langs de regenpijp. Het waren soms net apen, volgens Charles. Meike wilde het ook leren als ze groot was.

Op dit moment zijn de herinneringen een weldaad. Het zijn zachte, zoete golven waar ze op kan deinen en die de verkrampte spieren van haar lijf minder pijnlijk maken. Ze laat zich niet in beslag nemen door de angst die om haar bed hangt. Ze laat zich meenemen naar warme dagen in de tuin met limonadeglazen op tafel en borden vol frietjes en dikke klodders mayonaise. Ze dwingt zichzelf opgewonden kinderstemmen te horen. De stemmen kunnen haar beschermen en ervoor zorgen dat ze weer in slaap valt. Als ze wakker wordt, zal ze ontdekken dat ze twee keer heftig gedroomd heeft. Verder is er niets aan de hand.

'Ik weet zeker dat je wakker bent,' fluistert een stem.

75

Het is al licht. Is het eigenlijk wel donker geweest? De uren die achter haar liggen zijn vervaagd en lijken niet te hebben bestaan. De duisternis van de nacht is van het ene op het andere moment overgegaan in het daglicht. Ze is weer alleen in de slaapkamer.

Hoe laat is het? Bijna zes uur. Hoe laat is het nu in Californië?

Opeens wordt ze overvallen door een golf van emotie. Ze snikt het uit.

'Ik weet zeker dat je wakker bent,' herhaalde de stem, duidelijk verstaanbaar. 'Sinds wanneer word ik buitengesloten? Dacht je werkelijk dat je me zomaar op de stoep kon laten staan?'

'Ik dacht dat je niet zou thuiskomen,' zei ze.

Hij zat kaarsrecht op de rand van het bed en leek niet van plan te zijn weg te gaan. 'Waarom heb je mij geboren laten worden?' vroeg hij.

De vraag sleurde haar mee, terug in de tijd, en ze kon zich niet verzetten. Ze stond weer met haar koffer in een telefooncel en gooide munten in de gleuf. Ze draaide een nummer en wachtte. Een vrouwenstem meldde zich. 'Met Astrid van Megen,' hoorde ze zichzelf zeggen. 'Is Charles thuis?'

Hij reageerde opgewonden. 'Blijf daar staan, ik kom je halen,' zei hij.

Hij begroette haar of ze terugkwam van de maan, duwde haar de auto in en zette haar koffer op de achterbank. 'Alles komt goed,' beloofde hij.

Zijn ouders stonden al te wachten en begroetten haar ook al zo hartelijk.

'Welkom,' zei zijn moeder. 'We hadden je al verwacht. Moedig van je dat je de knoop hebt doorgehakt.'

'Vinden je ouders het zomaar goed dat we samen slapen?' vroeg ze aan Charles toen ze uren later in zijn bed lagen.

'Mijn ouders stonden niet in de rij toen benepen denken werd uitgedeeld,' lachte hij. 'O Astrid,' kreunde hij, 'wat heb ik hiernaar verlangd.' Zijn lippen dwaalden langs haar hals en zochten opnieuw haar mond. 'Dat is even beter dan vrijen in een bos, vind je niet?'

'Dit was nog veel fijner dan de eerste keer,' fluisterde ze.

'Alle keren die hierna volgen zullen zelfs nog veel beter worden,' beloofde Charles. Het leek of hij ergens van schrok.

'Wat is er?' wilde ze weten.

'Ik heb geen condoom gebruikt.' Hij trok zich snel uit haar terug.

'Ik ben bijna ongesteld,' stelde ze hem gerust. 'Niets aan de hand.'

De vraag die een paar uur geleden aan haar werd gesteld leek veel op een aanval. Ze kromp ervan in elkaar.

'Geef antwoord!' Hij verhief zijn stem. 'Heb je me soms niet verstaan? Waarom heb je mij geboren laten worden?'

'Jij bent geboren omdat je vader en ik je graag wilden hebben,' antwoordde ze.

Hij greep naar zijn voorhoofd. 'Dat lieg je,' zei hij.

Ze maakte een afwerend gebaar. 'Wil je nu naar je eigen kamer gaan, Bjorn? En kun je voortaan gewoon bellen als de voordeur op slot zit? Ik vind het niet prettig om op deze manier overvallen te worden.'

Hij stond op. 'Je wil het niet horen, hè? Je wil niet weten dat ik liever nooit geboren had willen worden. En je wil natuurlijk helemaal niet weten dat het me niets zou kunnen schelen als ik nu dood zou gaan. Die wetenschap komt jou niet uit; het is voor jou allemaal veel te hoog gegrepen. Ik zoek het verder zelf wel uit. Bel in ieder geval Nol maar dat ik vandaag niet kom werken.'

'Bel zelf, ik ben je bediende niet.'

Hij boog zich naar haar toe. 'Bel Nol, mama. En hou eens op met me zo kwaad te maken.'

Ze probeerde niet terug te deinzen. 'Waarom zei je dat ik loog?'

'Heb je nog meer van die stomme vragen?'

Ze slaat het dekbed terug en stapt uit bed. Het is bijna halfzeven. Ze vist haar kleren van de stoel en loopt naar de deur. Die gaat niet open. Ze heeft hem op slot gedaan.

Ze leunt tegen de muur en probeert tot zich te laten doordringen dat ze de deur op slot heeft gedaan. En ze beseft dat ze dadelijk hetzelfde gaat doen met de deur van de badkamer.

76

'Dat kan er ook nog wel bij,' zucht Nol.

Astrid probeert zich te verontschuldigen. 'Ik probeer hem aan het werk te sturen als hij wakker wordt,' belooft ze.

'Laat maar zitten, Astrid. Ik kan je nu al vertellen dat ik dan niets aan hem heb. Maar nu ik je toch spreek: klopt het dat Charles uit de zaak wil stappen en hem aan Bjorn wil verkopen?'

Haar mond valt open. 'Wát zeg je? Nee, natuurlijk niet. Heeft Bjorn je dat verteld?'

'Ik kon het al niet geloven, maar hij was er toch heel erg van overtuigd.'

'Wat zei hij precies?'

Nol aarzelt. 'Nou, hij zegt wel vaker iets wat nergens op slaat. Laat maar. Als hij er weer over begint, reageer ik gewoon niet.'

Sietske is laat. Astrid is al een paar keer naar het raam gelopen om te kijken of ze er al aan komt. Ze probeert te bedenken waar ze haar visitekaartje heeft gelaten. Lag dat niet in de keukenla die boven de kast zit waar de pannen staan? Ze zoekt in de la, maar kan het kaartje niet vinden. Het ligt ook niet in de andere laden. Ze denkt diep na. Wat heeft ze met dat ding gedaan? Weggegooid? Ze weet zeker dat ze het in de la boven de pannen heeft gelegd.

Ze schrikt van het geluid van de telefoon en rent naar de kamer, waar het toestel ligt. Zonder op de display te kijken noemt ze haar naam.

'Ik maak je toch niet wakker?' vraagt Charles.

Ze hebben aan de wijn gezeten, vertelt hij, en de wijsheid zit in de kan. Maar hij weet nog heel goed wat hij zegt en vooral dat hij haar stem graag even wilde horen. Jolien slaapt, de anderen lopen nog een rondje met de hond. Is alles goed? Mist ze hem al? Ze kan de woordenstroom nauwelijks bijhouden. Wat vraagt hij nu weer? Of Bjorn al naar de notaris is?

'Dat is pas vanmiddag,' zegt ze. Hij wil weten hoe laat.

'Om drie uur,' gokt ze.

Het is een vreemde gewaarwording dat ze niet weet hoe laat vanmiddag de overdracht bij de notaris is, omdat Bjorn geen tijdstip heeft genoemd. En omdat zij er niet naar heeft gevraagd.

'Gaat het echt wel goed met je?' wil Charles weten. 'Je klinkt zo onzeker. Is er iets met Bjorn? Je bent toch niet ziek?'

Ze probeert hem gerust te stellen en ziet op hetzelfde moment dat Sietske eraan komt. Ze is opgelucht. Heel erg opgelucht.

'Je klinkt opeens veel vrolijker, wat gebeurt daar allemaal?' roept Charles.

Sietske is stil. Ze zingt vandaag niet en sluipt bijna door het huis. Als ze koffiedrinken vertelt ze dat ze al een paar nachten nauwelijks geslapen heeft, omdat ze zich grote zorgen maakt om Rita. Er komt een dezer dagen een opsporingsbericht op televisie. Haar vriendin lijkt van de aardbodem verdwenen te zijn.

Astrid laat haar praten en probeert goede vragen te stellen. Maar wat zijn precies goede vragen?

'Ik ben bang dat ze dood is,' zegt Sietske. 'Heeft Bjorn eigenlijk nog contact met haar neef?'

'Volgens mij kent hij geen neef van Rita.'

'Maar hij heeft me zelf de tip gegeven om die neef te bellen. Dan kent hij hem toch?'

Astrid vraagt of ze nog een kopje koffie wil.

Ze neemt het zichzelf kwalijk dat ze opgelucht is als Sietske weer wegfietst. Boven haar hoofd is gestommel. Ze loopt naar de gang en luistert. De douche staat aan. Ze gaat op de trap zitten en wacht tot Bjorn naar beneden komt.

'Ik heb weinig tijd, ik moet naar de notaris,' zegt hij. 'De overdracht is om vier uur, maar eerst moet ik nog naar de Groetstraat voor de laatste inspectie. Waarom zit je hier eigenlijk?'

'Ik wil weten wat er met Rita is gebeurd,' zegt ze.

'Vijf minuten, ik wil niet in de tuin zitten.' Hij loopt voor haar uit naar de kamer.

Het lijkt Astrid verstandig om te gaan zitten.

Bjorn blijft staan. 'Wat had je nu te vragen over Rita? Wat er met haar is gebeurd? Ik denk dat het altijd een raadsel zal blijven.'

Ze hoort aan zijn stem dat hij zich niet op zijn gemak voelt, maar ziet geen enkele emotie op zijn gezicht.

'Sietske was er vandaag ook al voortdurend mee bezig.'

'Wat heeft Sietske daar nu weer mee te maken?'

'Ze is goed bevriend met Rita. Ze denkt dat jij de neef kent die de politie heeft gebeld.' Ze let op zijn reactie, maar zijn gezicht vertoont geen enkele verandering. 'Misschien is het voor haar familie goed als ze haar vinden,' zegt ze.

'Voor haar familie misschien wel, maar niet voor mij.' Hij heeft zijn stem weer in bedwang. 'Nog meer vragen? Opmerkingen? Aanwijzingen? Goede raad?'

Ze zwijgt.

'Goed, dan ga ik maar eens. Ik ben vanavond niet vroeg thuis, als ik al thuiskom. Wie weet wat ik tref in de kroeg.'

'Ik wil weten waar ik aan toe ben.' Ze denkt een paar seconden na. 'En wat ik moet doen,' zegt ze zacht.

'Het is heel simpel. Jij moet je gewoon bezighouden met je eigen leven, daar heb je je handen al vol genoeg aan. Misschien is het een idee om eens naar Emmen te gaan en daar orde op zaken te stellen.'

De maagkramp overvalt haar. Ze slaat bijna dubbel van de pijn en weet niet op welke manier ze adem moet halen. Als ze eindelijk weer rechtop zit, hoort ze de voordeur dichtslaan.

77

Dit kan geen toeval zijn. De opmerking over Emmen kwam niet zomaar in hem op. Hij gaf al eerder een hint in die richting. Wat probeert hij tegen haar te zeggen?

Ze moet met hem praten. Het moet! Vandaag! Ze gaat hem bellen en hem vragen om na de overdracht naar huis te komen. Vragen, niet eisen. Rustig blijven, proberen hem te bereiken. Zij is vanaf zijn geboorte al degene die het beste tot hem kan doordringen. Zij had altijd het meeste geduld. Dit moet haar lukken! Ze voelt zich gejaagd en opgewonden en wordt moe van haar eigen onrust. Ze belt hem op zijn mobiel.

Voicemail.

Hij kon het ding natuurlijk niet snel genoeg uit zijn zak halen. Ze belt nog een keer.

Voicemail.

Bij welke notaris is die overdracht? Welke naam heeft hij genoemd? Ze denkt koortsachtig na. Er komt geen enkele naam in haar op.

Hoe heette die makelaar? Die heeft zich voorgesteld toen ze het appartement gingen bezichtigen. De naam zit diep in haar geheugen. Het was iets met 'an'. Hoeveel makelaars zitten er in Amsterdam? Ze zucht diep. Die zoektocht kan ze zichzelf beter besparen. Opeens veert ze overeind.

Funda! Internet! Misschien staat het appartement nog op de site. Ze loopt snel naar boven en start de computer.

Groetstraat. Ze heeft hem. Maar er staat niet bij dat het huis is verkocht, ook niet onder voorbehoud. Vermelden ze dat pas als de overdracht een feit is?

Er zit een onaangename kriebel in haar keel.

Het appartement staat te koop bij makelaardij Van Andel. Haar vingers trillen als ze het nummer intoetst.

Er meldt zich een vriendelijke vrouw met een Surinaams accent. Over welke overdracht gaat het en welk appartement in de Groetstraat bedoelt Astrid? Er staan namelijk zes appartementen in die straat te koop.

Astrid noemt het nummer.

De vrouw zegt dat dit appartement nog niet verkocht is. Ze kijkt ook even in de agenda en ziet dat geen van de makelaars die bij het bedrijf werkzaam zijn vanmiddag een overdracht heeft.

Het lukt Astrid om zich te verontschuldigen voor de vergissing.

Ze heeft de kraan wijd opengezet en laat het koele water over haar polsen stromen. Ooit leerde haar schoonmoeder haar dat dit een goede manier is om tot rust te komen. Vandaag helpt het niet. Ze draait met een nijdig gebaar de kraan dicht en slaat haar handen droog.

Ze belt nog een keer het mobiele nummer van Bjorn en verwacht weer de voicemail te krijgen. Hij meldt zich. Ze weet even niet wat ze moet zeggen.

'Wat is er? Waarom bel je me?'

'Waar ben je, Bjorn?'

'Hou eens op met mij te controleren. Laat me met rust.'

'Je hebt dat huis niet gekocht, hè?'

Stilte.

'Dat appartement staat nog steeds te koop en iemand van het makelaarskantoor vertelde me een halfuur geleden dat er vanmiddag geen enkele overdracht is gepland. Waar ben je? Waar ga je naartoe?'

Er is een geluid dat ze niet goed kan duiden. Is het zijn ademhaling? Praat hij in zichzelf? Het is toch geen lach? 'Wat zeg je, Bjorn?'

'Ik zei niets. Ik ga even naar Sietske, want die kletst mij te veel.'

'Weet je dan waar ze woont?'

Nu lacht hij wel. 'Ik heb het kaartje.'

Ze heeft het opeens koud. 'We kunnen samen wel even langs Sietske gaan.'

'Nee mama, dat kunnen we niet. En hoe meer jij je met mij bemoeit, hoe meer ongelukken er gebeuren. Dat had je al veel eerder in de gaten moeten hebben. Dus nogmaals: laat me met rust. En heb niet het lef om de voordeur nog een keer op het nachtslot te doen.'

Ze hoort een klik.

Ze bladert snel door de telefoongids. Weesp. Banning. Twee aansluitingen. Een H.H.G. Banning en een L. Banning-Kootwijk.

Ze belt de H. Aan de andere kant gaat het belsignaal over. 'Neem op,' sist ze tussen haar tanden.

'Dit is de voicemail van Hanneke, Lidewij, Joost en Corneille. We zijn er even niet, maar spreek gerust iets in, dan hoor je snel van ons. Doei!'

Het andere nummer. Het belsignaal gaat twee keer over. Drie keer. Vier keer. Er kraakt iets. Een diepe zucht. 'Ja, hallo?' Het is een breekbare stem. Een oude stem.

'Is dit het nummer van Sietske Banning?' vraagt Astrid.

'Van wie? Zei u Sietske? Nee, die ken ik niet. U spreekt met mevrouw Banning-Kootwijk.'

Astrid mompelt iets wat in de richting komt van een excuus en drukt op de rode toets.

Ze moet iets doen. Maar wat? Wat stond er op dat kaartje? Sietskes naam en telefoonnummer. Ook een adres, maar welk adres? Waarom heeft ze niet beter gekeken? Waarom heeft ze zich niet in die vrouw verdiept?

Het is benauwd in de kamer; ze gooit de tuindeuren wijd open. Er komt iets in haar richting en ze mept het van zich af. Achter haar is een geluid. Haar mobiele telefoon.

Ze rent terug.

'Sietske is niet thuis,' meldt Bjorn. 'Die spreek ik later nog wel. Ik heb dat appartement inderdaad niet gekocht, maar ik heb wel iets anders op het oog. Iets in de buurt van Emmen.'

Ze slikt. 'Waarom Emmen?'

'Omdat daar mijn familie woont en jij me daar nu wel lang genoeg vandaan hebt gehouden. Ik wil iets anders met mijn leven doen, mama.'

'Iets anders? Je bedoelt dat je het bedrijf van je vader wil overnemen?'

Hij zucht diep. 'Dat idee heb ik voorlopig in de wacht gezet. Misschien ligt er voor mij een taak bij mijn roots.'

'Je roots? Bedoel je je oma? Heb je contact met haar? Bedoel je dat je bij mijn moeder wil gaan wonen?' Ze heeft het nog steeds benauwd; misschien helpt het als ze de ventilator aanzet. Maar ze moet zichzelf niet afleiden en het gesprek gaande houden. 'Bij jouw oma tel je alleen mee als je een Jehova's getuige bent, als je heel gedisciplineerd wil leven en je hele ziel en zaligheid in dienst wil stellen van een sektarisch genootschap. Dat zie ik jou niet doen, Bjorn.'

'Daar zou jij je nog wel eens hopeloos in kunnen vergissen.'

Voordat ze daarop in kan gaan verbreekt hij de verbinding. Astrid staart naar de mobiele telefoon in haar hand. De knallende vloek komt uit haar tenen.

78

Maak je borst maar nat, ik kom naar Emmen. Ik heb al op de routeplanner gekeken en vastgesteld dat de Gooilandseweg in Weesp en Meidoorn in Emmen honderdzesenzeventig kilometer van elkaar verwijderd zijn en de autorit twee uur en vijf minuten gaat duren. Nu nog vertrekken.

Morgen.

Jij denkt misschien dat je mijn kind kunt roven, maar dan heb je toch niet goed opgelet. Niemand rooft mijn zoon, niemand! En jij zeker niet!

Loop je nog steeds langs de huizen om je op te dringen aan mensen die daar niet van zijn gediend? Je bent zeventig, dan zou je met pensioen mogen zijn. De jongere lichtingen kunnen het van je overnemen. Als er jongere lichtingen zijn. Tegenwoordig stellen kinderen veel meer kritische vragen en hebben ze nadrukkelijker een eigen mening. Het zal jullie waarschijnlijk meer moeite kosten om het nageslacht te indoctrineren. De wereld is veel toegankelijker geworden en dringt ook gemakkelijker binnen. Misschien denk je dat je oudste kleinkind een gemakkelijke prooi zal zijn.

Mijn zoon is geen partij voor jou.

Ik vraag me af wat ik tegen je ga zeggen als ik je zie. En hoe jij zult reageren. Niet, waarschijnlijk. Ik heb tenslotte zelf gezien wat er gebeurde als iemand die uitgesloten was een gelovige tegenkwam. Ik heb de pogingen gadegeslagen van de afvallige om oogcontact te krijgen, de uitnodigende gebaren waargenomen die op geen enkele manier beantwoord werden. Ik zag een dochter op haar knieën vallen voor haar moeder en smeken om een woord. En ik weet nog goed dat de hoog opgetrokken wenkbrauwen, de ijzige blik en het afwijzende gebaar van die moeder door mijn ziel sneden. Vooral dat gebaar. Die brede, vlakke hand die een horizontale streep trok. Weg jij! Je bestaat niet meer!

Hoe kan de aanbidding van een god de menselijke maat zo teniet-doen?

Ik zal niet begroet worden, niet binnen genodigd, niet omarmd, tenzij ik zeg dat ik mijn geloof in het genootschap heb teruggevonden en spijt heb van mijn zonden. Alleen dat soort kreten zal de deuren weer openzetten.

Wat heb je met mijn zoon gedaan? Met wat voor soort streken heb je hem gelokt?

Ik word er spontaan onpasselijk van.

Hij heeft hulp nodig, maar niet van jou. Hij is volledig doorgeschoten en ik moet hem redden. Maar hoe?

Waar houdt liefde en bescherming geven op? Wanneer bereik je de grens van hopen tegen beter weten in? Hoe word je de verrader van je eigen kind?

Jij weet het. Voor jou was het niet zo moeilijk. Jij had een enorme rugdekking van een kliek gelovigen die niets anders deden dan teksten brallen, angst zaaien en controleren. Al had je me willen zien of spreken, de ogen die je overal volgden zouden het onmogelijk hebben gemaakt. Jouw verraad aan mij was een niet te omzeilen keuze, waarin je stevig werd gedirigeerd.

Mijn verraad is een gevecht, een solostrijd, een tegennatuurlijk proces. Als het me lukt mijn zoon aan te geven zal ik mezelf nooit meer recht in de ogen kunnen kijken. Maar wat is het alternatief? Beelden voor mijn ogen waar ik keer op keer beroerd van word. Kleine meisjes die nooit meer kunnen spelen, geen vrouwen worden, geen moeder, geen oma. Verwijtende blikken van vrouwen die veroorzaken dat ik weg wil kruipen.

Ik weet wat het betekent een kind te verliezen. Maar mijn kind stierf door een ongeluk en dat is al niet te verkroppen. Hoe kun je als moeder het feit dat het leven van je kind op klaarlichte dag opzettelijk is geroofd een plaats geven? Dan moeten toch alle stoppen doorslaan? Hoeveel moeders lopen nog een risico als mijn zoon zijn gang kan blijven gaan? Hoeveel vrouwen die op zijn pad komen en hem niet aanstaan zijn nog onveilig?

Ik zal moeten ingrijpen; ik kan niet blijven toekijken hoe mijn eigen kind de levens van anderen vernielt. Ik kan dit de slachtoffers, maar ook hun moeders, niet aandoen.

Waarom, waarom, waarom? Wat ging er fout? Waar ben ik hem kwijtgeraakt?

Ik zit hier maar, omringd door mooie jurken voor de mooiste dag. Jurken die al een verleden hebben en toch een belofte blijven. Jurken die te maken hebben met vertrouwen, met toekomst. Ze weten niets van verlies en van wanhoop. Van twijfel, van strijd.

Van verraden.

Waarschijnlijk slaap je al. Het is tien uur geweest en je ging nooit na tienen naar bed. Misschien slaap je vannacht onrustig en voel je aan dat er iets gaat gebeuren. Ik hoop het.

Het wordt tijd voor de confrontatie. Niet dat er iets valt terug te draaien, maar daar gaat het voor mij ook niet om. Ik wil alleen iets rechtzetten en al verwacht ik niet dat je enig blijk zult geven van schrik of van compassie, je moet het weten. Je zult het weten.

Ik ben al bijna op weg om het te vertellen.

79

Astrid wordt wakker van een geluid dat ze goed kent. Het is het geluid van de voordeur die in het slot valt. Dat kan gepaard gaan met gedreun, maar het kan ook niet meer dan een beschaafde klik zijn.

Vandaag is het een klik.

Ze kijkt opzij en ziet dat het halfacht is. Ze heeft zeven uur geslapen.

Het is benauwd in haar slaapkamer. Dat kan ook niet anders, omdat de ramen potdicht zitten. En de deur is weer op slot.

Er komen voetstappen de trap op. Er is geluid in de badkamer. Stromend water, doorspoelen van het toilet.

Hij gaat naar zijn slaapkamer.

Stilte.

Ze beweegt zich niet, maar luistert scherp. En ze houdt haar ogen strak op de deur gericht. Zou hij binnen willen komen? Hoe reageert hij als hij merkt dat ze de deur op slot heeft gedaan?

Er gebeurt niets.

Ze stapt uit bed en zet het raam open. De koele ochtendlucht voelt heerlijk. Ze verlangt naar Charles.

Het geluid van haar mobiele telefoon bezorgt haar bijna een hartstilstand. Ze kijkt op de display en ziet het nummer van Charles. Hoe is het mogelijk? 'Ik zat net aan je te denken,' probeert ze te zeggen, maar haar stem blijft ergens achter in haar keel steken.

'Ik versta je niet,' roept Charles. 'Hoor je mij?'

Ze heeft weer geluid. 'Ik hoor je. Ik zat net aan je te denken.'

'Dat voelde ik toch. Lig je nog in bed?'

'Nee, ik was er al uit. Hoe is het daar?'

'Opwinding alom. Ons jongste nichtje van zeventien heeft voor het eerst bij een jongen geslapen en broerlief is in alle staten. Er zit zomaar een smerige kerel aan zijn oogappel, hij is er helemaal van ondersteboven. Dat soort reacties heeft hij niet van huis uit meegekregen. Mijn vader verblikte of verbloosde niet toen jij zomaar verscheen.'

'Dat ligt bij dochters toch anders dan bij zonen,' zegt Astrid. 'Jij keek ook wel een beetje moeilijk toen Jolien haar eerste vriendje kreeg, of weet je dat niet meer?'

'Ik keek een beetje moeilijk, maar ik liep niet schuimbekkend door het huis. Nou ja, hij went er wel aan. Ik ben naar mijn slaapkamer gegaan en dacht: ik ga As eens even bellen. Hoe gaat het daar?'

'Goed.'

'Is onze zoon al aan het verhuizen?'

'Nog niet.' Ze slikt een paar keer. 'Rita schijnt echt spoorloos te zijn. Er komt een opsporingsbericht op televisie.'

'Allemachtig zeg, echt waar? Zou haar verdwijning in verband kunnen staan met de moord op Gina?'

Ze moet een ander onderwerp verzinnen, maar hij vertelt al over wat hij van plan is. Jolien, Charles en zijn ouders zullen een auto huren en een week gaan toeren. Zijn broer heeft een route uitgestippeld die veilig is en toch veel te bieden heeft. Maar hij blijft mobiel bereikbaar; ze moet niet denken dat hij verdwijnt in *the middle of nowhere.*

Hoort ze nu iets in zijn stem wat op ongerustheid duidt?

'Goed hoor,' zegt ze haastig. 'Maar je hoeft je over het thuisfront geen zorgen te maken. We hebben de zaak onder controle.'

'Maar ik hoor iets in je stem... Je belt me toch echt wel als je me nodig hebt, hè As?'

Ze belooft het.

'Wat ga je doen vandaag? Hoe laat is het nu bij jullie?'

'Tien voor acht. Ik ga... nou ja, van alles, het bekende patroon. Boodschappen, kaas halen op de markt, verse bloemen kopen. En ik denk dat ik de hogedrukspuit eens even op het terras loslaat.'

'Dat kun je ook aan Bjorn vragen.'

'Je hebt gelijk, dat zal ik doen. Gek idee, dat ik opsta en jij zo gaat slapen. Echt de omgekeerde wereld.'

'Ik zal lekker slapen, nu ik je even heb gehoord. Ik mis je. We hadden samen moeten gaan.'

'We houden het tegoed. Misschien met de feestdagen, zullen we dat doen? Een keer kerst en oud en nieuw vieren aan de rand van het zwembad lijkt me wel een idee.'

'Echt? Daar hou ik je aan.' Hij is kinderlijk enthousiast. Op die manier kan Jolien ook reageren. En Meike kon dat ook.

Ze hoort iets in de tuin.

'Ga lekker slapen, welterusten. Laten we snel weer bellen,' zegt ze.

Ze loopt naar het raam. De tuin is leeg. Toch hoort ze iets. Ze steekt haar hoofd ver uit het raam. Het geluid is rechts van haar; het komt uit de kamer van Bjorn. Het lijkt op gegiechel, verandert in iets wat op gebrom lijkt, wordt hoger van toon.

Hij is niet alleen.

80

Er hangt een zoete parfumgeur op de trap. Ze probeert het niet te ruiken. In de slaapkamer van Bjorn werd het stil zodra ze een voet op de overloop zette. Als ze bijna onder aan de trap is, hoort ze onderdrukt gelach.

Hij heeft nog nooit een meisje mee naar huis genomen en zeker niet mee naar zijn bed. In ieder geval niet als zij thuis was. Zoiets moet kunnen. Ze zegt het tegen zichzelf als ze een kop thee maakt. 'Hij is een volwassen man, dus het moet kunnen.' De woorden klinken hol en leeg.

Ze wil hier zo snel mogelijk weg. Het huis benauwt haar. De hoofdpijn wordt erger, ze moet naar buiten. Ze gooit de keukendeur open en neemt de kop thee mee naar het terras. Ergens boven haar hoofd is een geluid dat ze niet wil horen. Ze loopt snel weer naar binnen, sluit de deur af en grist haar tas en haar mobiele telefoon van de tafel. Ze rent de voordeur uit.

Pas als ze een paar kilometer gereden heeft, krijgt ze weer lucht. Ze zou Charles nog even willen bellen en haar verontwaardiging met hem willen delen. Maar ze kan Charles beter laten slapen. Die begint waarschijnlijk direct over dat andere meisje, Merlijn. Ze kan het advies dat hij zal geven letterlijk bedenken. Charles is geen optie. Ze kan Bjorn en het meisje dat nu bij hem is beter achter zich laten. Als ze thuiskomt, is dat meisje weg. En zo niet, dan ziet ze wel wat ze doet.

Ze zoekt een parkeerplaats op en stelt de routeplanner in. Weesp ligt achter haar, Emmen ergens in de verte, meer dan honderdvijftig kilometer verder en zeker nog twee uur rijden.

Emmen. Het woord wekt weerzin op en ze overweegt weer om te draaien en ergens in het winkelcentrum koffie te gaan drinken en iets moois voor zichzelf te kopen. Daarna kan ze teruggaan naar huis en zien dat ze Bjorn te spreken krijgt. Ze wil dat hij uitlegt waarom hij dat theater over een huis kopen en de overdracht regelen heeft opgevoerd. Ze zucht diep. Wat verwacht ze daarvan? Hoe vaak heeft ze hem al niet gevraagd waarom hij de waarheid niet sprak? Wat zal het volgende relaas dat hij uit de losse pols gaat opdissen toevoegen aan de wetenschap dat hij een dwangmatige leugenaar is? Meike was altijd enthousiast over de verhalen die Bjorn verzon. Ze geloofde alles wat hij zei. Haar grote broer was haar held.

Heeft zijn gedrag van de laatste maanden toch met de dood van zijn zusje te maken? Is de herinnering aan de auto die te hard reed en het meisje meters meesleurde hem te veel geworden? Hij stond erbij en heeft alles zien gebeuren. Hij heeft dagenlang niet gesproken, onttrok zich aan elke mogelijkheid om contact te hebben, was een schim in huis. Ze wilde hem troosten, maar ze kon het niet. Ze was te lamgeslagen, te geraakt, te woedend, te wanhopig. Ze was alles, behalve toegankelijk. Zeker niet voor hem.

De stem van de routeplanner leidt haar naar de A1, richting Amersfoort. Ze gehoorzaamt automatisch. Ze weet dat ze in haar auto zit en op weg is naar Emmen. Ze weet ook dat ze moet opletten en vooral het gedrag van de andere weggebruikers in de gaten moet houden. Maar ze kan de vragen die haar beheersen niet van zich afzetten. Ze kan haar eigen verantwoordelijkheid niet negeren. 'Ik was er niet voor hem,' zegt ze tegen de ogen die haar in de achteruitkijkspiegel aankijken. 'Ik ben vijf jaar een onneembare vesting geweest.'

Als Charles hier nu was, zou hij haar krachtig tegenspreken. Hij zou driftig kunnen worden, misschien zelfs boos. Hij zou haar wijzen op haar irritante gewoonte om Bjorns gedrag goed te praten.

De stem vertelt dat ze de weg moet blijven volgen. Het nutteloze advies irriteert haar. Ze rijdt te hard, ziet ze op de snelheidsmeter. *So what?* Ze drukt het gaspedaal nog wat dieper in en gaat op de linkerbaan rijden.

De adrenaline vliegt door haar lijf; ze nadert de A28, richting Zwolle. De wereld die buiten de auto ligt is heel ver weg. Ze ziet dat ze moet tanken.

Shit!

Haar hartslag wordt weer rustiger, ze laat het gaspedaal los. Ze gaat op de rechterbaan rijden en neemt de afslag naar een benzinestation. Het is er druk en ze sluit aan bij de auto's die staan te wachten. Er stapt een vrouw uit een van de auto's voor haar. De vrouw lijkt op haar moeder. Ze tuurt door de voorruit. De vrouw draait zich om en zegt iets tegen iemand die in haar auto zit. Astrid haalt diep adem.

Op wie die vrouw ook lijkt, niet op haar moeder.

Ze zit nog steeds met haar hoofd tegen de ruit en probeert na te denken. Is het verstandig om naar Emmen te gaan? Wat heeft het voor nut? Zelfs al klopt haar achterdocht en wordt haar idiote vermoeden dat Bjorn contact heeft met haar moeder en geïnteresseerd is in de Jehova's getuigen bevestigd, dan heeft het nog totaal geen nut om deze tocht voort te zetten. Het rakelt alleen herinneringen op waar ze niets aan heeft en niets mee kan; het veroorzaakt bovendien een immens rotgevoel. Het is een vlucht, meer niet. Een vlucht die slechts een tijdelijke oplossing is voor een probleem dat maar op één manier valt op te lossen: het aanpakken. Bjorn dwingen om te vertellen wat hij precies heeft gedaan. Geen enkele uitvlucht of leugen meer accepteren. En daarna handelen, desnoods kwaadschiks. Hem zover zien te krijgen dat hij hulp zoekt. Of hem aangeven.

Ze slaat haar hand voor haar mond.

Achter haar gaat iemand boven op zijn claxon hangen. De man die achter het stuur zit maakt een ongeduldig gebaar. Ze moet doorrijden.

Ze heeft zin om hem uit te schelden.

81

Het is warm in de auto, ze zet de airconditioning aan. Na de A28 werd ze naar de A37 gedirigeerd, richting Assen. Ze komt nu echt in de buurt.

Er staat een groot reclamebord langs de weg waarop het Dierenpark Emmen wordt aanbevolen. Toen Jolien een kind was, wilde ze altijd naar dierentuinen. Artis was het meest voor de hand liggend, daar zijn ze vaak geweest. Toen ze eenmaal op school zat, leerde ze waar in Nederland zich de dierenparken bevonden. De bezoeken aan het Dolfinarium in Harderwijk, het Ouwehands Dierenpark in Rhenen, Diergaarde Blijdorp in Rotterdam, Burgers' Zoo in Arnhem en de Apenheul in Apeldoorn waren feesten die eindeloos herhaald konden worden. Geen enkele schoolvakantie ging voorbij zonder een uitstapje naar een van die dierentuinen. Alleen het Dierenpark Emmen was met Astrid niet bespreekbaar. Ze heeft eindeloos herhaald dat ze nooit meer een stap in haar geboorteplaats wilde zetten. Nu is ze ernaar op weg en ze blijft maar twijfelen of ze niet beter kan omkeren.

Wat zou Charles zeggen als hij wist wat ze aan het doen is? Hij heeft wel eens geprobeerd haar afkeer te relativeren met opmerkingen in de richting van hun kennismaking op de camping en de eerste keer vrijen in het nabijgelegen bos. Daar wil ze nu even niet aan denken. Ze luistert naar de stem van de routeplanner die meldt dat ze de N34 nadert, richting Emmen. Haar handen voelen klam aan; ze wrijft ze een voor een langs haar rok. Ze passeert een bos.

'Ik heb nog nooit...' Ze aarzelde. 'Ik ben pas zeventien.'

'*Sweet seventeen and never been kissed*,' zei Charles. 'Dat klopt niet meer. Je bent nu alleen nog *sweet seventeen*. Of wilde je wat anders zeggen?'

'Ik heb het nog nooit gedaan,' fluisterde ze.

Het was een warme dag en de zon scheen recht op de plek waar ze lagen. Ze zag hoe hij naar haar keek en voelde hoe eerst haar buikspieren straktrokken. Daarna was er een vreemd tintelend gevoel tussen haar benen. Zijn handen dwaalden over haar borsten en maakten haar bloes open. Hij trok hem over haar hoofd en maakte haar bh-sluiting los. Ze hield haar adem in toen zijn vingers haar tepels beroerden. Hij trok zijn eigen kleren uit en zij die van haar. Ze lagen dicht tegen elkaar aan op het kleine stuk gras en stuurden hun handen op verkenningstocht. Toen bereikte een van zijn vingers een plekje tussen haar benen en begon haar daar te strelen. Ze wilde geen geluid maken, in ieder geval niet het geluid dat aan haar lippen ontsnapte. Ze ademde met open mond en kon niet stil liggen. Het bos verdween, alleen de zon bleef recht in haar gezicht schijnen. Er bestond niemand meer behalve zij en Charles. Zijn vinger bewoog steeds sneller, het plekje stond in brand. Haar onderlijf schokte. Ze schrok van de rauwe kreet die ergens uit haar keel kwam. Ze hijgde en kon er niet meer mee ophouden. Hij bedekte haar mond met zijn lippen en kwam in haar.

Het deed nauwelijks pijn, maar ze dacht ook niet aan pijn. Ze dacht nergens meer aan. Ze klemde haar benen om zijn middel en gaf zich over aan zijn ritmische bewegingen. De wereld was eindeloos ver van haar verwijderd.

'Even wachten,' fluisterde hij. 'Ik moet wel een condoom omdoen.'

Toen ze later, veel later, terugliepen naar de plek waar hij zijn auto had geparkeerd, keek ze steeds om. Ze had het gevoel dat ergens achter haar ogen waren die haar volgden. Charles zei dat er echt niemand was en dat ze nergens bang voor hoefde te zijn.

Ze wil nog steeds teruggaan, maar ze besluit toch eerst naar het huis van haar moeder te rijden. Het moet. Nog één keer. Daarna beslist nooit meer.

82

Ze probeert zich te herinneren hoe de huizen eruitzagen, of er bomen langs de weg stonden, hoe breed de trottoirs waren. De straat is vreemd, haar geheugen laat zich vooralsnog nergens toe verleiden. Ze zou kunnen geloven dat ze hier nog nooit is geweest.

Geloven. Het woord bezorgt haar kippenvel. Ze slikt een paar keer en rijdt langzaam in de richting van haar ouderlijk huis.

Opeens schiet haar één detail te binnen. Het waren allemaal twee-onder-een-kaphuizen. Zij woonden aan de rechterkant, buurman en buurvrouw Vanboven links.

Ze is er. Ze zet de motor af en kijkt naar het huis.

Het is een ruim huis, met aan de zijkant een brede oprit. De voordeur bestaat voor een groot deel uit ondoorzichtig geel glas. Overal brede ramen. Brede, kale ramen. Nergens gordijnen, waardoor duidelijk te zien is dat de woonkamer leeg is. Het hele huis is leeg.

Onbewoond.

In de voortuin staat een groot bord. TE KOOP.

Te koop? Het was toch een huurhuis? Ze is er altijd van overtuigd geweest dat het een huurhuis was.

Het is een doorsnee huis. Netjes, dat zeker. Keurig zelfs. Astrid kijkt om zich heen. Allemaal keurige, doorsnee jarenzestighuizen. Schuin aan de overkant staat er nog een te koop.

Ze richt zich weer op het huis van haar moeder. Het is echt leeg.

Het stenen pad onder haar voeten was er niet toen ze vertrok. Ze tuurt naar de stenen en herinnert zich een andere vorm en een andere kleur. De stenen die er vroeger lagen waren vierkant en grijs. En het pad lag recht, van de voordeur naar het tuinhek. Nu is het schuin aangelegd. Het rechterdeel van de tuin naast het pad bestaat uit gras, het linkerdeel uit een plantenperk. Er is geen sprietje onkruid te bekennen. Toch woont hier niemand. Wie houdt die tuin dan bij?

Ze kijkt om zich heen. De straat is leeg, maar ze voelt zich bekeken. Ogen in haar rug, op haar lijf. Onaangename ogen.

'Heb je het weer?' vroeg Charles soms. 'Denk je weer dat je begluurd wordt? Zet dat idee toch eens uit je hoofd. Wat is er aan de hand? Er is altijd iets met je aan de hand als je denkt dat ze naar je kijken.'

Hier gebeurde het echt.

Ze loopt naar de voordeur en zoekt het naamplaatje. Het was een bronzen plaatje met de naam en initialen van haar vader in sierlijke schuine letters. Toen haar vader stierf bleef het gewoon zitten. Nu is het weg. Er is ook niet te zien waar het gezeten heeft.

Ze tilt heel voorzichtig de klep van de brievenbus op en bukt zich om naar binnen te kunnen kijken. De gang is leeg. Wat had ze dan gedacht?

Aan de andere kant van de heg is een geluid. Ze gaat rechtop staan, keert zich om en luistert. Het geluid verplaatst zich in de richting van het trottoir. Eerst verschijnt de rollator, daarna de persoon die erachter loopt.

'Kijk eens wie we dáár hebben,' zegt buurman Vanboven.

83

Ze is niet in staat zich te bewegen. Ze zou wel willen, ze zou graag zo snel mogelijk verdwijnen en vooral niet in zijn buurt komen. Dat is alleen mogelijk als ze nu via het grasveld de tuin verlaat.

Hij komt op haar af en lijkt haar verstarde houding niet op te merken. Zijn voeten slepen achter de rollator aan. Hij steunt zwaar op de handvatten en haalt zichtbaar moeilijk adem. Als hij een meter van haar verwijderd is, draait hij de rollator om en laat hij zich kreunend op het zitgedeelte zakken. 'Lopen is geen hobby meer van me,' meldt hij.

Ze wil nog steeds weg.

'Het komt van het roken,' gaat hij verder. 'Longemfyseem. Nou ja, je moet ergens aan doodgaan. Mijn vrouw had kanker. Je moeder ook. Dat is volgens mij volksvijand nummer één. Er schijnt ook een erfelijke vorm te bestaan, dus ik zou maar uitkijken als ik jou was.'

'Mijn moeder hád kanker?'

'Ja. Ze is dood. Ruim een maand geleden is het gebeurd. Op 1 juni.'

Astrid zoekt met haar hand steun bij de muur.

Buurman Vanboven haalt een sjekkie uit zijn broekzak en ook een aansteker. 'Ze heeft een zwaar ziekbed gehad, maar ze klaagde niet. Ze is hier thuis gestorven. Dat wilde ze graag. Op het laatst was er zo'n beetje dag en nacht verpleging. Vrijwel allemaal Jehova's getuigen, dat zul je begrijpen. Ze bad zelf het hardst.'

Hoort ze nu echt iets spottends in zijn stem?

'Ze wilde absoluut niet dat jij iets te weten kwam.' De zin komt aan als een zweepslag. Er is een glinstering in zijn ogen te zien. 'Ik heb het haar een paar keer gevraagd, vooral toen het duidelijk werd dat ze niet lang meer zou leven. Maar ze hield het vol. Ze heeft testamentair vastgelegd dat ik haar zaken moest regelen. Er is een bedrag vastgesteld dat ik aan jou moet overmaken, maar tot nu toe is er nog niets van gekomen. Het is niet veel, maar ik neem aan dat je nergens op gerekend hebt.'

'Ik hoef geen geld van mijn moeder.'

'Wat kom je dan doen?'

'Wat heb jij daarmee te maken?' Vroeger zei ze 'u' tegen buurman Vanboven.

'Je moeder en ik waren heel goed bevriend.' Hij lacht op een manier waar ze van walgt. 'Als ze niet zo krampachtig aan die Jehova's getuigen had vastgehouden...' Hij zucht diep. 'Ik had mijn eigen vrouw direct weggestuurd als je moeder...'

Astrid heft haar hand op. 'Stop, alsjeblieft. Het gaat me niet aan en het interesseert me niet. Het enige wat ik te weten wilde komen...' Ze kan niet verder praten. Ze kan alleen naar hem kijken, naar de bewegingen die hij maakt, naar de manier waarop hij lacht, naar de blik in zijn ogen. Vooral die ogen zijn verschrikkelijk om te zien.

'Ben je er soms achter gekomen dat je zoon contact met haar had? Het deed haar goed dat hij aandacht aan haar besteedde, zelfs al lukte het haar niet hem te bekeren. Dat is haar ook niet gelukt bij mij. Wat een geloof is dat, zeg. Die lui hebben het doemdenken tot een ware levenskunst gemaakt. Niks voor mij. Geef mij maar de leut en de lekkere wijven.' Hij buigt zich in haar richting.

Ze doet een stap achteruit.

'Zo ben je precies je moeder, je blijft natuurlijk een dochter van haar. Maar ze was helemaal klaar met jou. Dat heeft ze ook uitgebreid aan je zoon verteld. Geloof me, hij hing aan haar lippen.'

'Was jij daar dan bij?'

'Ze vertelde mij alles wat belangrijk was. Ook als het trouwens onbelangrijk was. Laat ik het zo zeggen: ik was gewoon jouw moeders steun en toeverlaat. Het blijft behelpen, zonder man. Ik steunde haar met alles. Echt met alles.' Er loopt een straaltje kwijl uit zijn mondhoek.

Astrid kijkt naar de plek waar haar auto staat. Ze kan toch het beste over het grasveld lopen, dan hoeft ze dit gruwelijke mannetje niet te passeren. Dit vieze, verfomfaaide, afstotelijke mannetje.

De vunzige gluurder.

'Ik denk dat ik weet waar jij aan denkt,' zegt hij.

Ze recht haar rug. Nu is het genoeg.

'Hij is al een tijdje niet geweest. Ik bedoel Bjorn. Hij weet nog niet dat zijn oma dood is. Dat wil jij hem toch wel vertellen?'

Het komt doordat hij de naam uitspreekt. De naam waar hij niets mee te maken heeft, waar hij af moet blijven. De naam die bij háár hoort. De woede kruipt uit haar tenen omhoog en verschaft zich toegang tot haar ogen. Ze ziet dat de man die voor haar staat terugdeinst.

'Nou, rustig maar,' maant hij.

Ze zou een verschrikkelijke verwensing willen uitspreken. Iets in de trant van dat hij binnenkort stikt in dat emfyseem. Of iets over ook kanker krijgen. Maar ze wil geen woord meer met hem wisselen en ook niet meer tegen hem praten. Ze vertrekt.

En nu uit vrije wil.

Er valt een diepe stilte achter haar als ze over het grasveld in de richting van haar auto loopt. Op het moment dat ze het portier opent, hoort ze een rochelend geluid. En net voordat ze de deur dichtgooit, zegt hij het.

'Hij heeft mijn ogen.'

84

'Waar heb je nu weer uitgehangen?' vroeg haar moeder. 'Vanavond ga je mee naar de vergadering. Dan maken we een afspraak voor je onderdompeling.'

Ze hoorde nauwelijks wat haar moeder zei. Ze voelde nog steeds de handen van Charles, het gekmakende effect van het aanraken van de geheime plek die nooit meer een geheime plek zou zijn. Ze wilde het nog een keer voelen. Zou dat ook lukken als ze haar eigen vingers gebruikte?

'Heb je me gehoord? Zit niet zo glazig te kijken. We gaan eten en dan vertrekken we.'

'Ik ga niet mee,' zei ze. 'Ik ga nooit meer mee, ik laat me niet onderdompelen en ik stop met de prediking. Ik wil geen Jehova's getuige zijn, want ik geloof niet in God. Dat moet je begrijpen, mama. Je kunt iemand niet dwingen om het geloof te voelen. Ik heb een man ontmoet. Hij is niet kerkelijk, maar hij respecteert jouw geloof, net zoals ik dat wil doen. Hij woont in Weesp. Ik hou van hem.'

Ze bevroor bijna door de blik die haar moeder op haar wierp.

Astrid beseft dat ze al voor de derde keer hetzelfde rondje rijdt en zet de auto aan de kant om de routeplanner opnieuw in te stellen. Haar vingers trillen en raken steeds de verkeerde toets aan. Ze legt haar hoofd op het stuur.

Er tikt iemand op het raam; ze schiet overeind. Het is een jonge vrouw. 'Bent u niet lekker?' vraagt ze. 'Moet ik u ergens mee helpen?'

Ze maakt met een handgebaar duidelijk dat er niets aan de hand is en start de motor. Nu opletten en de verkeersborden in de gaten houden. Eerst terug naar de N34, daarna weet ze het wel weer.

Haar moeder is dood. De zin blijft zichzelf herhalen. Ze is overleden op 1 juni. Er is iets gebeurd op die dag, maar wat? Het antwoord wil haar nog niet te binnen schieten.

Ze ziet dat ze langs een café rijdt. Misschien is het beter om eerst koffie te drinken en iets te eten. Maar ze is nog steeds in Emmen en ze wil niet in Emmen zijn. De stem van de routeplanner leidt haar de stad uit. Ze voelt zich opgelucht.

'Is dat je dank?' Haar moeder kwam op haar af.

'Raak me niet aan,' zei Astrid.

'Je gaat met me mee,' schreeuwde haar moeder. 'Je zorgt ervoor dat ik niet te schande word gemaakt. Je moet met de ouderlingen praten.'

'Ik moet niets en ik doe ook niets meer wat ik niet wil. Ik ben zeventien jaar, mama. Ik kan zelf nadenken en ik weet wat ik wel en niet geloof. Het spijt me, het is niet anders. Maar voor ons blijft alles hetzelfde. Ik ben nog steeds jouw kind.'

'Iemand die niet in het genootschap gelooft kan nooit een kind zijn van mij.' Haar moeder keerde zich van haar af. 'Zorg ervoor dat je weg bent als ik thuiskom,' zei ze.

'Wat bedoel je?' stamelde Astrid.

Haar moeder wees naar de deur. 'Uit mijn ogen!'

Ze houdt zich aan de maximumsnelheid, zeker zolang ze nog op een B-weg rijdt. Emmen ligt in ieder geval achter haar. Ze drukt op de cd-knop en hoort de stem van Adele. Snel schakelt ze over op de FM-zender. Nieuwsberichten. Even geen nieuwsberichten. Geen mededelingen over rampen, financiële crises of wie er nu weer dood is. Ze drukt het gaspedaal toch maar dieper in.

Ze hoorde de voordeur dichtslaan en zag haar moeder op de fiets stappen. Haar hele lichaam straalde woede uit. Weerstand.

Afwijzing.

Astrid keek haar na en smeekte haar in gedachten om te draaien en terug te komen. De woedende rug verdween om de hoek.

Ze ging op haar bed zitten en sloeg haar handen voor haar ogen.

De stilte in huis bracht haar tot rust. Ze wist dat ze moest nadenken over wat haar te doen stond. De woorden van haar moeder waren geen loos dreigement geweest. Als ze zich niet liet onderdompelen en geen lid meer wilde zijn van het genootschap, werd ze uitgesloten. Niemand zou meer iets met haar te maken willen hebben, geen enkele getuige zou ooit nog tegen haar praten, ze zou er gewoon niet meer bijhoren. Bij niemand, ook niet bij haar moeder.

Ze wilde met Charles praten. Alleen aan zijn naam denken was al genoeg. Ze ging op haar bed liggen en sloot haar ogen.

Ze was weer met hem in het bos. Ze voelde de zon op haar gezicht, zijn lippen die langs haar wangen gleden, zijn tanden die in het puntje van haar neus beten. Maar ze voelde vooral zijn vingers die haar naar een wereld voerden waar ze nooit eerder was geweest.

Het dreigement dat haar moeder had uitgesproken verdween. Het stelde niets meer voor, het was een loze kreet geworden. Het werd verdreven door haar eigen vingers die hun verkenningstocht begonnen en ontdekten wat daardoor mogelijk was. Ze dacht aan

Charles toen ze haar hoogtepunt voelde naderen en haar stem zijn gang liet gaan.

Ze was alleen op de wereld.

Het geluid kwam van heel ver en drong aanvankelijk nauwelijks tot haar door. Ze deinde nog op haar eigen vibraties en wilde alleen maar méér. Toen het tot haar doordrong dat er iemand in de kamer was, naast haar, op haar, was het al te laat.

'Kijk, kleine meisjes worden groot,' hijgde buurman Vanboven.

Er is iets gebeurd op de snelweg; ze ziet een file voor zich opdoemen. Ergens achter haar nadert een ambulance met gillende sirene. Of is het de politie? Het is de brandweer.

Ze zet de radio harder, zo hard dat ze de sirenes minder goed hoort. Ze remt en de auto komt tot stilstand. Er stappen mensen uit en ze lopen in de richting van het ongeluk. Astrid blijft zitten. Ze draait de geluidsknop van de radio nog verder open. De bassen dreunen om haar oren en bedreigen haar trommelvliezen. Het moet. Er moet heel veel geluid zijn, want geluid kan misschien de herinnering verdrijven. Ze sluit haar ogen als ze de man met de rollator weer voor zich ziet. Die man moet weg!

Maar niets helpt. Geen oorverdovende herrie, geen dichtgeknepen ogen, geen knetterend gevloek. Niets.

Ze probeerde onder hem vandaan te komen, maar hij was veel te sterk en dwong haar te blijven liggen. Ze hoorde het bed kraken en begon om hulp te roepen. Hij drukte een hand op haar mond en ze dacht dat ze ging stikken. Zijn lijf bonkte op haar, ze voelde hem in zich en kokhalsde. Hij trok zijn hand weg. 'Waag het niet om te gaan kotsen,' zei hij. 'Dit wilde je toch? Je wilde toch gezelschap? Anders had je de achterdeur wel op slot gedaan. Kom nu ook maar eens klaar als er een echte pik in je zit.' Zijn ademhaling ging opeens sneller, hij maakte een geluid. Ze herkende dat geluid. Maar hij mocht het niet maken, alleen Charles mocht dat. Ze begon te huilen. 'Ook nog janken?' beet hij haar toe. Hij rolde van haar af en trok zijn broek op.

Ze sloot haar ogen.

'Dit blijft onder ons,' zei hij. 'En we gaan het zeker vaker doen.' Het volgende moment was hij verdwenen.

Ze voelt de paniek langzaam wegtrekken en zet het geluid van de radio zachter. Iemand kondigt het nieuws aan. Ze luistert zonder interesse. 'Vanmorgen is in Weesp het ontzielde lichaam aangetroffen van een achtenvijftigjarige vrouw,' meldt de stem. 'Ze is waarschijnlijk het slachtoffer geworden van een roofoverval. De vrouw werd gevonden door haar dochter.'

Weer een moord. Vroeger begreep ze niet hoe mensen ertoe kunnen komen om te moorden.

Nu wel.

Er komt beweging in de file.

85

De auto's worden via de vluchtstrook langs de plek van het ongeluk geleid. Astrid kijkt strak voor zich uit als ze de vele zwaailichten passeert.

Ze ziet dat ze weer op de A28 rijdt en realiseert zich dat ze een aantal kilometers moet hebben afgelegd zonder het echt in de gaten te hebben. Ze zet de radio weer aan, maar na een paar klanken drukt ze met een verbeten gebaar op de knop. Wie ze ook wil horen, niet Shakira. Ze deelt haar afkeer van die stem met Jolien. Hoe zou het met haar zijn? Ze wil haar horen. Ze wil dat Charles en Jolien terugkomen. Ze wil dat alles weer wordt zoals het ooit was. Weer een compleet gezin zijn, weer plezier maken, weer kibbelen, zelfs weer zorgen hebben over Bjorn. Die zorgen hoorden erbij, ze maakten deel uit van hun leven.

Ze moet nu niet huilen; ze moet zich concentreren op het verkeer en ophouden met denken. Vooral met denken. Ze zet de radio weer aan en hoort Trijntje Oosterhuis iets zingen over een kind. De hele wereld is vandaag tegen haar.

Ze rijdt achter een bus. Op de achterbank zitten kinderen en ze zwaaien. Ze zwaait terug. Ze wil die bus passeren, maar naast haar rijdt een lange stroom auto's en niemand schijnt in staat te zijn haar er even tussen te laten. Die bus moet weg.

Ze liep opeens buiten en wist niet waar ze was. Het werd al donker, de lampen van de straatlantaarns floepten aan en flikkerden een beetje. Er waren mensen in de buurt die iets riepen. Ze rende verder. De stekende pijn in haar zij belette haar verder te lopen. Ze stond krom, drukte haar handen stevig tegen de pijnlijke plekken aan en probeerde haar ademhaling onder controle te krijgen. Ze rook haar eigen zweet.

Later liep ze in een park en zag de bank staan. Ze wilde rusten, haar benen strekken, languit liggen.

Er was iets in haar gezicht; ze sloeg het met haar handen van zich af. Het volgende ogenblik hoorde ze het geblaf en floot er iemand. De hond probeerde op haar te springen. Hij zwaaide met zijn staart en maakte opgewonden geluiden.

'Hierrrrrrr,' riep iemand ergens in de verte. De hond rende in de richting van het geluid.

Ze zat verdwaasd om zich heen te kijken. De zon scheen en op haar horloge zag ze dat het halftien was. Ze moest plassen.

Bij het wegrestaurant staat een groot bord met één woord erop.

WELKOM.

Ze heeft dorst en haar maag borrelt. Ze neemt de afrit en parkeert vlak voor de deur. Als ze het restaurant binnenkomt, valt de geur van gebakken vlees direct over haar heen. Het is een lekkere, uitnodigende geur. De serveerster vertelt dat de hamburgers *du chef* vandaag in de reclame zijn. Astrid bestelt er een.

Het gezin zit twee tafeltjes van haar vandaan, maar ze kan elk woord verstaan. Er is niet bepaald sprake van een goede sfeer. De man geeft het zoontje er verbaal stevig van langs. Hij dreigt hem hier achter te laten als het kind niet onmiddellijk zijn bord leeg eet. De vrouw probeert de boel een beetje te sussen. Ze verwijt de man dat hij overdrijft. Er wordt met veel kabaal een stoel weggeschoven en er loopt iemand langs haar, in de richting van de deur. 'Nou, dan gaan wij ook maar,' hoort ze de vrouw zeggen.

Astrid ziet de serveerster op haar afkomen met een placemat en bestek. 'Kan ik mijn bestelling nog veranderen?' vraagt ze.

De serveerster kijkt moeilijk. 'Wat wilt u veranderen?'

'Ik wil eigenlijk alleen koffie.' Ze negeert de diepe zucht. 'Alleen koffie,' herhaalt ze.

Uit de geluidsboxen die in de zaak hangen komt opeens muziek. Ze staat op. 'Laat die koffie ook maar zitten, ik moet weg.'

Ze voelt dat ze wordt nagekeken als ze het restaurant verlaat.

Overal om haar heen zijn ogen. Ze priemen in haar rug en belagen haar. Ze ontleden haar. Het zijn indringers en slopers.

Ze lijken allemaal op de ogen van buurman Vanboven.

Als ze het restaurant verlaat, ziet ze de bank die vlak bij de ingang staat. Op de bank zitten de vrouw en het kind dat niet wilde eten. Het kind huilt. De vrouw veegt tranen van zijn wangen en maakt sussende geluiden. 'Papa laat ons echt niet zomaar hier zitten,' zegt ze.

Haar moeder zat de krant te lezen toen Astrid binnenviel.

Haar voeten deden zeer, ze had verschrikkelijke dorst. Ze draaide de kraan open en slurpte gulzig aan de waterstraal.

'Waar kom jij opeens vandaan?' wilde haar moeder weten. 'Je stinkt. Ga je douchen en pak je koffer. Of heb je je bedacht?'

'Ik heb in een park geslapen,' zei ze. Ze wilde een stoel onder de tafel vandaan trekken, maar kreeg geen kans.

'Douchen, zei ik,' gebood haar moeder. 'En geef antwoord op mijn vraag.'

Het zou de gemakkelijkste weg zijn. Gewoon zeggen dat ze het wilde proberen en de hulp van haar moeder en de ouderlingen goed kon gebruiken. Toegeven aan hun dwingende houding, blik op oneindig, verstand op nul. Voorlopig, om tijd te rekken en met haar moeder samen te kunnen zijn. 'Ik heb me niet bedacht,' zei ze.

Haar moeder wees naar boven. 'Je weet het. Er staat een koffer op zolder, die kun je gebruiken.' Ze boog zich weer over de krant.

Astrid zocht steun bij de leuning van een stoel. 'Ik ben verkracht, gisteravond toen jij naar de bijeenkomst was. Door buurman Vanboven.'

Haar moeder bekeek haar van top tot teen. Ze zei niets. Toen maakte ze een gebaar met haar hand dat aan duidelijkheid niets te wensen overliet.

Het was een bruine koffer en ze smeet alles wat ze snel te pakken kon krijgen erin. Op het laatste moment bedacht ze dat ze ook haar middelbareschooldiploma mee moest nemen. En haar paspoort. Ze liet de foto van haar vader staan en twijfelde over haar fotoalbum. Ze realiseerde zich dat buurman Vanboven op een aantal foto's stond.

Ze zette het album terug.

Ze douchte en richtte de straal van de douche een paar keer goed op de ruimte tussen haar benen. Maar het smerige gevoel bleef. Het kleefde aan haar.

Haar moeder zat nog in dezelfde houding achter de krant. Haar ogen stonden boos, haar mond was samengetrokken tot een smalle streep.

'Ik kan niet geloven, maar ik wil wel je kind blijven,' deed Astrid nog een laatste poging. 'Waar moet ik naartoe? Ik heb maar weinig geld. Een tientje, meer niet.'

Haar moeder stond op en haalde haar portemonnee uit haar tas. Ze legde een briefje van vijfentwintig op tafel. En een buskaart.

'Heb je niet gehoord wat ik vertelde?' vroeg Astrid. 'Ik lieg het niet. Buurman Vanboven was gisteren hier, toen jij net naar de bijeenkomst was. Hij overviel me in mijn slaapkamer. Het is waar, mama. Hij heeft me verkracht.'

De mond van haar moeder vertrok heel even. 'Ik heb een heel ander verhaal gehoord. Je bent blijkbaar nogal op hol geslagen door dat vriendje uit Weesp en je denkt nu zeker dat elke man die bij je in de buurt komt op je wil klimmen. Ik ben blij dat buurman een heer is en hij zich heeft kunnen beheersen. Maak dat je wegkomt, jij ongelovige snol.'

'En als ik zwanger word?' Op het moment dat ze de vraag stelde, besefte Astrid pas hoe bang ze daarvoor was.

'Dan beschouw je het maar als je troostkind.'

86

Ik kan natuurlijk ook tegen je praten als je niet meer leeft en ook als ik niet op mijn zolder ben. Op dit moment kan ik zelfs beter ergens anders zijn, want ik wil zeker weten dat niemand me kan afluisteren.

Emmen ligt al ver achter me. Ik zit weer op de A1 en kom steeds dichter in de buurt van mijn huis. Jij zit naast me. Spreek me niet tegen; al ben je zo dood als een pier, ik beslis dat je er zit en naar me luistert. Ook al heb je me zelfs op je sterfbed genegeerd, je kunt me er niet van weerhouden dat ik tegen je zeg wat ik kwijt wil. Begrepen?

Ik denk dat wij allebei dezelfde conclusie hebben getrokken. Bjorn werd veertien dagen na de uitgerekende datum geboren. Je hebt een kaartje gekregen, ook al stuurde je dat terug. Je zult de datum hebben gezien en hebben vastgesteld dat je geliefde buurman de waarheid had gesproken en je dochter inderdaad een leugenachtig secreet was. Als ik het goed begrepen heb, heeft hij je daarna nog jaren verwend. Het is een gedachte waar ik spontaan van over mijn nek kan gaan.

Ik dacht het ook, ik wilde het denken. Toen ik kort nadat ik bij Charles was gearriveerd over tijd bleek te zijn, besloot ik dat we het kind verwekt hadden in onze eerste nacht samen. Het was een schok, voor hem en voor mij. Charles opperde voorzichtig de mogelijkheid van een zwangerschapsonderbreking. Ik weigerde.

Hoe vaak zal ik me niet hebben afgevraagd waarom ik dat weigerde? Het antwoord houdt zich nog altijd verborgen voor een logische verklaring. Sommige gedachten, ideeën of beslissingen zijn niet te dui-

den. Ze overkomen je en maken deel van je uit. Ze zitten te diep in je gevoel om aangeraakt te kunnen worden.

Bjorn werd geboren en was welkom. Ik zocht natuurlijk wel heimelijk naar gelijkenissen die een heel diep weggestopte angst konden voeden, maar ik vond hoofdzakelijk mijn eigen gezicht. En ik kan me nog goed herinneren hoe opgelucht ik me voelde toen een paar mensen vlak na elkaar vaststelden dat hij op precies dezelfde manier lachte als Charles. De enige onzekere factor in het geheel waren zijn ogen. Ik heb talloze keren vermeden hem aan te kijken of die van mij afgewend. Want zijn ogen hadden een verraderlijk aspect.

Dat stuk tuig zei dat hij zijn ogen had.

Jij hebt met mijn zoon gesproken, hem aangekeken. Wat heb je gezien? Wat heb je hem verteld? Welke verklaring heb je verzonnen om te kunnen voorkomen dat je de man die zich nooit had mogen voortplanten de deur moest wijzen?

Ik wist dat er meer tussen jullie gaande was dan praten over het invullen van belastingpapieren. Maar daar had ik niets mee te maken en ik wilde er ook niets mee te maken hebben. Heb je je soms geëxcuseerd voor mijn gedrag? Heb je hem getroost toen hij beweerde dat ik geprobeerd had hem te verleiden en hij de tegenwoordigheid van geest had gehad me af te wijzen? Heb je hem geprezen voor zijn beschaafdheid? Ik denk dat je dat inderdaad allemaal hebt gedaan. Jij wist namelijk niet wat loyaliteit precies inhield. Jij was geen moeder, maar een vrouw die toevallig kinderen had gekregen. Jij hebt alle affectie die tot je beschikking stond verkwanseld aan een volslagen star genootschap. Jij hebt alle energie die je had gebruikt om je overtuiging te voeden dat de mensheid zich in de laatste fase voor het ingrijpen van God bevond en de aarde gezuiverd ging worden van alle onrechtvaardige mensen. Je hebt elke vorm van nuchter denken uitbesteed.

Ik heb niet gevraagd waar je begraven bent. Waarschijnlijk lig je in hetzelfde graf als papa. Is het soms een driepersoonsgraf? Dan kan die kinderverkrachter er ook nog bij.

Laten we samen bidden. Jehova God, we smeken u: laat buurman Vanboven stikken in zijn eigen slijm. Laat hem paars aanlopen, met zijn armen om zich heen maaien en verschrikkelijk in paniek raken. Laat hem een oneindige doodsstrijd krijgen en zorg ervoor dat hij beseft waar hij die aan te danken heeft. Amen.

Dat had je niet gedacht, hè, dat je ooit nog samen met mij zou bidden?

87

Er staat een politieauto naast de auto van Bjorn. Astrid stapt snel uit en rent naar de voordeur. Zodra ze die achter zich heeft dichtgedaan komt haar zoon op haar toegelopen. Hij raakt haar arm aan. ‘Er is politie. Ze willen vragen stellen over Sietske.’

Ze duwt hem opzij en loopt naar binnen.

Het zijn twee rechercheurs. Een van hen lijkt op Charles.

De dochter van Sietske heeft verteld dat haar moeder in dit huis werkte en hier gisteren nog is geweest.

‘Werkte? Geweest?’ Astrid herhaalt de woorden en probeert de paniek die op de loer ligt de kop in te drukken. Bjorn duwt haar in de richting van de bank en vraagt wat ze wil drinken.

Er beweegt iets in de tuin.

Astrid komt weer overeind. ‘Wie is daar in de tuin?’

‘Mijn vriendin,’ zegt Bjorn. ‘Carolien.’

‘Breng die vrouw naar huis en laat mij met deze heren praten,’ gebiedt ze.

Het wil maar niet tot haar doordringen. Sietske is dood. Ze is gisteravond in haar eigen huis overvallen, eerst tegen de grond geslagen en daarna gewurgd.

‘Waar heb ik dat eerder gehoord?’ vraagt ze aan de rechercheurs.

‘Zegt u het maar,’ zegt degene die het aan haar heeft verteld. Ze bedenkt net op tijd dat Benno Manshanden haar in vertrouwen heeft verteld op welke manier zijn verloofde is vermoord. Ze wil ook niet dat de dood van Evita Fransen in verband wordt gebracht met die van Sietske. Of wil ze dat juist wel?

Ze weet niets meer; haar hersenen bestaan uit weke delen die door haar hoofd klotsen. Ze mixen gedachten en produceren opperste verwarring. Wat is er nu precies gebeurd en waarom zijn die mannen hier?

'We willen graag meer te weten komen over met wie mevrouw Banning omging,' zegt de andere rechercheur.

'Ik ging niet met haar om in de betekenis van vriendschap hebben. Ze werkte hier net in de huishouding. Op vrijdagmorgen. Ik weet heel weinig van haar, ik ken haar nauwelijks persoonlijk.'

'Hebt u iets aan haar gemerkt? Heeft ze een toespeling gemaakt op eventueel bedreigd worden, ergens bang voor zijn? Had u de indruk dat ze hulp zocht?'

'Totaal niet. Ik heb alleen aan haar gemerkt dat ze zich erg ongerust maakte over de verdwijning van haar vriendin Rita.' Astrid vraagt zich af of ze nu ook iets moet zeggen over Gina.

'U bedoelt de zus van de vrouw die kortgeleden is vermoord, de vrouw die ook bij u in de huishouding werkte?'

De stilte die na deze vraag valt maakt Astrid duizelig. 'Ja,' is het enige wat ze weet uit te brengen.

Het zijn aardige mannen, ze proberen haar voortdurend op haar gemak te stellen. Maar hoe kan ze het voor elkaar krijgen om haar handen stil te houden, haar stem te beheersen en geen paniek uit te stralen? Ze legt stotterend uit dat dit bericht haar heel erg raakt en dat de gedachte dat er twee keer achter elkaar iemand vermoord is die bij haar in huis werkte haar bang maakt.

'Bent u bang dat iemand het ook op u voorzien kan hebben?'

Ze zou alles willen zeggen wat haar dwarszit, zonder man of paard te noemen. Hints geven, niet mis te verstane insinuaties toevoegen, de weg vrijmaken voor een oplossing. Er komen genoeg woorden in haar op waarmee ze kan starten. Toch lukt het haar niet er één uit te spreken. Ze haat haar eigen lafheid, haar niet aflatende bescherming van iemand die het niet verdient. 'Niet op mij persoonlijk,' zegt ze. 'Ik durf alleen geen nieuwe hulp aan te nemen.'

Er huppelen twee meisjes door de kamer. Astrid dwingt zichzelf om naar de rechercheurs te kijken.

'U trilt helemaal. Is er iets wat wij moeten weten, mevrouw? Heeft mevrouw Banning iets tegen u gezegd wat indruk op u maakte of waardoor u zich niet prettig voelde?'

Ik werk met mijn handen en dat doe ik goed. Als ik woorden verkeerd uitspreek, zeg het dan gewoon tegen me. Daar kan ik iets van leren.

Ze was eerlijk en kwetsbaar.

Ik heb me ingeschreven voor een cursus Nederlandse taal.

Ze was moedig.

'Ze heeft veel indruk op me gemaakt,' zegt Astrid zacht.

88

De mannen zijn vertrokken en hebben tegen haar gezegd dat ze waarschijnlijk binnenkort nog het een en ander aan haar willen vragen. Het klonk als een waarschuwing. Ze is blij dat ze weg zijn. Op dit moment wil ze alleen met Bjorn praten. Er moet iets gebeuren, hoewel ze niet kan bedenken wat of op welke manier. Ze twijfelt of ze Charles zal bellen en hem zal vragen terug te komen. Ergens in haar achterhoofd lijkt die gedachte verstandig en veilig. Maar wat moet ze zeggen? Welke reden kan ze geven voor haar verzoek om zijn vakantie te onderbreken? Ze komt er niet uit.

Eerst Bjorn, besluit ze. De lijst die ze heeft opgesteld wordt steeds langer. Behalve de kledingstukken die ze kreeg toegestuurd, de zegelring, het geld van Gina en de dood van Evita staan er nu ook vragen op. Waar is Rita? Wat heeft hij met Sietske gedaan? Hoe vaak heeft hij contact gehad met haar moeder en wat hebben ze besproken? En wat is hij van plan met het meisje dat hier was?

Ze heeft hem niet horen thuiskomen en schrikt als hij opeens achter haar staat. De pendule slaat zes keer. Is het al zes uur? Ze kan zich niet voorstellen dat ze ruim een uur als een standbeeld op de bank heeft gezeten.

'Ik rammel van de honger,' zegt hij. 'Zullen we een foute vette hap bij de snackbar bestellen? Ik vind dit een dag om foute dingen te eten.'

Astrid herstelt zich snel. 'Ik hoef niets, maar ga gerust je gang.'

Hij pakt de telefoon en regelt een bestelling. 'Het wordt binnen een halfuur bezorgd; ik heb voor jou toch ook maar een berenhap met satésaus besteld. Als je het ruikt, krijg je vanzelf trek.'

Alleen al de gedachte aan die geur maakt haar misselijk, maar ze geeft geen krimp. Ze dwingt zichzelf hem recht aan te kijken. 'Wat heb je met Sietske gedaan?'

Er verandert niets in zijn ogen, ze blijven koel en afstandelijk. 'Ik zei al eerder tegen je dat Sietske zich nergens mee moest bemoeien. Ze deed of ze dom was, maar vergis je niet. Ze had veel meer in de gaten dan je dacht. En ze had vooral veel te veel zin om te kletsen.'

'En toen moest ze dus geëxecuteerd worden?'

'Ze moest in ieder geval zwijgen.' Hij buigt zich naar haar toe, hun neuzen raken elkaar bijna. 'Ik wilde dit niet, mama. Ik wilde gewoon met rust gelaten worden. Die wijven hadden het stuk voor stuk op mij voorzien. Alle wijven moeten mij hebben. Behalve jij, zo is het toch? Jij zorgt altijd voor mij, jij dekt me, want jij begrijpt wie ik ben.'

'Nee Bjorn, dat begrijp ik niet. Je bent mijn eigen kind, ik heb je opgevoed, ik ken je en toch begrijp ik niet wie je bent. Leg het me uit, laat me je helpen.'

'Om te worden opgepakt? Ik dacht het niet. Ik ben van plan om een tijdje op reis te gaan. Tenslotte heb ik een mooi bedrag op de bank staan, ik kan er wel een paar maanden tussenuit. Misschien maak ik een wereldreis. Dat geld moet worden uitgegeven, het brandt in mijn zak. En als ik terugkom, ga ik serieus op zoek naar een huurhuis. Je komt echt wel een keer van me af; stel papa maar gerust als je hem spreekt.'

'Heb je er nog niet bij stilgestaan dat hier vandaag rechercheurs langskwamen die op zoek zijn naar mensen die connecties hadden met Sietske? Dringt het echt niet tot je door dat ze verbanden kunnen leggen met de moord op Gina? Dat ze kunnen gaan wroeten in onze levens, dat ze misschien kunnen ontdekken dat jij een tijdje geleden opeens anderhalve ton op je rekening hebt gestort en dat ze zich kunnen afvragen hoe jij aan dat geld kwam?'

'Gokwinst,' antwoordt hij laconiek. 'Dat weet iedereen van de familie Van Velzen. Ik sta geregistreerd bij het casino in Amsterdam, dus wie doet me wat? En van jou worden ze niet wijzer.'

'Hoe weet je dat zo zeker, Bjorn?'

'Jij beschermt niet alleen mij, maar ook je man en vooral de enige dochter die je nog overhebt.'

'Wat bedoel je daarmee?' Het lukt haar om de vraag zonder een trilling in haar stem te stellen.

'Ik zei het al eerder, mama: maak me niet kwaad. En drijf me niet tot het uiterste.' Hij doet een stap naar achteren, draait zich om en loopt in de richting van de keuken. 'Is er nog bier? Dit is een dag om door te zakken. Voor ik het vergeet te vragen: wat heb je eigenlijk met die envelop gedaan?'

'Weggegooid, in een vuilnisbak die langs de weg stond.'

Hij lijkt het te geloven.

Hij rekent af met de bezorger, ze hoort hem lachen. Lachen! Wat gaat er in hem om? Gaat er eigenlijk wel iets in hem om? Ze sluit haar ogen en ziet de brievenbus in het gebouw waar hij zou gaan wonen voor zich. Ze volgt haar eigen voetstappen, die recht op die brievenbus aflopen en de envelop naar binnen schuiven. Ze ontdekt de gemelijke grijns op haar gezicht en herinnert zich dat ze dacht: zo, vind dit maar als eerste in de bus als je hier woont. Iemand anders zal de envelop vinden, waarschijnlijk de huidige eigenaar. Wat zal die man of vrouw ermee doen? Weggooien? Bewaren? Aan de politie overhandigen? Het zou erg toevallig zijn als die persoon de witte sokjes en het onderbroekje in verband brengt met de parkmoorden. Maar toch...

Haar vingerafdrukken staan op de envelop. En die van Bjorn.

'Eten! Aanvallen!' hoort ze hem zeggen.

89

'Waarom eet jij niets?'

'Ik heb geen trek.' Astrid kijkt naar zijn mond, waar steeds weer een hap eten in verdwijnt. 'Ik ben in Emmen geweest,' zegt ze.

Hij houdt op met kauwen. 'Vandaag?'

'Ja. Jij had contact met mijn moeder.'

'Dat klopt. Ik heb haar een paar keer ontmoet. De laatste keer was... even denken, een maand of vijf geleden.'

'Ze is dood.'

'Wat? Hoe weet je dat?'

'Ik heb haar buurman gesproken.'

'Daar heb ik geen contact mee gehad.'

'Weet je dat zeker?'

'Waarom zou ik het anders zeggen? Ja, natuurlijk weet ik dat zeker. Ik heb hem een keer in zijn tuin zien staan toen ik vertrok, en heb hem toen netjes gegroet, meer niet. Het leek me een loser.'

Hij heeft mijn ogen.

'Je oma was met hem bevriend.'

'Dat weet ik ook wel. Als je het mij vraagt, was het nog wel wat meer dan vriendschap.'

'Hoezo?'

'Nou, ik heb mijn ogen niet in mijn zak zitten en ik kan ook goed luisteren. Mijn oma was behoorlijk gecharmeerd van die man. Waar ze maar zin in had; ik zou als ik een vrouw was acuut lesbisch worden als hij de enige mogelijkheid was voor seks.'

Astrid wil dit gesprek een andere richting op hebben. 'Waarom had je contact met mijn moeder?'

'Waarom niet? Ik ben nieuwsgierig, dat weet je. Ik pluis dingen graag uit. En hoe meer jij zweeg over haar, des te nieuwsgieriger ik dus werd. Ze was wel heel erg met dat geloof bezig, zeg. Haar hele leven draaide erom. En om die buurman, natuurlijk.' Hij grijnst.

'Wat ben je te weten gekomen?'

'We zijn vandaag weer eens van het duidelijk vragen stellen, hè? Nou, als je het zo graag wil weten: ik ben te weten gekomen dat ik qua karakter veel op haar lijk. Ik ben ook een einzelgänger en ook een fanatiekeling. En ik heb ook een hekel aan mensen die me tegenspreken.'

'Wat zei ze over mij?'

'Dat je een leugenaar was. En een zondaar. Jij gaat als eerste ten onder als het Armageddon eenmaal daar is, mama.'

'Waarom heb je me niet verteld dat je contact met haar had?'

'Waarom zou ik? Het was niet belangrijk. Ik was na de laatste keer niet van plan om nog eens te gaan. Het hoofdstuk oma is nu afgesloten. Wat heb je nog meer op je lever?'

'Waar is Rita gebleven, Bjorn?'

Ze ziet dat hij schrikt, maar hij herstelt zich onmiddellijk. 'Rita wordt nooit meer gevonden,' zegt hij. 'En jij gaat mij deze vraag ook nooit meer stellen.'

'Dat bepaal ik zelf wel.'

'Jij bepaalt niets zelf, mama. Onthou dat eens. Jij zorgt ervoor dat ik binnenkort op reis kan gaan en jij zwijgt over wat er is gebeurd. Zand erover, in het geval van Rita in de meest letterlijke zin.'

'Ben je iets van plan met het meisje dat hier geslapen heeft?'

'Met Carolien? Nee, hoor. Die neem ik hooguit nog een nachtje mee, als je het goed vindt.'

Ze zwijgt.

'Wie zwijgt...' Bjorn lacht.

Ze kijkt naar zijn gezicht en houdt haar adem in. Hij lacht helemaal niet als Charles. Hoe heeft ze dat ooit kunnen geloven?

'Ik trek het niet,' zegt ze. 'Jouw gedrag, je daden. Ik begrijp het niet. Die kinderen... Dat heb je toch niet gedaan?' fluistert ze.

'Ik heb een bloedhekel aan kinderen, vooral aan monstermeisjes van vijf. Ze eisen alle aandacht op, het zijn net lastige vliegen die steeds terugkomen tot je ze dood mept.'

'Je had een zusje van vijf.'

'Het geldt ook voor haar.'

'Ze was dol op jou.'

'Ik niet op haar. Ik heb niet om haar geboorte gevraagd, ook niet om de geboorte van mijn eerste zusje. Jullie hielden totaal geen rekening met wie ik was en wat ik nodig had.'

'Wat had jij nodig, Bjorn?'

'Het alleenrecht op een vader en moeder. De volledige aandacht, het complete support. Geen deeltijdliefde.'

'Waar komt toch die woede in jou vandaan?'

'Dat kan ik ook aan jou vragen, mama.'

90

Hij wilde niet verder praten en is weggegaan. Astrid heeft de tuindeuren wijd opengezet. De koele avondlucht verfrist de kamer; heel langzaam verdwijn de geur van vette patat en satésaus.

Nu zou ze Charles kunnen bellen. Ze voelt zich eenzaam en verlangt ernaar tegen hem aan te liggen. Ze wil met hem vrijen.

Ze besluit een tijdje op het terras te gaan zitten en smeert haar armen, benen en gezicht goed in met Autan. Het waait een beetje. De koele bries voelt lekker aan en maakt haar rustiger. Ze sluit haar ogen en wil nergens aan denken.

Hij noemde ze monstermeisjes, lastige vliegen die steeds terugkomen tot je ze dood mept. Haar maag trekt zich samen als ze aan die woorden denkt. Hij zei nog meer. Hij verweet haar de geboorte van zijn zusjes, omdat hij het alleenrecht had willen hebben op zijn ouders. Geen deeltijdliefde.

Deeltijdliefde, hoe verzint hij het?

Ze probeert zijn gezicht te zien, de blik in zijn ogen, de stand van zijn mond. Maar er doemt slechts één persoon voor haar op: buurman Vanboven. Bjorn heeft hem nooit gesproken, zegt hij. Ze hebben elkaar alleen van een afstand gezien en gegroet. Toch zei de buurman duidelijk dat Bjorn zijn ogen had. Heeft hij dat met één blik op hem kunnen ontdekken? Of heeft haar moeder hem dat verteld?

Haar moeder heeft haar een leugenaar en een zondaar genoemd.

De gedachten razen door haar hoofd en ze bedekt haar ogen met haar handen.

Leugenaar, zondaar, deeltijdliefde. Vliegen die blijven terugkomen tot je ze dood mept.

Wat bedoelde hij daarmee?

Ze loopt de tuin in en haalt wat onkruid weg. Het wordt nu snel donker. De langste dag van het jaar is alweer geweest. Binnenkort is het om tien uur donker. Zou Bjorn dan al op reis zijn? Moet ze toestaan dat hij vertrekt? Kan ze hier achterblijven en de geheimen bewaren? Misschien komen die rechercheurs snel terug en verspreekt zij zich per ongeluk. Misschien ook niet per ongeluk.

Ze veegt het zweet dat ze op haar voorhoofd voelt weg. Ze heeft het koud. Maar het is niet koud.

Ze maakt fouten en ze weet het. Ze draaft door in de neiging haar jong te beschermen. Het is niet de vraag óf ze hem aangeeft, maar wannéér. Haar houding heeft niets meer met liefde te maken, maar met onvergeeflijke lafheid. Ze is even schuldig als Bjorn, zo mogelijk zelfs schuldiger. Ze kan zo niet doorgaan. Het mag niet, dat moet ze onder ogen zien. De grens van het toelaatbare is al ruim overschreden.

Ze wil even op de zolder zitten, al zal het daar stikheet zijn. Ze loopt naar boven en grijpt de deurknop vast. De deur zit dicht. Ze duwt stevig. Geen beweging in te krijgen. Ze kan niet op de zolder komen, de deur zit op slot.

Wie heeft dat gedaan en waarom?

Haar hart slaat een paar slagen over bij de volgende vraag die in haar opkomt.

Wat is er gaande op haar zolder?

Ze rent naar beneden en belt het mobiele nummer van Bjorn. Hij gaat vier keer over en daarna is er aan de andere kant een enorme herrie. Muziek, luid geschreeuw.

'Hallo, hallo, hallo,' roept Bjorn. 'Ben jij dat, Carolientje? Ik zit me bij Mees lekker vol te gieten. Kom je ook?'

Ze kucht. 'Met mama, Bjorn.'

'Met wie?'

'Met máma!' Nu schreeuwt ze, terwijl ze dat niet wil.

Het lawaai is nu meer op de achtergrond. 'Ik ben even naar buiten gelopen. Wat is er?'

'Ik wil dat je naar huis komt. We zijn nog lang niet uitgepraat.'

'Daar kon je wel eens heel erg gelijk in hebben. Maar ik heb nu geen zin om te praten, ik heb zin om te zuipen. Hou op met me te bellen. Ga iets nuttigs doen.'

Ze gaat terug naar de tuin en klapt de terrasstoelen in elkaar. Er zoemt iets langs haar wang en ze slaat het weg. Wat vreemd, een insect, zo laat op de avond. Het beest vliegt nog een keer langs haar.

91

De deur van de zolder zit echt op slot, ook al gaat ze nog zo vaak weer kijken. Het geeft haar een vervelend gevoel. Als Bjorn thuiskomt, zal ze hem meteen vragen waar de sleutel is. En waarom hij die deur op slot heeft gedaan.

Ze heeft besloten hem op te wachten, hoe laat hij het ook maakt. Of hoe vroeg. Al is hij stomdronken, ze zal de sleutel van de zolder terugkrijgen. Desnoods wacht ze tot hij slaapt en doorzoekt ze zijn kleren.

Het idee dat iemand zich de toegang tot haar domein heeft toegeëigend begint haar iedere minuut meer tegen te staan. Ze is kwaad en ze wordt steeds kwader. En ongeruster. Er zal daar toch niets gebeurd zijn? Ze krijgt de meest idiote visioenen van vrouwen met ingeslagen schedels die zijn gewurgd. Opeens schiet ze overeind.

Zou hij boven iemand verborgen hebben? Rita?

Ze heeft het gevoel dat ze stikt.

Nadat ze voor de derde keer het nummer heeft ingetoetst, besluit ze dat ze Charles toch niet gaat bellen. De pendule in de kamer heeft twee keer geslagen. De nacht is stil op een aangename manier. Ergens in de verte kwaakt een kikker. 'Ga slapen, joh,' zegt ze tegen de duisternis.

Over een paar uur is het weer licht. Misschien ziet ze de zon wel opkomen. Dat is vaak gebeurd in de eerste maanden nadat Meike was verongelukt. Toen kon ze nachten achter elkaar niet slapen zolang het donker was. Pas als ze de eerste lichtstrepen aan de hemel zag verschijnen, werden haar oogleden zwaar.

Ze spitst haar oren. Klopt het, stopt er een auto voor het huis? Ze sluit de tuindeuren en loopt naar de voordeur.

'Voorzichtig,' hoort ze iemand zeggen. 'Leun maar op mij.'

Is het dat meisje? Carolien?

Ze opent de deur en slaat van schrik een hand voor haar mond.

Een man begeleidt Bjorn naar de woonkamer. Astrid volgt.

Bjorn gaat op de bank liggen. Zijn gezicht is ernstig toegetakeld. Zijn linkeroog zit bijna dicht en ook zijn linkerwang is rood en gezwollen. Er zit bloed aan zijn kin.

De man die hem heeft thuisgebracht stelt zich voor. 'Ik ben Mees, de eigenaar van het stamcafé van Bjorn. Het leek me beter hem thuis te brengen. We moeten morgen maar even overleggen hoe we zijn auto ook weer hier krijgen.'

'Wat is er gebeurd?'

Mees haalt zijn schouders op. 'Het gebruikelijke euvel: ruzie om een vrouw. Ze hadden allebei net een glaasje te veel gedronken en het ene woord lokte het andere uit. Bjorn is er nog het beste van afgekomen. De andere helft van het vechtersduo is afgevoerd naar het ziekenhuis.'

'Ik had hem helemaal dood willen slaan,' zegt Bjorn. 'En haar erbij.'

Mees heft zijn hand op. 'Let op je woorden, maat. Mij kun je vertrouwen, ik lul niet. Maar zeg zoiets niet tegen iemand die ermee op de loop kan gaan. Hou er rekening mee dat die andere klant aangifte zal doen. Dan lijkt het me verstandig om dergelijke teksten achterwege te laten als je verhoord wordt.'

'Mijn moeder kan ertegen. Die is opgegroeid met teksten die veel erger zijn. Ze stamt af van de Jehova's getuigen.'

'Ik denk dat jij eens moet gaan slapen,' adviseert Mees.

'Ik lust nog wel een glaasje,' lalt Bjorn.

Mees keert zich om naar Astrid. 'Denkt u dat u het met hem redt? Of moet ik hem even de trap op hijsen?'

'Ik leg hier wel een deken over hem heen,' zegt Astrid. Ze loopt met de man mee naar de voordeur en bedankt hem.

Mees wijst naar de deur van de kamer. 'Die jongen heeft een probleem, als u het mij vraagt. Ik denk dat u hulp voor hem moet organiseren.'

'Dat ga ik doen,' belooft Astrid. Ze sluit de deur en leunt met haar hoofd tegen het smalle raam in het midden. Achter haar hoort ze een geluid.

Bjorn houdt zich vast aan de muur en wankelt naar het toilet. 'Wij gaan nog een goed gesprek houden,' hikt hij.

92

Hij begint steeds sneller te praten en zij wordt steeds rustiger. Ze heeft een groot glas melk voor hem neergezet en hem bevolen dat leeg te drinken. Ze weigert hem alcohol zolang er gepraat wordt.

Hij drukt de natte lap die ze hem gegeven heeft voortdurend tegen zijn gezicht. De ruzie ging over Carolien, die gruwelijke slettenbak. Ze kwam voor hém, maar begon te flirten met een andere vent en toen die toehapte draaide ze zich gewoon van Bjorn af. Toch zou er niets gebeurd zijn als die vent niet was begonnen met sarren. Hij had Bjorn niet ten overstaan van de hele kroeg belachelijk mogen maken.

'Ik ging opeens door het lint,' vertelt hij, terwijl hij de natte lap bekijkt. 'Ik geloof dat ik niet meer bloed.' Hij drinkt het glas melk verder leeg. 'Geef me nog maar een glas, als je toch geen bier wil halen.' Het lijkt erop dat hij beter aanspreekbaar wordt.

Ze zet het tweede glas melk voor hem neer en gaat tegenover hem zitten. 'Ik denk dat je het beste eerst eens kunt gaan slapen,' begint ze. 'We halen morgen samen je auto wel op. Ik wil ook wel eens naar bed.' Hij kijkt naar haar en de blik in zijn ogen bevalt haar niet. 'Nu niet weer beginnen met ruziemaken,' waarschuwt ze.

'Ik maak nooit ruzie, tenzij ik daartoe word uitgenodigd. Door jou, bijvoorbeeld. Jij kunt er wat van, mama ex-Jehova's getuige. Jij bent wel heel erg van God losgekomen, is het niet?'

'Daar hebben we het al eerder over gehad en ik heb er op dit moment geen behoefte aan om over mijn achtergrond te praten. Zal ik die lap nog een keer goed nat maken?'

'Rita ligt in het Amsterdamse bos,' zegt hij.

Nol heeft hem verteld dat de katholieken biechten. Die vertellen aan een priester wat ze allemaal fout hebben gedaan, zeggen dat ze er spijt van hebben en dan worden hun zonden vergeven. Is dat niet een geweldige uitvinding? Bjorn wil ook wel even biechten en dan spelen ze dat Astrid de priester is.

Ze probeert hem af te leiden met mededelingen over het tijdstip en over het feit dat het al bijna licht is geworden. Als dat geen effect heeft, zegt ze dat ze geen priester is en geen zin heeft om met een geloof te spotten.

'Ik ben anders bloedserieus, mama,' meldt hij. 'En nu wil ik weer een pilsje. Als jij dat aan me geeft, vertel ik jou precies wat je wil weten. Nee, niet protesteren, je popelt om het te horen. En ik wil het wel kwijt, daarna zand erover.' Hij giechelt. 'Nu zeg ik het wéér.'

Ze kan hem niet aankijken als hij vertelt wat hij allemaal heeft gedaan. Hij is soms moeilijk te verstaan, omdat zijn tong dubbel slaat. Hij krijgt ook steeds opnieuw de hik. Ze heeft een glas water naast de pils gezet en maant hem daar ook van te drinken.

Dit is ziek. Dit is volslagen buiten proportie, het heeft niets meer te maken met een gezond verstand. Het heeft te maken met volstrekte waanzin.

Ze hoort de zinnen uit zijn mond komen. Hij springt van de hak op de tak, heeft het eerst over Sietske, daarna over Gina, dan weer over Rita en tussendoor meldt hij wat hij allemaal nog met die Carolien wil gaan doen. Hij praat niet over kleine meisjes, kinderkleren, parken. Ze betrapt zichzelf op een gevoel van geruststelling. Nu vertelt hij iets over een snackbar. Die griet herkende hem toen ze een bruidsjurk kwam kopen. Hij was met Gina in die snackbar geweest, op een avond toen hij een slok te veel op had. Gina reed en stopte daar. Ze gingen nooit samen ergens heen; zij wilde niet met hem in het openbaar gezien worden. Maar die avond had ze zin in een ritje in de auto, ze stikte in haar huis. En onderweg kreeg ze opeens zin in patat. Dat domme wijf had haar bek moeten houden. En Astrid ook.

Wat bezielt vrouwen toch om altijd maar zo te willen ouwehoeren? Waarom kunnen ze niet zwijgen, zoals mannen dat doen?

Het is al heel lang gaande, volgens hem. Waar heeft hij het nu over? Ze merkt dat ze niet goed heeft geluisterd.

Het is iets wat buiten hem om lijkt te gebeuren. Het is er opeens, het komt zomaar tevoorschijn. Het is heel kwaad en heel agressief, onstuitbaar en overheersend. En het komt door háár.

'Door mij?' schrikt Astrid.

'Je had mij nooit geboren moeten laten worden,' verwijt hij haar.

Ze staat op. 'Genoeg, Bjorn. Je vervalt in herhalingen en je raaskalt. Ga nu eerst eens een paar uur slapen en dan praten we verder. Ik heb er nu echt genoeg van.'

'Ik ben dronken, ik weet het. Maar ik weet ook nog steeds heel goed wat ik zeg. En ik heb niets gefantaseerd. Ik heb gebiecht, bij jou; nu zijn mijn zonden vergeven en ken jij mijn geheimen. Nu moeten we daar allebei mee leren leven. Het zat me dwars dat ik er met niemand over kon praten en het lucht me op dat jij nu alles weet. Nol vertelde me ook nog dat priesters een zwijgplicht hebben. Dus mondje dicht, mama.'

'Ik ben geen priester en ik kan dus met jouw informatie doen wat ik wil.' Ze heeft direct spijt van de woorden en probeert iets te verzinnen om de lading af te zwakken.

'Dan heb ik nog een lekkere uitsmijter voor je en ik ben benieuwd of het je lukt om daar met iemand over te praten.'

Ze wil dat hij nu echt zwijgt. Ze moet zien te voorkomen dat hij alsnog gaat praten over parken en kleine meisjes. 'Alsjeblieft Bjorn, hou nu op. Ik wil het niet weten.'

'Wat wil jij niet weten?'

'Wat je met die meisjes hebt gedaan.'

'Welke meisjes bedoel je?'

'Die kinderen in de parken. Ik wil het niet weten.'

'Rustig maar, ik wil het helemaal niet over kinderen in parken hebben. Ik wil alleen nog iets kwijt over jouw eigen kleine meisje. Dat schattige oogappeltje van je, dat alle aandacht en ruimte in beslag nam. Jouw roze vlinder, jouw prinsesje.'

'Ze was dol op jou.'

'Dat heb je al eerder gezegd, blijf je dat steeds herhalen? Wat moet ik daarmee? Ik was niet dol op haar. Ik heb haar gehaat vanaf het moment dat ze werd geboren.'

De kamer draait. Astrid sluit haar ogen. 'Ik neem je niets kwalijk,' fluistert ze.

'Ook niet dat ik tegen haar zei dat ze nog wel even kon oversteken?'

93

'Ik geloof dat ik zwanger ben,' zei ze tegen Charles.

Hij reageerde verrast. 'Dat kan toch niet met een spiraaltje?'

'Het zou niet moeten kunnen, maar ik ben over tijd, mijn borsten zijn gezwollen en ik ben de hele dag misselijk.'

Hij greep haar vast. 'Het zou een onverwacht cadeautje zijn,' lachte hij.

Haar schoonmoeder vertelde dat ze pas een artikel had gelezen over de onbetrouwbaarheid van een spiraaltje. Het scheen een voorbehoedmiddel te zijn dat de meeste ongewenste zwangerschappen veroorzaakte. 'Behalve periodieke onthouding dan,' lachte ze. 'Maar wie gelooft daar tegenwoordig nog in?'

Het spiraaltje van Astrid was spoorloos verdwenen en in plaats daarvan zat er een klein mensje in haar baarmoeder.

Inderdaad een onverwacht cadeautje.

Jolien maakte koprollen en begon al haar vriendinnen op te bellen. Ze verzon namen en zei dat ze altijd wilde oppassen. Ze wreef over Astrids buik en praatte tegen de baby.

Bjorn was nors. Hij weigerde erover te praten, maar wilde wel kwijt dat hij zijn moeder te oud vond om nog een kind te krijgen.

'Ik ben bijna zesendertig,' antwoordde ze verbaasd. 'Hoe bedoel je "te oud"? Veel vrouwen krijgen op mijn leeftijd pas hun eerste kind.'

Ze wilden het geslacht van het kind niet weten, maar diep in haar hart hoopte Astrid op een tweede dochter.

De bevalling duurde maar een paar uur en ze kon niet ophouden met naar het meisje te kijken. De wereld bestond uit Meike en haarzelf, en soms kwamen er een paar anderen voorbij.

'Dit kind heeft je onvoorstelbaar blij gemaakt,' zei haar schoonmoeder. 'Dit moest je gewoon overkomen. De cirkel is rond.'

Het was of alles voor de eerste keer gebeurde. Of de eerste tandjes, de eerste stappen, de eerste woorden nog nooit eerder hadden plaatsgevonden. Ze zoog alles wat er met Meike gebeurde diep naar binnen en verankerde het. En ze dacht ontelbare keren aan de woorden die haar schoonmoeder had uitgesproken, de woorden die een profetisch karakter bleken te hebben. Het klopte, ze werd door de geboorte van Meike onvoorstelbaar blij. De blijdschap plaatste de zorgen om Bjorn op de achtergrond.

Ze probeerde met eindeloos geduld om Meike 'mama' te laten zeggen. Het enige antwoord dat ze voortdurend kreeg was een stralende lach, veel gekraai en natte lipjes tegen haar wangen. Op een dag riep het kind heel enthousiast 'Jor' toen Bjorn binnenkwam.

'Zo zie je maar wie er echt belangrijk voor haar is,' zei hij.

Toen Meike begon te kruipen, kroop ze het eerst in zijn richting; toen ze begon te lopen, waggelde ze recht in zijn armen. Hij ving haar op en tilde haar hoog boven zich uit. 'Zal ik haar eens laten vallen?' lachte hij.

Jolien noemde het rotstreken, Charles had het over Bjornstreken.

Astrid zweeg en lette scherp op. Ze liet Bjorn niet graag met Meike alleen.

Wat hij ook tegen het meisje zei, ze werd nooit boos en raakte nooit in paniek. Als Bjorn het zei, was het goed.

'Ze is zeldzaam loyaal,' zei Astrid tegen Charles.

'Dat heeft ze van jou,' was hij van mening.

De stilte ligt loodzwaar tussen hen in. Astrid tuurt naar haar handen en probeert het beeld dat aan haar voorbijtrekt kwijt te raken. Het komt steeds terug, of ze haar ogen sluit of opendoet. Ze ziet een jongen van drieëntwintig naast zijn fiets staan, aan de kant van de weg. Naast hem een meisje van vijf. Een meisje in een roze jurkje en met een roze fiets. Een lachend, sprankelend, huppelend kind.

Een onschuldig kind.

'Ze keek niet uit.' Astrid weet dat de woorden uit haar mond komen, maar ze heeft het gevoel dat iemand anders ze uitspreekt. Ze praat tegen haar handen.

'Ze wilde roze bloemen kopen. Ze vroeg hoe laat we terug zouden zijn. Ze verwachtte dat ze die avond mocht opblijven tot het donker was. Ze zei dat ze moeder wilde worden. Haar mond stond nooit stil, ze was er altijd, er viel niet aan haar te ontkomen. Ze was te veel en ik heb vanaf de dag dat ze geboren werd nagedacht over de mogelijkheid om van haar af te komen. Ze geloofde alles wat ik zei, dus ook dat ze nog wel even kon oversteken.' Bjorn komt kreunend overeind. 'Ik ga slapen. Roep me niet, al lig ik de hele dag op bed. Bel Nol en vertel hem dat ik maandag niet kom werken. Ik ga niet naar buiten tot ik weer toonbaar ben.'

Ze heeft elk woord verstaan, maar ze wil er geen letter van begrijpen. Ze wil ervan overtuigd zijn dat het een ongeluk was, een stompzinnig ongeluk, wat ongelukken meestal zijn. Het litteken dat ze in elk deel van haar lichaam voelde begon eindelijk een beetje dicht te gaan. Dat moet zo blijven. Het moet zich sluiten, zodat de goede herinneringen meer kans krijgen zich te manifesteren. Er mag niets gebeuren wat het marginale herstel van dit drama in de weg kan staan.

Het was een ongeluk. Ze wil het uitschreeuwen en hem dwingen het te herhalen.

'Misschien kom ik wel nooit terug van mijn wereldreis,' zegt Bjorn.

Haar oren volgen de geluiden. Hij is in de keuken, opent de koelkast, pakt bestek. Zijn stem kondigt aan dat hij een boterham met jam mee naar boven neemt. Hij stommelt de trap op. Hij niest twee keer.

Astrid kijkt om zich heen, maar haar ogen registreren niets van de kamer. Ze ziet alleen een meisje dat door een auto wordt meegesleurd. Het roze fietsje ligt zonder voorwiel ergens op het asfalt. Het jurkje kleurt langzaam rood.

Haar broer kijkt toe.

Waar is haar stem gebleven? Waar zijn haar tranen? Waar is haar gevoel? Ze bestaat niet meer.

94

Het is licht geworden, de zon schijnt. Gisteren werd voor vandaag een warme dag voorspeld. Hoge temperaturen, droge lucht, gevaar voor bosbranden.

Ze opent haar ogen en ontdekt dat ze weer eens op de bank ligt. Ze probeert iets te denken, maar in haar hoofd is het nog donker.

In het huis hangt een diepe stilte. Een andere stilte dan die er gisteren was. Het is een fijne stilte.

De pendule slaat elf keer. Ze telt met gesloten ogen de slagen.

Elf keer! Ze opent haar ogen.

Het glas waar melk in heeft gezeten en het lege bierflesje slaan de stilte tot puin. Ze grijpt zich vast aan de leuning van de bank en probeert de schreeuw tegen te houden. Maar het geluid baant zich een weg naar buiten en vult de hele kamer. Haar keel voelt direct rauw aan.

Ze ligt met haar hoofd op tafel en jankt zoals een gewond dier dat kan doen. Ze kan er niet meer mee ophouden. Ze wil er ook niet meer mee ophouden. Ze wil zich dood huilen.

Op de hoek van de tafel ligt een verdwaald servet. Ze trekt het naar zich toe, veegt haar gezicht af en snuit haar neus.

Ze wast zich in de keuken. Het enige waar ze aan kan denken is haar roze kind dat later moeder wilde worden. De tranen hebben haar opgelucht. Ze haalt het kind naar zich toe en kan haar hier zien zitten. Ze wil een witte boterham met roomboter en hagelslag. Ze is blij en tevreden en zal dat altijd blijven. Het is de enige manier waarop ze een herinnering kan zijn.

Er flitst een auto langs die haar meesleurt. Niet aan denken, niet aan denken. Misschien wil ze nog een witte boterham met roomboter en hagelslag.

Overal pijn. Haar beenspieren lijken een marathon te hebben gelopen, haar armspieren hebben verkeerde bewegingen gemaakt, haar rugspieren zijn bezweken onder een te zware vracht. Haar hartspier is voorgoed beschadigd.

Is ze wakker of slaapt ze nog? Is ze soms dood? De wereld is anders, ze maakt er geen deel meer van uit. Waar is iedereen gebleven?

De pendule slaat weer. Twee keer? Wat is er met de tijd gebeurd?

Ergens in huis is een geluid dat ze kent. Ze luistert. Daar is het opnieuw. Ze beseft opeens dat er iemand aanbelt.

Het is de man die Bjorn thuisbracht. Mees. Hij vraagt of het wel goed met haar gaat. Is ze vergeten dat de auto van Bjorn nog terug moest? Hij heeft iets geregeld.

'Ik heb heel diep geslapen,' hoort ze iemand uitleggen.

'Is Bjorn al wakker?'

Is Bjorn wel thuis? Hij is toch op wereldreis? Hij zou wel eens voor altijd weg kunnen blijven. Met een schok komt ze terug in de werkelijkheid. 'Hij slaapt nog,' zegt ze.

'Ik heb Carolien bij me, ze wil graag met hem praten.'

'Praten?' Er daagt een gezicht voor haar op. Een gezwollen oog, ook een gezwollen wang. 'Over die vechtpartij van gisteravond?'

Mees maakt een wanhopig gebaar. 'Ik weet het niet. Gisteravond wilde ze niets van hem weten, maar vanmorgen belde ze me al vroeg om te vragen of Bjorn goed was thuisgekomen. Ik denk dat ze het stevig van hem te pakken heeft.'

'Ze kan beter bij hem uit de buurt blijven.'

'Misschien kan ze daar het beste zelf achter komen.'

Astrid ziet dat het meisje uit de auto stapt. Ze is klein en tenger en nog heel jong.

'Ik ben Carolien,' zegt ze.

'Bjorn slaapt nog,' meldt Mees.

Het meisje kijkt haar smekend aan. 'Ik heb er niet van kunnen slapen. Het is allemaal mijn schuld; ik moet dat echt tegen hem zeggen. Wilt u hem alstublieft wakker maken?'

De trap heeft honderd treden. Haar voeten willen niet worden opgetild. Hoe komt ze boven?

Iemand duwt haar zachtjes in de goede richting. Ze kijkt achterom. Er is niemand. 'Waar ben je?' fluistert ze. 'Waar ben je toch? Hoe zie je er nu uit? Zweef je rond?'

Ze opent de deur van Bjorns kamer. Ze ziet eerst het open raam en de hor die tegen de radiator staat. Daarna de halve boterham met jam. En pas dan ziet ze hem liggen.

Waarom slaapt hij met zijn ogen open?

95

Er zijn sirenes en mannen in groen-gele pakken. Iemand zegt dat het ernstig is. Hij vraagt naar haar man. 'Mijn man is met mijn dochter op vakantie. Ze zitten in Californië,' legt ze uit.

'Jij kunt alles altijd zo goed uitleggen,' zei Meike een keer. 'Ik begrijp altijd alles wat jij zegt.' Ze zou zweren dat Meike hier ergens rondloopt.

'Hoe komt zijn gezicht zo gehavend?'

Iemand antwoordt dat Bjorn gisteravond gevochten heeft. Er is ook iemand in de kamer die huilt.

'De raamhor staat op de grond,' vertelt iemand anders. Wie is dat nu weer?

'Hij is allergisch voor wespen,' meldt ze. Luisteren die mannen wel?

'Hij was heel erg dronken,' licht ze toe. Ze vraagt zich af wat dit voor soort gekkenhuis is. 'De hor zit altijd in het raam,' beweert ze.

'Ik heb het eruit gehaald, omdat ik het dekbed even wilde laten luchten. Hij was al naar beneden en ik ben vergeten het tegen hem te zeggen.' Waar gaat dit nu weer over? Spookt het hier soms?

'Er waren twee wespen in de kamer. Vlak naast zijn lip zit een rode bult; het is mogelijk dat hij is gestoken. Waarschijnlijk een anafylactische shock.'

Hebben ze het tegen haar?

'Hij is wel erg toegetakeld. Er kan ook sprake zijn van ander letsel. We zullen de politie moeten inschakelen. Mevrouw, kijk me eens aan. Hebt u begrepen wat ik u vertelde?'

'Ik begrijp niets meer,' zegt ze.

De huisarts is er, hij houdt haar hand vast. 'Wat een verschrikkelijk bericht. Hoe heeft dit kunnen gebeuren? Waar is uw man, mevrouw Van Velzen? Wie moeten we bellen?'

'De hele familie zit in Californië, behalve Bjorn en ik. En behalve Meike, natuurlijk.' Ze breekt.

Iemand wrijft over haar gezicht. Ze kijkt op.

'Ik blijf bij je tot Charles en Jolien thuiskomen. Ze zijn al onderweg.' Het is Nol.

'Hoe lang ben je hier al?'

'Al vanaf vanmiddag. Je hebt zelf aan de politie gevraagd of ze mij wilden bellen.'

'Hoe laat is het?'

'Het is halftwaalf. Je hebt uren geslapen.'

'Ik heb nog steeds slaap. Ik wil naar bed.'

'Dat is goed. Ik slaap hier wel op de bank.'

'Ik moet eerst iets drinken.' De kamer heeft weer de bekende omvang, ze herkent de meubels. Toch is er iets veranderd. 'Bjorn is dood, hè?'

Nol gaat naast haar zitten. 'Ja, Bjorn is dood. De hor zat niet in het raam en hij is waarschijnlijk gestoken door een wesp.'

'Hij nam een boterham met jam mee naar boven. Waarom heeft hij die hor eruit gehaald?'

'Ik heb begrepen dat hij dit niet zelf heeft gedaan. Weet je nog dat de politie er was? Heb je begrepen dat ze hem naar een gerechtelijk laboratorium hebben gebracht voor een sectie?'

'Hij was altijd doodsbang om gestoken te worden.' Ze probeert te gaan staan, maar verliest haar evenwicht.

Nol vangt haar op. 'Rustig maar, er gebeurt niets. Zal ik even iets te drinken halen?'

'Ik wil naar zijn kamer,' zegt ze.

'Goed. Ik loop met je mee.'

'Ik wil liever alleen.'

Het dekbed is teruggeslagen. Het lege bed houdt haar op een afstand. De hor zit weer in het raam.

Haar ogen dwalen langs de muren. Nergens een wesp te bekennen.

Bjorns spijkerbroek hangt scheef over de stoel. Ze loop erop af en trekt hem recht. Er valt iets uit een van de zakken. Ze bukt zich om het op te rapen. Het is de sleutel van de zolderdeur.

Er zijn voetstappen op de trap. 'Kan ik ergens mee helpen?' hoort ze Nol vragen.

Ze stopt de sleutel snel in de zak van haar rok en loopt de kamer uit.

'Nee, ik ga naar bed.' Ze wenst hem welterusten en bedenkt dat het zomaar heel normaal lijkt dat iemand die hier zelden komt vannacht op de bank in de woonkamer slaapt.

Ze staan samen naast haar bed, Bjorn en Meike. 'Ik weet dat dit een droom is,' zegt ze tegen hen. 'Geef elkaar eens een hand. Sta daar niet zo lomp.'

Meike steekt haar hand uit naar haar broer. Hij maakt een afwerend gebaar. 'Hij wil dat nooit,' zegt het meisje.

'Het kan nu toch wel?' oppert Astrid.

Hij opent zijn mond. Zijn tong is gezwollen, hij begint zwaar te hijgen.

Astrid wordt wakker. Ze gaat met gesloten ogen op de rand

van het bed zitten. 'Is het nu goed?' vraagt ze. 'Ben je nu waar je altijd al wilde zijn?'

Hij was nog geen vier toen hij het voor de eerste keer zei. Ze kon hem nog net tegenhouden toen hij in de sloot achter het huis van haar schoonouders dreigde te vallen. 'Wat doe je nu?' riep ze verschrikt. 'Je moet beter uitkijken!'

'Nietes,' zei hij.

'Waarom niet? Weet je wel wat er kan gebeuren als je in het water valt en mama je niet op tijd kan redden?'

'Dan ga ik weg.'

'Waar naartoe?' Ze hoorde de weerzin in haar eigen stem.

'Naar daar,' wees hij in de lucht.

'Je gaat volgende week op zwemles,' besliste ze.

'Daar wil ik zijn,' zei hij.

Ze kruipt weer in bed en trekt haar knieën op. 'Ik wil slapen,' zegt ze tegen de ruimte om haar heen. 'Denk eraan: me nu met rust laten.'

96

Op de eettafel ligt een krant. Hij is van woensdag. Is het soms een krant van vorige week?

'Klopt het dat het vandaag woensdag is?' vraagt ze aan Charles. Die is opeens terug. 'Ik kan de dagen niet uit elkaar houden.'

'Dat komt waarschijnlijk door de tranquillizers die ze je hebben gegeven. Ik denk dat die een beetje te sterk zijn. Je slaapt waar je zit en je reageert nauwelijks op wat we zeggen.'

We? Wie zijn 'we'?

'Jolien is ook terug en mijn ouders ook.'

'Ik weet het niet meer,' stamelt ze.

'Ik regel alles wel,' belooft hij.

Ze kan misschien beter niet vragen wat er allemaal te regelen valt.

De mist in haar hoofd begint heel langzaam op te trekken. Ze kan zich nog niet goed concentreren en ligt het liefst op bed. Het is heerlijk als er iemand bij haar is. Ze laten haar nauwelijks alleen, dat registreert ze wel. Soms kruipt Jolien tegen haar aan, soms haar schoonmoeder. 's Nachts houdt Charles haar stevig vast. Nu vertelt hij haar iets over een uitslag van een sectie. De doodsoorzaak had niets met de verwondingen te maken. Ze moet heel diep in haar geheugen graven om het bezoek van Mees naar boven te halen, maar het lukt.

'Hij had gevochten, het ging om een vrouw. Een meisje. Carolien.'

'Dat klopt,' zegt Charles.

'Het kwam niet door dat vechten, het kwam door die wesp.'

'Dat begrijp je goed. Ben je het ermee eens dat we hem laten cremeren? Volgens Jolien heeft hij wel eens tegen haar gezegd dat hij absoluut niet begraven wilde worden.'

'Dat is goed.'

'Vanmiddag komt de uitvaartondernemer. Ik denk dat we de uitvaart voor dinsdag kunnen plannen. Dan hebben we nog voldoende tijd om kaarten te sturen.' Charles pakt haar hand. 'Waarom zit de deur van de zolder op slot?'

'Ik maak hem wel weer open.'

Hij wil iets vragen, maar bedenkt zich blijkbaar. 'Goed, hoor. Wil je niet eens even lekker in bad?'

'Hoezo? Stink ik soms?'

Hij lacht. 'Nee, je stinkt niet. Ik weet dat je het lekker vindt om in het warme water te liggen en nu het opeens zo fris is buiten, dacht ik dat je...'

'Ik heb geen idee welke dag het is, welk type weer het is, wie allemaal hier in huis zijn. Ben ik hier eigenlijk wel?'

'Het is vandaag vrijdag. Je moet echt stoppen met die pillen. Ik bel de huisarts en overleg wat het beste is.'

'Goed. En daarna doe je me in bad.'

Hij geeft haar een kus. 'Daar is mijn eigen Assie weer.'

Haar schoonmoeder bakt eieren met ham en kaas. Het ruikt heerlijk.

'Het is onfatsoenlijk dat ik hier zo zit te schransen,' stelt Astrid vast. 'Mijn zoon is dood. Ik hoor geen trek in eten te hebben.'

'Het wordt tijd dat je eens iets in je maag krijgt, er is niets onfatsoenlijks aan. Je bent kilo's afgevallen, kind. Wat is er hier toch allemaal gebeurd?'

Astrid schudt haar hoofd. 'Later,' zegt ze.

Ze is voor het eerst weer alleen in huis. Jolien is boodschappen gaan doen, ze heeft beloofd heel snel terug te komen. Astrid kan eindelijk naar de zolder. Gelukkig heeft niemand haar meer gevraagd waarom de deur daar op slot zit. Nu gaat ze hem openmaken en dat wil ze in haar eentje doen.

Als ze boven aan de trap staat, twijfelt ze toch. Misschien kan ze hier beter mee wachten tot Charles thuis is. Ze berispt zichzelf. Charles heeft al genoeg aan zijn hoofd, laat ze nu weer eens iets zelfstandig doen. Ze steekt de sleutel in het slot en draait hem om. Langzaam opent ze de deur.

97

Op de kist staat een foto van Bjorn. Hij is vorig jaar mei gemaakt door Jolien, die toen net een nieuwe mobiele telefoon had. Het is een portretfoto, de enige die lukte. Hij staat er ontspannen op, met zijn ogen een beetje dichtgeknepen. Astrid had nooit kunnen bedenken dat ze daar nog eens zo blij om zou zijn.

Er komen mensen langs die ze nog nooit heeft ontmoet. Ze gaan allemaal staan praten met Mees en Carolien.

'Waarschijnlijk kroegvrienden,' zegt Jolien.

Ze hebben een mooi bloemstuk uitgezocht van alleen witte bloemen. Het ligt midden op de kist. Op de vloer staan links en rechts vazen met fraaie boeketten.

Astrid kruipt tegen Charles aan. 'We kennen bijna niemand van deze mensen, moeten we naar hen toe gaan?'

'Nee, ze horen naar ons toe te komen.'

'Ik denk dat ze dat niet durven.'

Hij trekt haar tegen zich aan. 'Je hoeft je vandaag niet om het welzijn van anderen te bekommeren. Hou het maar bij zorgen voor jezelf.'

'Hij was niet gelukkig.'

'Het leven paste hem niet,' zegt Charles.

Ze kruipt nog dichter tegen hem aan. 'Weet je nog dat je vroeg of ik...' Ze heft haar hoofd op, zodat ze hem kan aankijken. 'Of we het kind moesten laten komen?'

'Ja, dat weet ik nog.'

'Als we van tevoren alles hadden geweten...'

'Dat wisten we niet, As. Het heeft geen enkel nut ons daarmee bezig te houden. We hebben ervoor gekozen om Bjorn geboren te laten worden en we hebben ons best gedaan. Vergeet dat niet, we hebben allebei heel erg ons best gedaan.'

'Ik koos ervoor.'

Hij drukt een kus op haar lippen. 'Ik heb niet geprotesteerd. Laten we nu even op Jolien letten, ze heeft ons nodig.'

'Hoe voel je je?' vraagt haar schoonmoeder.

'Verdoofd,' zegt Astrid. 'En ook...' Het lijkt haar beter om het woord dat in haar opkomt niet uit te spreken.

Ze hebben de kleine aula genomen.

'Er zijn ook klanten,' meldt Charles. 'Aardig, hè?'

Astrid vraagt zich af wat hij precies voelt. Hij heeft zich vanaf zijn terugkomst vooral met háár beziggehouden en met het regelen van de uitvaart. Ze kan zich niet herinneren dat hij iets liet blijken van verdriet. Maar ze kan zich eigenlijk nauwelijks iets herinneren van de dagen die achter haar liggen. Ze heeft alleen bij Jolien tranen gezien, of heeft ze dat gedroomd? 'Ik ben nog steeds niet helder in mijn hoofd,' fluistert ze tegen Charles.

'Komt wel weer,' zegt hij.

Liever niet, zou ze willen zeggen.

Charles spreekt. Het lukt hem een mooie samenvatting te geven van een leven dat aan alle kanten gefrustreerd en ongelukkig was. Zonder te liegen bedekt hij de waarheid over het moeilijke karakter van Bjorn met zorgvuldig geformuleerde woorden. Hij leest de tekst die hij heeft opgeschreven zonder één hapering op en houdt zijn stem in bedwang.

Jolien kan zich minder goed beheersen. Ze stamelt bijna haar afscheidswoorden aan de broer die ze nooit goed kon doorgronden. Ze concludeert dat het leeftijdsverschil daar debet aan was. Op het moment dat ze hem vraagt daarboven goed voor hun zusje te zorgen, is ze nauwelijks meer te verstaan.

Astrid drukt haar vuisten tegen haar mond.

Er wil nog iemand spreken. Het is Carolien. Ze klemt haar papieren zakdoekje in haar ene hand en zoekt met haar andere hand steun bij de katheder. Vervolgens stort ze een litanie van schuldgevoel over de aanwezigen uit. Astrid zou haar willen tegenhouden. Ze knijpt in de hand van Charles. Hij klopt bemoedigend op haar vingers.

Waarom zitten ze hier nog steeds? Wéér muziek. Die hebben Charles en zijn vader gekozen. Zij zou niet hebben geweten welk genre ze voor Bjorn moest uitzoeken en dat voelt aan als falen. Alles wat hier gebeurt voelt aan als falen, alles wat te maken heeft met deze vertoning. Wanneer houdt dit nu eens op? Wat valt er verdrietig en aangeslagen te zijn? Hij wilde zelf dood; die wens werd al duidelijk toen hij net vier was. Ze zou achter die katheder willen gaan staan en het de meute toeschreeuwen. Ze zou alle zelfbeheersing die ze zich eigen heeft gemaakt van zich af willen werpen en haar echte gevoelens willen tonen. Iedereen zou zich kapot schrikken.

Ze kijkt naar de kist. Ze hebben hem direct laten sluiten en Bjorn niet meer aan de buitenwereld getoond. Ook al probeerde de uitvaartondernemer hen ervan te verzekeren dat ze middelen ter beschikking hadden die het molest zouden camoufleren, de kist is niet meer opengegaan. Haar zoon ligt onder het deksel en neemt alle geheimen die hij heeft verzameld mee in die kist. Zijn moeder zal ook zwijgen.

Ze hoort hartelijke en formele woorden langskomen, wordt door vreemde en bekende lippen gekust, ziet strakke gezichten en ogen vol tranen. Er zit geen enkele lijn in het medeleven en ze bedenkt dat het weer helemaal in de stijl van Bjorn gaat.

'Ik kan maar niet begrijpen waarom hij die hor niet in het raam heeft gezet,' zegt haar schoonmoeder.

'Hij was heel erg dronken,' legt Astrid voor de zoveelste keer uit.

'Dan nog,' zucht de moeder van Charles.

Misschien moet ze het aan de familie vertellen. Misschien had ze het aan hen moeten laten zien. Maar de paniek was te groot, de neiging om direct te handelen te overweldigend. Haar ogen zagen iets wat ze nooit had willen zien en wat ze vooral niet aan anderen wilde tonen. Ze voelt haar hart opnieuw een paar slagen overslaan als ze terugdenkt aan het moment dat ze de deur van de zolder opende. Ze knijpt haar ogen dicht en voelt de traan die over haar wang rolt.

'Kom, we gaan naar huis,' zegt Charles.

98

Er is weer een uitzending van *Opsporing verzocht* en het gaat weer over de parkmoorden. Een vrouw met een getergde uitdrukking op haar gezicht vertelt dat er vele tips zijn binnengekomen, maar dat geen enkele tot nu toe bruikbaar bleek te zijn. Men vermoedt dat de moorden geen vooropgezet plan waren, maar een toevallige samenloop van omstandigheden. Er wordt wel nog steeds rekening gehouden met één dader. Iemand stelt vragen over het onderzoeken en vergelijken van DNA. De vrouw die de antwoorden geeft, knippert een paar keer met haar ogen. Er is zeker materiaal gevonden waar een DNA-profiel uit is af te leiden. Maar er is geen match gevonden met DNA dat beschikbaar is via de database. Dit betekent dat ze moeten wachten op het moment dat de dader of daders te traceren zijn.

'Er kan dus zomaar een nieuw slachtoffer vallen,' constateert de interviewer.

'Nee, dat kan niet,' antwoordt Astrid.

'Had je toch geen rouwkaart willen sturen aan je moeder?' wil Charles weten. 'Je kunt het ook nog achteraf doen.'

'Mijn moeder is dood.'

Hij zucht diep. 'Eigenlijk wel, ja.'

'Jammer dat je je vakantie moest onderbreken. Ik wil wel met je naar Californië en er dan samen een mooie tijd van maken.'

Hij is verrast. 'Meen je dat? Dat zou ik echt fantastisch vinden. Laten we daar niet te lang mee wachten. Nol kent een jonge monteur die we volgens hem goed zouden kunnen gebruiken. Als we die aannemen en hij is een beetje ingewerkt, kan ik nog wel een paar weken weg. Dat doen we, hè?'

Ze trekt hem naar zich toe. 'Ik wil... er is nog iets...' Ze aarzelt. Ze heeft hier al zo diep over nagedacht en toch weet ze nog steeds niet of ze het moet zeggen.

'Zeg het maar, As.'

Het flitst langs haar ogen, ook al wil ze het niet zien. Het blijft haar lastigvallen, zich aan haar opdringen en haar het gevoel geven dat ze stikt. Ze wil het kwijt en daarom moet ze het misschien toch zeggen. Ze wil niet de rest van haar leven achtervolgd worden door die figuur met zijn rollator en vooral niet door de zin die hij uitsprak.

Ze grijpt de hand van Charles vast. 'Bjorn... Bjorn was niet j...'

Hij drukt snel zijn andere hand tegen haar mond. 'Luister, As. Laten we afspreken dat we het de rest van ons leven alleen nog maar hebben over wat Bjorn wél was: ons gewenste kind, van wie we hebben gehouden en dat het niet heeft gered.'

Ze kijkt hem aan en ziet de ogen van Meike. 'Goed,' zegt ze.

'Ik heb nagedacht over het geld van Bjorn.' Het lijkt of Charles aarzelt.

Ze knikt.

'Jolien wil graag tandheelkunde gaan studeren. Als we het geld aan haar studie besteden, hoeft ze later niet eerst haar studiebeurs terug te betalen. En ze kan dan waarschijnlijk ook op een studentenkamer gaan wonen. Lijkt dat jou een goed idee?'

Het is bloedgeld, wil ze zeggen. Maar degene die er rechtstreeks recht op had, ligt ergens in het Amsterdamse bos en zal wel nooit worden gevonden. 'Regel het maar.'

Het is heerlijk om zelf niets te hoeven doen. Charles zorgt overal voor en houdt haar goed in de gaten. Soms lijkt het of hij een vraag wil stellen.

Het kan altijd nog, zelfs al duurt het jaren. Ze kan altijd nog vertellen wat ze heeft verzwegen en wat er werkelijk is gebeurd. Hij kent haar, hij weet hoe sterk de binding was tussen haar en Bjorn. Hij weet dat het haar vanaf zijn geboorte moeite kostte om hem te corrigeren. Hij weet hoe sterk de zorg voor haar oudste kind haar beheerste. Hij heeft de manier waarop ze haar moederschap gestalte gaf geaccepteerd.

Maar zal hij accepteren dat ze niet heeft gepraat over wat ze wist? Zal hij begrip kunnen opbrengen voor haar besluit om niet eerder in te grijpen? Zal wat er is gebeurd en haar aandeel hierin hen niet uit elkaar drijven? De gedachte aan die mogelijkheid maakt haar angstig. Daarom kan ze er nog niet over praten, daarom zal ze wachten tot de tijd er rijp voor is.

En misschien is dat wel nooit.

99

Op de dag dat ik zevenenveertig word weet ik dat het tussen jou en mij nooit meer goed komt.

De dag is nog jong, het bezoek komt later. Ik ben al toegezongen door mijn man en dochter en heb cadeaus gekregen. Ik heb in mijn leven nu al veel meer verjaardagen wél gevierd dan niet en toch heeft het nog altijd iets onwezenlijks. Het heidense aspect is verdwenen, maar het illegale tintje kan me, als ik niet oplet, plotseling te grazen nemen.

Dit is de laatste keer dat ik tegen je praat. Ik wis straks alles wat ik heb ingesproken, trek daarna een streep onder dit deel van mijn leven en begin aan deel twee.

Toen ik net was begonnen aan dit avontuur vroeg ik me steeds af waarom ik er niet mee kon ophouden. Na een paar weken wilde ik er juist niet meer mee stoppen en ik probeerde te bedenken waarom ik moest doorgaan. Onze geheime ontmoetingen die allesbehalve ontmoetingen waren, hadden een functie. En sinds ik me realiseerde dat ik hiermee ben begonnen op de dag dat jij stierf zijn ze meer dan eenrichtingverkeer. Je hebt me geroepen en ik heb geantwoord. Nu nog het laatste gesprek.

De finale.

Je hebt veel verwijten over je heen gekregen; ze waren stuk voor stuk gemeend en kwamen uit alle hoeken van mijn geheugen tevoorschijn. In het eerste deel van mijn leven heb ik me alleen verbaasd over de manier waarop je handelde. Ik heb voortdurend redenen gezocht, verklaringen bedacht en moeite gedaan om het te begrijpen. Daar stop ik mee. Ik begrijp het niet en wil er ook geen moeite meer voor doen. De feiten spreken voor zich, het verleden is niet te herzien. De toekomst telt en ik ben degene die toekomst heeft.

Je hebt aan mijn zoon verteld dat ik een zondaar en een leugenaar was. Zijn jullie nu samen? Het zou me niet verbazen. Het kan me ook niet schelen, als je er maar voor zorgt dat je bij Meike uit de buurt blijft. Denk eraan: niet aan mijn roze engel komen. Ze is te mooi, te goed en te puur voor jou. Voor jullie. Ze verdient een stralende eeuwigheid.

Ik heb geregeld dat mijn zoon zich bij je kon voegen. Je hoort het goed: ik heb het geregeld. Er ging een enorme strijd aan vooraf, een energievretend gevecht met mijn geweten. Je hoort als moeder voor je kind te zorgen, het te beschermen en te voorkomen dat het ontspoort. Ik heb gezorgd, beschermd en niet voorkomen. Ik hield te veel van hem en heb me daardoor laten verblinden. Dat heeft verschrikkelijke gevolgen gehad.

Ik wist dat er geen nieuwe slachtoffers meer mochten vallen en dat ik hem moest helpen. Dat ik de enige was die hem kon helpen, omdat ik als enige alles wist. Toch keek ik te lang de andere kant op.

Hij jongleerde met mijn loyaliteit, bespeelde behendig mijn gemoed en maakte me zonder aarzeling medeplichtig. Maar hij was en bleef mijn zoon en mijn liefde won het steeds van mijn afkeer. Tot die laatste dag, tot die ene zin. Tot die gruwelijke waarheid over het lot van mijn jongste kind. Op het moment dat hij die waarheid voor mijn voeten smeet, veranderde liefde in haat.

Ik vertel het aan jou, want ik kan het tegen niemand anders zeggen. Dus luister goed.

Ik zat aan de tafel en had het koud, ondanks de warmte in de kamer. Ik zag een meisje dansen in haar roze feeënjurk, ik voelde haar armpjes om mijn hals en hoorde haar zeggen dat ze mij de liefste moeder van de wereld vond. Mijn hart lag in puin, mijn ziel was gekliefd. Ik kon me niet bewegen.

Bjorn kwam de keuken uit en nam een boterham met jam mee naar boven. Ik zag alleen die boterham met jam.

Ik wist dat zijn raam open had gestaan en de hor er niet in zat. Dat had ik gezien toen ik eerder die dag in de tuin was en ik vermoedde direct dat het meisje dat hij bij zich had dit had gedaan. Ik kon me voorstellen dat ze had bedacht dat het dekbed even lekker moest luchten en de hor daarbij in de weg zat. Ik heb toen die hor weer teruggezet.

Je had gelijk, ik ben een leugenaar. Ik heb verwondering geveinsd over het open raam en zijn dronkenschap de schuld gegeven. Ik loog over wat er gebeurd was.

Hij stommelde de trap op; het leek uren te duren voor hij eindelijk boven was. Daarna werd het stil.

Er dansten kleine meisjes om me heen, ze straalden van levenslust. Ze waren mooi, aandoenlijk en onschuldig. Een van hen was mijn kind, ik probeerde haar vast te houden. Mijn hart stond stil van het geluid dat haar meesleurde.

Toen ik de trap op liep, moest ik me stevig vasthouden aan de leuning. Mijn kleine meisje was weg; in haar plaats liep er een jongen om me heen die me niet wilde aankijken.

Hij snurkte, het dekbed lag half op de grond, de boterham met jam was voor de helft opgegeten. Ik heb niet meer naar hem gekeken toen ik de hor verwijderde en tegen de radiator zette.

Ik ben gaan slapen. Ik heb me laten wegzakken in de schijn van onwetendheid. Ik ben een leugenaar.

Maar geen zondaar.

In de maanden die achter ons liggen hebben we als gezin geprobeerd te herstellen. Deze rouw is anders dan die om Meike. Hij is eenvoudiger om te beleven en te doorstaan. De scherpe kanten slijten gemakkelijker, het leven erna is beter te grijpen.

Er zijn geen parkmoorden meer gepleegd en geen vrouwen uit onze omgeving meer vermoord. Niet door Bjorn, in ieder geval. Niet doordat ik faalde.

Soms vergeet ik even dat hij dood is en dek ik de tafel voor vier personen. Enige ontkenning is me zeker niet vreemd. Maar ik weet snel weer wat er gaande was. En ik weet vooral dat ik hem heb geholpen.

Ik opende de deur van de zolder en deinsde achteruit. In het midden van de ruimte stond een kruk en daarboven hing een strop. Het was een stuitend macaber stilleven. Een bedreiging en tegelijk een uitnodiging. Of was het een schreeuw om hulp?

Ik sloot snel de deur achter me en liep erop af. Mijn ogen waren gefixeerd op het touw en een paar seconden is het een optie geweest.

Slechts een paar seconden.

Ik zeg geen gedag. Ons afscheid heeft al lang geleden plaatsgevonden. Het enige wat me nog te doen staat is alle opnames met één druk op de knop verwijderen. En dit is het geschikte moment.

Ik heb heel lang het gevoel gehad dat ik je in de steek liet. Nu niet meer. Ik heb mijn zoon aan je afgestaan en zijn vader achter hem aan gestuurd. Je hoeft je in ieder geval niet te vervelen in de hel.

100

'Ik vind het sterk dat je gewoon je verjaardag viert,' zegt haar schoonmoeder.

Astrid snijdt een groot stuk taart voor haar af. 'Is dit groot genoeg? Een slagroombom, dat is het. Jij hebt volgens mij een maag van beton. Charles heeft me eerlijk gezegd wel moeten overhalen. Je weet dat vooral hij dol op feestjes is.'

'Je neemt zelf toch ook wel een stuk? Je bent nog steeds te mager. Eet je wel goed?'

'Soms. Kleine porties. Mijn maag is voor zichzelf begonnen.'

'Het komt wel weer goed,' meent haar schoonmoeder. 'De tijd zal je helpen.'

Charles heft zijn glas en de anderen volgen. 'Op de liefde van mijn leven, de moeder van onze kinderen, de dapperste krijger die ooit heeft bestaan.' Hij kust haar. 'En de vrouw op wie ik eindeloos trots ben,' fluistert hij.

Don en Patricia hebben een album laten maken van de foto's die in Californië genomen zijn. Niemand heeft het over de korte duur van de vakantie, niemand roert de reden aan van hun terugkomst. Astrid bewondert de opnames van blije gezichten en schitterende natuur. Ze beaamt dat het goed is dat zij en Charles de feestdagen bij zijn broer en schoonzus in Californië zullen doorbrengen.

'Dan zijn jullie er samen echt eens tussenuit,' glundert haar schoonmoeder. 'En over Jolien hoef je je geen zorgen te maken, die eet lekker bij oma en opa.'

'Misschien eet ik ook wel een van de dagen bij een vriend,' meldt Jolien. Ze bloost een beetje.

'Wist jij iets van een nieuw vriendje?' vraagt Charles aan Astrid. Ze staan samen in de keuken.

'Niet officieel, maar ik had wel een vermoeden. Ze heeft het regelmatig over ene Tom, een medestudent. Maar als ik vragen stel, zegt ze steeds dat er niets aan de hand is.' Ze duwt hem een schaal met gevulde eieren in de handen. 'Uitdelen, graag.'

'Je commandeert weer lekker,' zucht hij.

'Hebben jullie gisteren *Opsporing verzocht* nog gezien?' informeert Jolien. 'Dat vind ik altijd machtig interessant. Er waren weer twee moordzaken opgelost door binnengekomen tips. Maar er schijnen ook zaken te zijn die nooit worden opgelost.' Ze wendt zich tot Astrid. 'Ze hadden het over een nieuwe moordzaak, het ging over een man uit Emmen.'

'Je denkt toch niet dat je moeder nog iemand kent uit Emmen?' bromt de vader van Charles.

'Nou ja, je weet toch nooit?' zegt Jolien. 'Het was een oude man. Hij lag al een paar weken dood in zijn huis. Hij was eerst bewusteloos geslagen en daarna gewurgd. Heel gruwelijk. Hij had met niemand in de buurt contact, vandaar dat het zo lang duurde voordat hij werd gevonden. Hij was niet eens beroofd. Waarom is hij dan vermoord?'

'Iemand had blijkbaar iets met hem af te rekenen,' antwoordt Charles. 'Zullen we het nu niet meer over de dood hebben?'

***

Hij belde op een vrijdagochtend. Charles was al vroeg vertrokken om te gaan zeevissen. Jolien had college. Astrid zat net te bedenken dat ze een nieuwe hulp moest zoeken. Ze hoorde dat de telefoon ging toen ze de krant uit de brievenbus wilde gaan halen.

Ze kende het nummer dat op de display te zien was niet en zei alleen 'hallo'. Haar hart sloeg drie slagen over toen ze het gerochel herkende. 'Hoe kom je aan mijn nummer?' wilde ze weten.

'Het stond in het telefoonboekje van je moeder,' antwoordde hij. 'Ik heb haar spullen opgeruimd en vond het.'

'Waarom bel je me?'

'Ik wil mijn zoon zien.'

Ze moest gaan zitten en klemde haar hand om het toestel. 'Laat ons met rust,' zei ze en ze hoorde dat haar stem lager klonk dan normaal.

'Ik heb lang genoeg gezwegen,' ging hij verder. 'En jij hebt lang genoeg gelogen. Ik neem aan dat je man van niets weet? Dat kan wat mij betreft zo blijven, tenzij je me tegenwerkt. Ik heb ook het nummer van zijn garage en een telefoontje is zó gepleegd. Dus wat doe je?'

Ze zat verstijfd op haar stoel en probeerde na te denken. Ze overwoog te zeggen dat Bjorn niet meer leefde, maar verwierp die mogelijkheid onmiddellijk. Als hij dat te weten kwam, was er helemaal geen reden meer om met haar te willen onderhandelen. Ze raakte in paniek.

'Krijg ik nog antwoord? Je bent nog steeds dezelfde lafbek, hè?'

Dat had hij niet moeten zeggen.

Ze haalde diep adem en bewoog haar schouders een paar keer. 'Je kunt hem zien, maar op voorwaarde dat ik meekom. Ik zal je bellen wanneer.'

'Weet je dan zeker dat hij erbij is?'

'Hij is altijd bij me,' zei ze.